Butze Verlag

Celia Martin über ihr Werk:

Ein bisschen frech sollte sie sein, humorvoll, dennoch zum Nachdenken anregen und außerdem viele Facetten des lesbischen und vielleicht-oder-vielleicht-doch-nicht-lesbischen Lebens zeigen.

So stellte ich mir nicht nur meine Hauptperson Tina, sondern auch die ganze Geschichte vor. Bei der Entstehung des Manuskripts wurden mir dann die unterschiedlichen Protagonistinnen so vertraut, dass ich manchmal nachsehen musste, ob nicht vielleicht schon eine von Ihnen in meiner Küche sitzt ...

Ich kann beim Schreiben in eine neue Welt abtauchen und alles um mich herum vergessen. Dann lebe ich eine Zeit lang mit meinen Figuren und den Irrungen, Wirrungen und gefühlvollen Momenten, die ich für sie – und manches Mal auch sie für mich – bereithalte(n).

Nun wünsche ich mir, dass meine Leserinnen und Leser das Ergebnis voller Spannung und Freude mit mir teilen!

Celia Martin

Lesbisch für Anfängerinnen: Willkommen in der WG!

Roman

Butze Verlag

Bibliografische Information der Deutschen Nationalbibliothek
Die Deutsche Nationalbibliothek verzeichnet diese Publikation in der Deutschen Nationalbibliografie; detaillierte bibliografische Daten sind im Internet über http://dnb.d-nb.de abrufbar.

Impressum

Postfach 01 67
25301 Elmshorn
info@butze-verlag.de
www.butze-verlag.de

Umschlaggestaltung: Butze Verlag
Druck & Bindung: Klicks GmbH, bis500 Digitaldruck, Ilmenau

3. Auflage
ISBN 978-3-940611-05-5

1.

Die Taube schiss Reimund genau auf den dunklen Anzug, linke Schulter, etwas oberhalb des Herzens. An seinem Hochzeitstag hat man das nicht so gerne. Wir schauten alle nach oben, Reimund gequält, Frauke, seine Braut entsetzt, die Gäste mit tiefernstem Gesicht. Jetzt nur nicht lachen, dachte ich, und war wohl mit diesem Gedanken nicht alleine. Die Mutter des Bräutigams versuchte hektisch, das Malheur mit einem Papiertaschentuch zu entfernen, aber das machte alles nur noch schlimmer. So strömten wir mit einigen Minuten Verspätung in die Kirche und die Zeremonie begann nicht ganz so entspannt wie vorgesehen. Aber was heißt schon entspannt. Ist man das etwa, wenn man sich bindet, bis dass der Tod einen scheidet, wie es ja so schön heißt?

Dem Brautpaar war an diesem Tag eine gewisse Anspannung anzumerken. Auch ich war hypernervös. Die Turbulenzen der letzten Wochen und Monate hatten ihre Spuren hinterlassen, sodass ich bei all den ergreifenden Worten, die der Pfarrer nun vorne sprach, ständig an ganz andere Dinge denken musste. Dinge, die mit der Kirche nichts, aber auch gar nichts zu tun hatten. Meine eigenen Gefühlsverirrungen hielten mich auf Trab. Wie war es nur so weit gekommen, fragte ich mich. Hätte man mich vor ein paar Monaten gefragt, welche Wünsche ich an das Leben habe, hätte ich glatt gesagt, es solle alles so bleiben, wie es ist. Aber das war ja nun ganz und gar nicht mehr der Fall. Im Gegenteil!

Ich betrachtete die Braut, meine Kollegin, die trotz all dem Stress der Hochzeitsvorbereitungen nun so glücklich aussah, wie man es von einer Frau an ihrem Hochzeitstag erwartete. Unwillkürlich musste ich laut aufseufzen und schaute dann mit unschuldigem Blick über die Köpfe der anderen Hochzeitsgäste hinweg auf die Kirchenfenster.

Ja vor ein paar Monaten noch hätte ich gesagt, nichts solle sich ändern. Wenn ich morgens aufstand, beneidete ich mich oft selbst um mein Leben. Wie ging es mir doch gut! Dachte ich ..., bis sich plötzlich ein Karussell zu drehen begann. Es fing alles so harmlos an ...

An einem Sonntag im Mai, kurz vor sieben

Ich räkelte mich auf meinem Sofa, knabberte Bananenchips und verfolgte die Dramen des Alltags, die sich zu diesem Zeitpunkt auf dem Bildschirm abspielten. Es lief die Lindenstraße, wie jeden Sonntag. Und wieder einmal hatten mich die Höhen und Tiefen im Leben der Serienhelden in ihren Bann gezogen. Burkhard, mein Freund, hatte unsere Wohnung schon vor einer halben Stunde verlassen um, wie jeden Sonntag, Fußball zu spielen.

Wir waren schon einige Jahre zusammen und nicht mehr darauf fixiert, jede freie Minute miteinander zu verbringen. Ich überlegte schon, was ich wohl anschließend Feines kochen könnte, um danach das Wochenende mit einem Glas Wein und einem Fernsehkrimi oder einem spannenden Buch aufs Sofa gekuschelt ausklingen zu lassen.

Beim Abspann klingelte das Telefon. Es war meine Freundin Doris, der mal wieder die Decke auf den Kopf fiel. Sie wollte noch ein wenig mit mir um die Häuser ziehen. Doris ist Single und meistens nicht so glücklich mit ihrem Los. Ich zögerte und schwankte zwischen dem ruhigen Abend, auf den ich mich eingestellt hatte und einem Kneipenbummel mit meiner besten Freundin. Doch ihre Unternehmungslust war so ansteckend, dass ich mich überreden ließ. Wenn ich gewusst hätte, was mich erwartet, hätte ich mich wahrscheinlich nicht einen Zentimeter vom Fleck gerührt! Aber so nahm alles seinen Lauf ...

Wenig später klapperten wir gut gelaunt diverse Gartenlokale ab. In diesem Jahr war der Frühsommer schon angenehm warm. Viele Leute waren unterwegs und genossen das schöne Wetter. Schoppen voller Apfelwein standen auf den blanken, rotbraun schimmernden Holztischen, darunter und dazwischen lagen oder balgten sich Hunde aller Rassen und Größen. Gelächter und Gläserklingen lagen in der Luft.

Wir fanden nicht sofort einen freien Platz. Erst in der dritten Gartenwirtschaft schienen wir Glück zu haben. Doris steuerte gerade zielstrebig auf einen Tisch zu, von dem sich in diesem Moment einige Leute erhoben. Da sah ich ihn! Nur ein paar Tische trennten uns voneinander.

Nicht eine Sekunde glaubte ich, mich zu täuschen, war mir sofort ganz sicher, dass er es war und nicht einfach ein Fremder, der ihm ähnelte. Jeden Moment, so glaubte ich, musste er aufblicken und mich sehen, meinen Blick spüren. Aber er hätte mich wohl noch nicht einmal gesehen, wenn ich laut seinen Namen gerufen hätte, so vertieft war er in das Fingerspiel mit einer mir völlig fremden Frau. Sie war eine dieser Blondinen, die ich noch nie ausstehen konnte. Filigran, zart gebräunt und unauffällig vom Edelsten gekleidet, soweit ich das sehen konnte. Bestimmt trug sie Perlenohrringe unter dem glatten Blondhaar. Ich blickte wie gebannt auf die Situation vor mir.

Burkhard starrte sie an wie ein brünstiger Hirsch, während er ihre Fingerspitzen liebkoste und sie spielte offenbar die in Versuchung geratene Unschuld. Das war genau die Masche, die bei ihm zog. Da konnte er den ungestümen Eroberer geben und sein Repertoire abspulen. Bevor er, von Kampf und Sieg erschöpft, den weniger anstrengenden Alltag an meiner Seite auskostete, um dann nach einer gewissen Zeit zu neuen Abenteuern aufzubrechen. Ich kannte das. Ich kannte das viel zu gut. Es war mir klar, wie es ablaufen und wie es enden würde, aber ich hatte gehofft, nein, wirklich geglaubt, es nicht noch einmal beginnen sehen zu müssen.

Oh nein!

Die Frau am Tisch vor mir drehte sich irritiert herum. Wahrscheinlich hatte ich laut gesprochen.

»Tina, kommst du?!«

Doris hielt den Tisch im Stehen besetzt. Ihre Stimme schien mir auf einmal ziemlich durchdringend. Mein Blick flog zu den zwei Turteltauben. Aber nein, von dort drohte keine Gefahr entdeckt zu werden. Kein Erdbeben hätte die Zwei momentan aufgeschreckt. Ich winkte Doris stumm, aber sehr energisch heran.

»Lass uns bitte nicht hier bleiben!«

»Aber warum denn nicht?«

Das klang ungeduldig. Kein Wunder, wir liefen schon eine Weile herum und es war ja nicht einfach gewesen, einen Platz zu finden.

»Leute aus meiner Firma«, log ich geistesgegenwärtig, »da habe ich Sonntagabend keine Lust darauf.«

»Ach so, wo denn?«

Doris war schon immer recht neugierig gewesen.

»Da hinten«, deutete ich vage an und drehte mich zum Weggehen.

»Ist das so schlimm?«, maulte sie und ihr war deutlich anzumerken, dass sie nicht einverstanden war. Dennoch folgte sie mir, vermutlich hatte ich sie mit meinem ungewohnt energischen Auftreten beeindruckt.

Ich war nur froh, dass sie Burkhard mit seiner blonden Schnepfe nicht gesehen hatte. Mir war speiübel. Auf gar keinen Fall wollte ich jetzt mit Doris darüber reden. Oder gar mit Burkhard. Eine Szene in einem voll besetzten Lokal war wirklich das Letzte, was mir einfallen würde.

Wir fanden dann überraschend schnell Plätze in einem anderen Lokal, aber von dem Abend ist mir kaum noch etwas in Erinnerung geblieben. Zu deutlich hatte ich das Bild von Burkhard und seinem blonden Flirt vor meinen Augen. Ansonsten waberte nur Nebel durch mein Gehirn. Ich erzählte Doris dann etwas von plötzlichen, starken Kopfschmerzen und drängte darauf, bald heimzugehen. Nicht eben begeistert folgte sie mir. Sie hatte sich den Abend ganz anders vorgestellt. Ich mir auch, natürlich.

Unsere Wohnung war leer, als ich heimkam, es war mir recht so. Ich kochte mir eine heiße Milch mit Honig und ging ins Bett. Schlafen konnte ich nicht. Burkhard kam sehr viel später und ich stellte mich schlafend. Ich hätte nicht die Kraft gehabt, auch nur einen einzigen Satz mit ihm zu reden. Aber eines war mir an diesem Abend klar geworden: Etwas würde und musste sich ändern!

Ich bin jetzt 30 Jahre, beruflich mäßig erfolgreich, arbeite als Sachbearbeiterin in der Versicherungsbranche, sehe ganz passabel aus und bin mit meinem Leben im Großen und Ganzen recht zufrieden. Schon immer war ich ein eher häuslicher Typ und liebe es: gemütlich allein oder zu zweit mit schönem Essen und schöner Musik, Büchern und Filmen.

Ständig in Kneipen und Bars unterwegs zu sein, macht mich eher müde, und wilde Nächte (außer die mit Burkhard) reichen mir, wenn sie ab und zu stattfinden. Dafür lade ich lieber Freunde ein, koche gern, schätze einen guten Wein und Menschen mit trockenem Humor.

Burkhard habe ich mit Mitte zwanzig auf dem Fest einer ehemaligen Schulfreundin kennen gelernt. Es funkte sofort zwischen uns, aber es dauerte noch eine Weile, bevor wir zusammenkamen. Er umwarb mich lange und heftig, das gefiel mir und ihm. In meinen vorhergehenden Beziehungen ging es eher auf eine kumpelhafte Art freundschaftlich zu. Die Rolle der Femme fatale war mir fremd. Meine Männer waren nett, freundlich und handwerklich begabt. Wenn wir uns trennten, blieben wir Freunde, und unsere gemeinsamen Bekannten kamen nicht in Gewissenskonflikte, wen von uns beiden sie denn nun zu ihren Gartenfesten und Geburtstagsfeiern einladen sollten.

Mit Burkhard kam eine neue Variante ins Spiel. Er brachte Lachs und Champagner als sonntägliche Morgengabe ans Bett und las mir augenzwinkernd erotische Literatur bei Kerzenlicht vor. Er legte mir rote Rosen aufs Frühstückstablett und entführte mich zu romantischen Wochenenden in schnuckelige kleine Hotels. Ich kam mir vor wie eine Prinzessin. Er war der Ritter, der mein Herz gewinnen wollte.

Viele meiner Bekannten waren skeptisch, betrachteten meinen Verehrer als Filou. Doch zunächst lief alles gut. Wir waren verliebt, zogen zusammen, gaben uns erotischen Höhenflügen hin. Er brachte ein Prickeln in mein Leben, etwas Glitzerndes, etwas, das den Alltag aus dem Alltäglichen hob. Das war' s, was ich besonders an ihm liebte. Und er, der schöne Leichtfuß, liebte meine Ruhe und Beständigkeit. »Bei dir bin ich zu Hause«, sagte er, »noch nie habe ich mich bei einem Menschen so wohl gefühlt.«

Ich dachte, alles wäre in Ordnung. Bis das mit den Frauengeschichten anfing. Das erste Mal war es ein Schock, den er mit Worten glatt bügelte. Das Übliche. Eine heiße Nacht nach einer Fete. Ich besuchte gerade meine Eltern, er ging alleine zum Fest eines Arbeitskollegen. Ein zerknirschtes Geständnis, nachdem ich Gerüchte gehört hatte. Ich war aus meinem Wolkenheim gefallen, konnte es nicht begreifen. Aber ich verzieh ihm. Doch dem Versprechen, dass es nicht wieder vorkommen sollte, folgten weitere Flirts und Eskapaden. Irgendwann war klar, dass es so nicht mehr weiterging. Ich dachte an Trennung. Aber Burkhard schwor mir, es würde nie wieder vorkommen. Und beschwor mich, bei ihm zu bleiben. Ich glaubte ihm, weil ich ihm glauben wollte. Und jetzt das.

»Schluss«, dachte ich »Schluss und vorbei.«

Aber der Gedanke, ohne ihn zu sein, war genauso unerträglich wie die Vorstellung, dass alles so weiterging. Ich ahnte, dass schwierige Zeiten auf mich zukommen würden. Aber ich hatte keine Vorstellung davon, wie schwierig …

»Zehn Schritte zur harmonischen Partnerschaft« versprach der Buchtitel im Schaufenster. Ich stand vor dem Frauenbuchladen, war zufällig hier vorbeigekommen. Inmitten all der wahrscheinlich feministisch und politisch korrekten Literatur über friedfertige Frauen, die zwar nicht einparken konnten, aber dafür leidenschaftlich liebten, wen sie wollten, grinste mich dieser Titel geradezu an. Na schön. Ich konnte ja wenigstens mal reinlesen. Mich plagte die unangenehme Vorstellung, dass ich schuld war, an Burkhards Fremdgehen und somit am Scheitern unserer Beziehung. Obwohl es mich Überwindung kostete, hatte ich am Morgen nicht mit ihm über meine Entdeckung vom Vortag gesprochen. Der Stachel in meinem Herzen saß zu tief. Aber ich stellte mir viele Fragen. Hatten wir zu wenig Sex? Hätte ich mich mehr mit seinem Hobby beschäftigen, und die Auf- und Abstiegstendenzen deutscher Fußballvereine verfolgen müssen? Hatte ich zu häufig vegetarisch gekocht, obwohl er doch so gerne dicke Steaks aß?

Fragen über Fragen.

Hat er dich denn umsorgt, wenn du Menstruationskrämpfe hattest? fragte eine kleine gemeine Stimme in meinem Ohr. Hat er dich jemals gefragt, wie's in Deinem Tai Chi Kurs war? Wollte er Deine Freundinnen kennen lernen? Nein, nein und nochmals nein. Es ging hin und her und war einfach schwierig zu beantworten. Tat ich ihm unrecht oder er mir?

Ich betrat den Laden, obwohl ich schon ahnte, dass es sich hier um ein Refugium feministisch-korrekter Geschlechtsgenossinnen handelte, zu denen ich mich noch nie gezählt hatte. Zu harmoniebedürftig sei ich, hatte ich von dieser Seite oft erfahren.

Die Frau an der Kasse streifte mich mit einem professionell freundlichen Blick. Sie war gerade in ein Gespräch mit einer anderen Kundin vertieft.

Es ging um das bevorstehende 25-jährige Bestehen des Frauen-Buchladens. Ich schlich mich ins Hinterzimmer. An den Holzregalen waren Hinweise angebracht. »Psychologie«, »Missbrauch«, »Schwangerschaft«, »Sexualität« usw. Da ich weder wusste, unter welcher Rubrik ich »Harmonie« suchen musste, lief ich der besseren Orientierung halber erst einmal an allen Regalen entlang.

»Stell dir vor, Dein Typ würde seinen Schwanz bei anderen Frauen nicht in der Hose lassen können«, trompetete eine empörte Stimme an mein Ohr. Erschrocken blieb ich stehen. Kannte mich hier etwa jemand? Jemand auf der anderen Seite des Regals mit Fachliteratur für die emanzipierte Frau im Dschungel der Beziehungskonflikte?

»Die Paulina ist einfach zu blöd«, antwortete eine andere. Es traf also noch mehr, ich war nicht allein. Aber neugierig. Ich trat näher ans Regal. Ich lauschte.

»Der Manfred ist jetzt schon so oft fremdgegangen. Der ändert sich nie. Und alle, alle wissen Bescheid. Nur die Paulina glaubt immer noch, er ändert sich. Als ob ein Leopard seine Flecken verlieren würde!«

Die beiden Stimmen bewegten sich langsam auf den Ausgang zu. Ich bewegte mich mit, auf der anderen Seite des Regals.

»Ja, stell dir vor, sie macht das immer wieder mit, jedes Mal das volle Programm. Und lernt nichts daraus und verzeiht ihm immer wieder.«

Mir schwindelte. Lernte auch ich nichts daraus? Doch! Ab jetzt schon.

»Es langt«, dachte ich. »Ich ziehe aus. Ich kann einfach nicht mehr bei ihm bleiben.« So schwach fühlte ich mich in diesem Moment, dass ich mich am Türrahmen festhalten musste. In meinem Kopf schien alles durcheinander zu wirbeln, als wäre er eine Schneekugel, die jemand zu heftig geschüttelt hatte. Ich versuchte, tief und gleichmäßig zu atmen. Langsam wurde es besser. Als ich wieder klar sehen konnte, fiel mein Blick auf die Pinnwand, genau vor mir.

»Zimmer frei in WG, 20 qm, 250,- warm.« stand darauf. Die beiden Venusspiegel im Text sollten wohl auf eine reine Frauen-WG hinweisen.

Wenn das kein Wink des Schicksals war! Wunderbar. Ich hatte es so eilig, dass ich gleich den ganzen Zettel abriss, anstatt nur eines der ausgeschnittenen Teilchen mit der Telefonnummer mitzunehmen.

»Toll, genau das, was ich brauche«, murmelte ich grimmig zwischen zusammengebissenen Zähnen und stürmte aus dem Laden. Ein Buch hatte ich nicht gefunden. Mir war nicht mehr nach Harmonie. Mir war nach etwas ganz anderem …

»Ja!!?«

Die Frau an der Tür streckte mir einen total zerwuselten, rötlich-braunen Kurzhaarschnitt entgegen.

»Äh, also ...«, urplötzlich verließ mich meine Courage.

»Die Annonce?«, fragte sie vorsichtig.

»Haben wir beide vorhin telefoniert?!«

Jetzt erkannte ich die Stimme, die mir gehetzt den Weg beschrieben hatte.

»Genau! Oh, ich dachte nicht, dass du so schnell hier bist.«

Kunststück, ich war eigentlich gerade um die Ecke gewesen.

»Genau genommen habe ich schon eine Kundin, es dauert noch einen Moment.«

Das war mir neu, dass man Zimmerinteressentinnen als Kundin bezeichnete. Aber ich hatte ja auch keine Erfahrung mit Wohngemeinschaften.

»Suse!« rief jemand drängend im Hintergrund.

»Na ja, vielleicht kann ich mir das Zimmer ja ein anderes Mal ansehen.« Ich wandte mich zum Gehen.

»Das Zimmer!«

In ihrem Kopf schien etwas sortiert zu werden.

»Ach so!«, rief sie zu meiner Überraschung, was mich auf dem Treppenabsatz wieder kehrt machen ließ.

»Ich hab dich am Telefon ja überhaupt nicht gefragt, auf welche Anzeige du dich meldest.«

Ich fragte mich, wofür sie wohl noch inseriert hatten.

»Genau genommen war es keine Anzeige, sondern ein Zettel im ...«

»Suse!«, das klang jetzt richtig ungeduldig. Die Angesprochene wurde jetzt ziemlich hektisch.

»Komm rein. Ich bin Susanne.«

Eine feste Hand drückte meine. Interessierte braune Augen musterten mich kurz von oben bis unten. Mit einer Handbewegung deutete sie auf das Innere der großen Altbauwohnung, die ich als mein zukünftiges neues Heim anstrebte. Vom langen Flur gingen mehrere Türen ab, eine davon stand offen. Von dort kam auch die Stimme.

»Moment!« rief die zerzauste Empfangsdame und zeigte auf das hinterste Zimmer auf der linken Seite.

»Schau es dir einfach an. Küche ist gleich hier vorne, das Bad hinten rechts. Ruf' mich, wenn du fertig bist.«

Damit verschwand sie, um sich wieder ihrer Kundin zu widmen.

Ein wenig schüchtern trat ich ein. Obwohl der Raum leer war, kam ich mir merkwürdig vor, wie ein Eindringling.

Das Zimmer war entzückend. Eigentlich waren es schon anderthalb Räume, weil sich, durch eine Art Alkoven getrennt, neben dem Hauptraum noch ein zweiter, kleiner Raum befand, in dem bereits ein paar Regale angebracht waren. Prima, ich würde mir den Kleiderschrank sparen und hätte dafür ein Ankleidezimmer. Die Fenster waren groß und gaben den Blick auf eine wenig befahrene Straße frei. Leider kein Balkon. Trotzdem stand meine Entscheidung sogleich fest. Dieses Zimmer würde ich mieten. Ich ging wieder in den Gang hinaus, warf noch ein paar kurze Blicke in Bad und Küche, die beide angenehm sauber waren. Dann klopfte ich vorsichtig an die Tür, hinter der die Frau verschwunden war.

»Du, die ist voll im Coming-out« hörte ich gerade noch eine Stimme, bevor die Struwelfrau im Türrahmen auftauchte. Sie schien ein wenig erhitzt und das Muskel-T-Shirt ebenfalls. Merkwürdig war das schon. Was trieb sie da eigentlich? Als hätte sie meine Frage verstanden, flüsterte sie: »Ich übe noch. Dich habe ich zuerst für eine Interessentin gehalten. Ich eröffne gerade einen mobilen Massageservice.«

Nervös fuhr sie sich durch die Haare. Kein Wunder, dass diese kreuz und quer standen. Ihre Wangen brannten. Die Frau war mir sofort sympathisch. Sie hatte so etwas rührend Unperfektes und gleichzeitig Zutrauliches an sich.

»Gute Idee«, meinte ich etwas zerstreut. In Gedanken richtete ich schon das Zimmer ein und von Massageservices verstand ich nun wirklich nichts.

»Suuuse!«, rief es schon wieder, was bei meinem Gegenüber Hektik auslöste.

»Geht das klar mit dem Zimmer?«, fragte ich schnell. Nicht, dass da noch etwas dazwischenkam.

»Klar!«

Eine Frau, ein Wort. Schon war sie wieder halb im Zimmer verschwunden. Nun gab es für mich kein Zurück mehr.

»Ich ziehe dann morgen ein«, rief ich ihr hinterher und sie winkte mich auf eine irgendwie nette Art zur Tür hinaus.

»Geht klar. Ich bin morgen nicht da, aber ich sage den anderen Bescheid.«

Die Tür schlug zu, ich war draußen und innerhalb von zehn Minuten, stolze Mieterin eines WG-Zimmers geworden.

Und nun? Ich marschierte erst einmal ins Café Cristallino und gönnte mir eine Eis-Schokolade. Langsam wurde mir bewusst, was ich gerade getan hatte. Es war ernst geworden. Ich würde aus der gemeinsamen Wohnung mit Burkhard aus- und in eine WG mit lauter mir jetzt noch unbekannten Frauen einziehen. Noch kannte auch mich keine der anderen Mitbewohnerinnen, aber Susanne, genannt Suse, würde das ja sicher regeln, sodass meinem Einzug nichts im Wege stand. Doch ich sollte schnell feststellen, dass ich mich in meiner neuen Bekannten ein wenig geirrt hatte.

2.

Die Trennung von Burkhard fiel mir schwer, daher machte ich es kurz. Ich hatte mir kurzfristig einen Tag Urlaub genommen und, sobald er aus dem Haus war, um zur Arbeit zu gehen, meinen gesamten Krempel in Koffer und Kisten gepackt. Möbel, die es zum Mitnehmen lohnte, hatte ich sowieso keine. Aber jede Menge Bücher, sodass die Jungs vom Studenten-Schnelldienst ganz schön ins Schwitzen kamen. Für Burkhard hinterließ ich in der Küche einen Zettel, dass ich seine Frauengeschichten leid sei und mich endgültig von ihm trenne. Und weil mir dann doch auf einmal so merkwürdig flau und melodramatisch zumute war und ich außerdem befürchtete, er könne mich mit seinem Charme wieder umstimmen, fügte ich noch hinzu, er solle mich bloß nicht suchen. Mein Entschluss stand fest, ich wollte nie wieder etwas mit ihm zu tun haben.

Am Tag darauf stand ich nachmittags also zum zweiten Mal vor der Tür der großen Altbauwohnung. Wahrscheinlich noch nervöser als beim ersten Mal. Diesmal öffnete mir eine andere Frau. Sie war groß, glattes, blondglänzendes Deckhaar fiel lässig chic über einen akkurat ausrasierten Nacken. Ihre bloßen Füße schauten unter schwarzen Leggins hervor, darüber trug sie ein weites, weißes T-Shirt, das an den Ärmeln aufgekrempelt war.

Darunter offensichtlich nichts. Es wogten zwei beachtliche Kurven für eine so schlanke Person, was auch das Personal vom Studenten-Schnelldienst offensichtlich sehr interessiert zur Kenntnis nahm. Der strenge Blick und die ernst zusammengepressten vollen Lippen wirkten allerdings nicht besonders einladend.

»Hallo!«

Ich versuchte ein freundliches Gespräch zu beginnen.

»Ich bin Tina.«

Sie übersah meine ausgestreckte Hand und musterte kühl, sehr kühl, meine Kisten und den verschwitzten Studenten-Schnelldienst.

»Du willst doch nicht etwa hier einziehen?«

Ihre Stimme war ganz dunkel und distanziert. Die Frage irritierte mich jetzt aber sehr. Eine Sekunde lang dachte ich daran, sofort wieder umzukehren.

Noch hatte Burkhard nichts gemerkt, noch könnte ich heimlich, still und leise wieder in mein kuscheliges Nest. Dummerweise tauchte in meiner Fantasie gerade jetzt die blonde Pissnelke mit den Perlen und den schlanken Fingern auf, was mir einen energischen Ruck verpasste.

»Doch«, hörte ich mich mit fester Stimme sagen. »Doch. Genau das will ich.«

Stirnrunzelnd betrachtete sie mich.

»Mit wem hast du gesprochen?«, fragte sie dann schnell.

Ich las in ihrem Gesicht, dass sie schlimme Befürchtungen hegte. Ob das an mir lag? Machte ich denn einen so schlechten Eindruck? Meine Schultern strafften sich wie von allein. Ich wusste, was jetzt gleich passieren würde: Meine Stimme würde sich verwandeln in »die Stimme für unzufriedene Kunden, die eine kompetente Ansprechpartnerin wollen und sie auch kriegen.«

Es wirkte. Warum auch nicht? Versicherungsnehmer sind ja auch nur Menschen, und gute Fortbildungen machen sich eben auch außerhalb des Büros bezahlt. Die Position der Blonden als Zerberus an der Tür geriet leicht ins Wanken.

»Ich habe gestern mit Susanne alles geregelt. Sie weiß Bescheid«, tat ich kund, kühl und selbstbewusster, als ich mich fühlte.

»Oh Göttin.«

Das schien ihren schlimmsten Befürchtungen zu entsprechen.

»Hätte ich mir gleich denken können.«

Das klang ziemlich verbittert. Doch dann trat sie endlich beiseite und gab mir und meinem Tross den Weg frei.

»Du weißt ja dann schon, wo' s langgeht«, winkte sie uns durch. Ein anklagendes »Suse hat natürlich keiner von uns Bescheid gesagt« schickte sie dann doch noch mit einem bitteren Unterton hinterher.

Eine ganze Weile später – der Studenten-Schnelldienst war bereits wieder verschwunden und ich saß noch immer zwischen lauter vollen Kisten, weil mir jede Energie fehlte, auch nur zum Auspacken anzusetzen – klopfte es an der Tür.

»Willst du Kaffee? Ich koche grade welchen.«

Klar wollte ich. Und auch den großen Brandy, den es in der geräumigen und gemütlichen Küche gab, in die ich ihr bereitwillig folgte.

Martha, so hieß die Blonde, klärte mich am großen Holztisch ein wenig über die Wohngemeinschaft auf, wobei sie mich neugierig ansah. Außer ihr und Susanne, genannt Suse, wohnten noch Lilli hier und außerdem eine Freundin von ihr, Claire, die aber fast nie da war, weil sie zum einen noch ein Zimmer in ihrer Heimatstadt Paris hatte und zum anderen Stewardess und daher naturgemäß viel unterwegs war.

»Suse hat Claires Zimmer früher ab und zu als Gästezimmer benutzt. Aber das gab bösen Stunk, seither ist die Bude tabu.«

Fand ich gut. Fremde Leute würde ich in meinem eigenen Bett auch nicht mögen.

»Wir haben einen Küchen- und Putzplan.«

Marthas Kopf wies mit wenig Begeisterung in die Ecke, in der der Plan unübersehbar hing. Ferner erfuhr ich, dass aus der gemeinsamen Haushaltskasse alles bezahlt wurde, was alle benutzen. Butter, Zucker, Putzmittel, Tampons usw. Bei diesen Worten blickte sie mich streng an, um dann mit den Regeln für längere Besuche fortzufahren, die einem mir noch undurchsichtigen, komplizierten Plan folgten.

Ich hatte noch nie in einer WG gewohnt. Und ich kannte auch keine Leute, die dies taten. Die Fragen, die innerhalb eines solchen Zusammenlebens auftauchten, hatte ich mir noch nie gestellt. Bei Burkhard und mir war das alles ganz easy gegangen. In Gelddingen war er großzügig und ich vorsichtig, den Haushalt schmissen wir ohne große Probleme, denn wir sind beide ordentlich, und Geschirrberge oder herumliegende Klamotten hatte es bei uns nicht gegeben. Aber so eine Zweierbeziehung war ja wohl auch etwas anderes als eine WG. Und außerdem vorbei. Ich verscheuchte den Gedanken sofort wieder.

Nach einem aufmerksamen Blick auf mein Glas schenkte Martha mir Brandy nach. Sie räusperte sich und blickte kurz auf den Tisch, bevor sie weitersprach. Der starke Alkohol tat meinen Nerven gut und ich nahm noch einen großen Schluck. Jetzt war mir nicht nur leichter, sondern auch leicht schwindelig.

Martha redete gerade von Übernachtungsgästen, und dass die Wohnung ja recht groß sei und auch nicht übermäßig hellhörig. Dabei musterte sie mich interessiert. Als ich nicht sofort reagierte, setzte sie nach.

»Du brauchst also keine Zurückhaltung zu üben.«

»Okay«, sagte ich matt. Schien, als ob Kaffee und Brandy sich in meinem Magen doch nicht so gut vertrugen.

»Irgendwas zu erwarten bei dir?«

Neugierig war sie schon. Ihr Blick hatte was durchdringend Forschendes. Ich dachte an Burkhard und seine blonde Schnepfe und an die werweißwievielen anderen, die ich gar nicht kannte und dass Gott mich davor behüten möge, ihn jemals mit hierher zu bringen.

»Nein!«, antwortete ich mit Nachdruck.

»Oho«, Martha grinste breit über ihrer Kaffeetasse. Darauf war so ein komisches Symbol, ein Schmetterling mit ziemlich langem Unterleib, oder war es eine Streitaxt?

»Trennungskiste!«

»Ja«, gab ich kläglich zu. Mein Zustand ließ sie jetzt wohl das Schlimmste befürchten.

»Falls du darüber reden willst ...« – ich schüttelte stumm den Kopf, was sie enorm zu erleichtern schien, »... bin ich nicht die richtige Ansprechpartnerin. Warte, bis Käthe kommt. Sie ist eine Freundin von Susanne und Sozialpädagogin. Bei ihr kannst du dich richtig ausheulen.«

Schlagartig wurde ich müde. Sozialpädagogin hin oder her. War wohl doch ein wenig zu viel gewesen.

»Ich geh' in mein Zimmer«, flüsterte ich matt und schwankte auf die noch unbezogene Matratze, auf der ich sofort in tiefen und festen Schlaf fiel.

Ein paar Stunden später wurde ich durch mir völlig fremde Laute geweckt. In den Jahren meines Zusammenlebens mit Burkhard hatte ich mich an die ihm eigene Geräuschkulisse, vom Rasierapparat bis hin zum Fußballspiel im

Fernsehen, gewöhnt. Unbekannte Geräusche in meiner Wohnung versetzen mich leicht in Panik.

Durch die Wände drangen dumpfes Gepolter und kurze, scharfe Laute. Mühsam erhob ich mich. Meine Zunge war pelzig und ich hatte Kopfschmerzen. Jeder Knochen tat mir weh. Die Uhr zeigte kurz nach acht Uhr abends. Ich hatte knapp zwei Stunden geschlafen. Verwirrt torkelte ich in dem halbdunklen Zimmer herum und stieß mir den Fuß an einer Bücherkiste. Ich war todmüde und erschöpft. Es schien, als ob der ganze Stress und die Aufregung über Burkhards Verhalten und die Trennung sich jetzt auf einen Schlag bei mir bemerkbar machten. Gut, dass ich für morgen noch einen Tag Urlaub eingereicht hatte. Ich schleppte mich durch den spärlich beleuchteten Flur. Die Geräusche kamen aus einem der Zimmer.

Die Tür war nur angelehnt und ich spähte hinein. Eine drahtige, dunkelhaarige Frau übte anscheinend eine Kampfsportart. Bewundernswert, mit welch kraftvoller Eleganz sie sich bewegte. Ich hätte kein Kerl sein wollen, dem sie ihre Künste zeigte. In der Küche brannte Licht, aber keiner war dort. Ich nahm mir aus einem Kasten unter der Spüle eine Flasche Mineralwasser und verzog mich wieder in mein neues Zimmer. Lange hockte ich auf dem Bett in dem immer dunkler werdenden Raum. Nur leise hörte ich Verkehr von der Straße, der immer mehr abebbte.

Die dunkelhaarige Kampfsportlerin hörte ich noch eine Weile, danach lief im Bad Wasser. Irgendwann klappte die Wohnungstür und jemand machte sich in der Küche zu schaffen. Sehr viel später, ich war schon fast am Einschlafen, kam noch jemand, scheinbar in Begleitung. Aus dem Flur war Gekicher zu hören, Rascheln und Füßetrappeln. Dann kehrte Ruhe ein. Irgendwann meinte ich, einen unterdrückten Schrei zu hören. Dann schlief ich tief und fest und traumlos.

Es gibt einen Spruch, der besagt, dass der Traum, den man in der ersten Nacht in einem fremden Bett hat, sich bewahrheitet. So gesehen hätte in meinem Leben zunächst nicht viel passieren dürfen. Aber genau das Gegenteil war der Fall. Schon der nächste Tag brachte mehr als eine Überraschung für mich.

Unten auf der Straße knallte ein Auspuff. Erschreckt fuhr ich hoch. Wo bin ich? Was ist los? schoss es mir durch den Sinn. Langsam klärte sich die Situation in meinem Kopf. Ich hatte Burkhard verlassen.

Ich war hier in eine Frauen-WG eingezogen. Ich hatte gestern einen ziemlich anstrengenden Tag und außerdem hatten mich zwei läppische Brandys (zugegeben, Martha hatte beim Einschenken ganz schön zugelangt) umgeschmissen. Allerdings – jetzt fiel es mir wieder ein – hatte ich am Vortag ja überhaupt nichts gegessen, von ein paar Vollkornkeksen zum Frühstück einmal abgesehen. Und überhaupt, außer der überraschten Martha und der schusseligen Susanne schien auch niemand zu wissen, dass ich in dieses Zimmer eingezogen war. Ich sah an mir herunter. Ich hatte doch tatsächlich in meinen Klamotten, auf der nackten Matratze gepennt, ungewaschen, noch nicht einmal die Zähne waren geputzt. Es herrschte eindeutig Ausnahmezustand bei mir.

Mein Blick schweifte im Zimmer umher. Wo war mein Kulturbeutel? Lauter unausgepackte Kisten starrten stumm zurück. Wo war überhaupt was, und wie sollte ich das alles bewältigen? Auspacken, das Badezimmer finden. Was, wenn ich einen Riesenfehler gemacht hatte? Wer waren diese Frauen denn? Lauter Fremde. Und dann die ganze Organisation. Es gab nun viel zu tun für mich. Ich musste mich ummelden, einen Nachsendeantrag bei der Post stellen, Burkhard als Begünstigten aus meiner Lebensversicherung streichen lassen und die Einladung zu Steffis Geburtstag absagen, weil Steffis Freund ein guter Freund von Burkhard war, und, und, und.

Ein riesiger Berg von Verpflichtungen und Dingen, die zu erledigen waren, erschien vor meinem geistigen Auge. Wie sollte ich das bloß schaffen? Mich verließ der Mut. Auf einmal schien es mir den Boden unter den Füßen wegzuziehen und ich fragte mich, ob meine Entscheidung richtig gewesen war.

Ein leises Klopfen kam von der Tür. Ich war zu matt, um zu antworten. Vorsichtig schob sich ein rötlicher Wuschelschopf herein.

»Hallo, guten Morgen.«

Susannes Miene war zerknirscht und schuldbewusst.

»Kann ich reinkommen?«, ihr Blick fiel auf das Chaos um mich herum »oder magst du mit mir frühstücken? Die anderen sind alle schon weg.«

Kein Wunder, ein Blick auf die Uhr zeigte mir, dass berufstätige Mitmenschen bereits seit einigen Stunden auf den Beinen waren.

Nachdem ich im Bad meinen ramponierten Zustand notdürftig aufpoliert hatte, gesellte ich mich zu Susanne an den großen runden Holztisch in der Küche. Es gab Kaffee, Milch, Brötchen, Käse, Honig und Müsli. Auf einen Schlag verspürte ich einen riesigen Hunger. Susanne stellte – nach einem prüfenden Blick – noch ein großes Glas frisch gepressten Orangensaft vor mich hin.

»Tut mir leid, ich hatte tatsächlich vergessen, den anderen Bescheid zu sagen. Ich hoffe, du bist mir nicht allzu böse.«

Sie wurstelte wild in ihren Haaren. Ich berichtete von Marthas Reaktion, als sie mich mit Sack und Pack vor der Tür stehen sah.

»Sie sah aus, als wolle sie mich gleich wieder nach Hause schicken«, erklärte ich der zerknirschten Susanne.

Dann fragte ich nach der Kampfsportlerin und erfuhr, dass es sich dabei um Lilli handelte.

»Sie treibt viel Sport«, seufzte Susanne und tupfte mit dem Finger ein paar Krümel von ihrem Teller »und hat eine absolut tolle Figur.« Seufzend schaute sie an sich herab und drapierte das locker fallende T-Shirt noch ein wenig lockerer um ihre weibliche Silhouette.

»Claire, die im Zimmer daneben wohnt, ist im Moment unterwegs, aber sie wird nächste Woche hier sein«, fuhr sie fort, »dann kennst du uns alle.«

Ich verkniff mir die Frage, was wohl passieren würde, wenn eine der anderen Frauen nicht mit mir als Mitbewohnerin einverstanden wäre. Ich musste aufhören, mir über alle möglichen Dinge Sorgen zu machen. Ich musste erst einmal essen. Und tatsächlich, nach dem Frühstück sah ich die Welt schon mit optimistischeren Augen. Der Tag war warm und sonnig, die Wohnung ruhig und hell, und ich konnte mir mit Susanne alle Gemeinschaftsräume inklusive Keller, in dem die Fahrräder standen, ansehen.

Im Bad räumten wir ein Regal für mich frei und auch in der Küche ein Fach. Dann musste Susanne weg. Bis ihr Massageservice lief, jobbte sie an einer Tankstelle, erzählte sie. So sprang sie plötzlich auf, rief »Ach Shit, ich bin schon wieder zu spät dran!«, drückte mir einen Schlüsselbund in die Hand und stürmte türschlagend aus der Wohnung. Ich war allein.

Langsam ließ ich Wasser in die gläserne Kaffeekanne laufen, stellte das Frühstücksgeschirr zusammen und räumte die Lebensmittel in den Kühlschrank zurück.

Es tat gut, mich an gewohnten Verrichtungen festzuhalten, um mich so langsam an meine neue Umgebung zu gewöhnen. Die Tageszeitung – »wir haben ein gemeinsames Abo« – lag aufgeschlagen auf einem der Stühle, aber es fehlte mir die Konzentration, darin zu lesen.

In einer Schublade fand ich Block und Bleistift und schrieb zunächst einmal einen Einkaufszettel für meinen späteren Einkauf im Supermarkt. Danach stellte ich eine zweite Liste zusammen mit all den Dingen, die zu tun waren und hängte sie in meinem Zimmer hinter die Tür. Dann krempelte ich die Ärmel hoch und fing an auszupacken.

Am selben Abend hatte ich den größten Teil meiner Kisten bereits verstaut, mein »Ankleidezimmer« gesaugt, die Regale abgewaschen und mit frischem, duftenden Lavendelpapier ausgelegt. Kleider und Wäsche lagen sortiert an ihren Plätzen. Die Bücherregale hatte ich in der alten Wohnung stehen lassen, daher waren die Bücherkisten vorübergehend an der Wand gestapelt. Ich würde mir am nächsten Samstag im Mitnahmemarkt Regale besorgen. Gottseidank reichten meine handwerklichen Kenntnisse aus, um Lampen aufzuhängen, Jalousien zu befestigen und meine Stereoanlage anzuschließen. Zuletzt hängte ich zwei schöne gerahmte Poster auf und bezog die Matratze, die mir vorläufig als Schlafstatt dienen würde, und das Bettzeug mit meiner schönsten Bettwäsche. Meine drei Schönheitsutensilien hatte ich im Bad verstaut und außerdem auch noch ein paar Sachen zum Essen eingekauft. Zum Einstand hatte ich aus dem Supermarkt zwei Flaschen Sekt mitgebracht. Susanne hatte mir gesagt, am Abend würden alle Frauen da sein. Sie selbst wollte für das gemeinsame Abendessen Pizza und Rotwein mitbringen.

Als ich mich so in meinem neuen Domizil umblickte, waren die Ängste des Morgens schon wieder fast vergessen. Zu sehen, was ich geschafft hatte und den ganzen Tag so aktiv gewesen zu sein, war mir ausgesprochen gut bekommen.

Am Abend wartete ich in der Küche auf die anderen Frauen. Martha kam als Erste nach Hause und musterte mich träge.

»Bist ja ziemlich plötzlich verschwunden gestern Abend.«

Ohne eine Antwort abzuwarten, machte sie sich am Kühlschrank zu schaffen und häufte saure Gurken, Salami, Oliven und Peperoni auf einen Teller.

»Susanne wollte Pizza mitbringen«, bemerkte ich vorsichtig.

»Bei ihr kann Frau nie wissen, woran sie denkt oder was sie vergisst«, grinste Martha, mit vollen Backen kauend und zwinkerte mir zu. Ich spürte, wie ich rot wurde.

Kurz danach erschien Lilli. Sie musterte mich ernst, aber nicht unfreundlich, während sie sich aus ihrer schicken, hellen Leinenjacke schälte und ein paar braune Packpapiertüten voller Gemüse abstellte.

»Willkommen in unserer WG, auch wenn' s ziemlich überraschend kommt.« Der Druck ihrer schmalen, braunen Hand war trocken und warm und angenehm fest. »Ich bin Lilli.«

Stahlblaue Augen, ein sehr attraktives Gesicht, leicht gebräunter Teint, die dunklen Haare kinnlang geschnitten und glänzend wie Lack. Ihre Bewegungen waren kraftvoll und geschmeidig. Sie wirkte ungeheuer selbstbewusst und souverän. Ich beobachtete sie, während sie Obst und Gemüse in Körbe, Lagerraum und Gemüsefach verstaute. Mit einem Glas Mineralwasser kam sie dann zu uns an den Tisch. Martha hatte ihren Teller geleert und zündete sich nun eine Zigarette an. Lilli wedelte kräftig mit der Hand.

»Immer diese Qualmerei«, sagte sie streng.

»Ach, komm doch, Baby«, Martha fuhr ihr fast liebevoll durchs Haar und schickte ihr ein Luftküsschen.

»Deinetwegen hab ich' s in der Wohnung eh schon stark eingeschränkt.« Seufzend stand sie dann aber doch auf und rekelte sich, bevor sie auf den Balkon ging, um dort, fern von Lillis gebieterischem Blick, weiterzurauchen. Lilli lächelte leicht und sehr warm. Diese Frau gefiel mir.

»Rauchst du?«, fragte sie.

»Nein, hab' mir noch nie was draus gemacht.«

»Gut so.«

Ihre sehnigen Unterarme lagen auf dem Tisch. Langsam drehte sie ihr Glas zwischen den Händen. Ich wollte Konversation betreiben, die Stille machte mich nervös. Worüber konnte ich bloß mit ihr reden?

»Du machst Kampfsport?«

Gut, dass mir das wieder eingefallen war.

»Ja.«

Sie zählte alles möglich auf, was sie beherrschte, gerade lernte und wie nützlich das alles war. Außerdem gab sie Unterricht im Frauen-Sportverein.

»Wenn du Interesse hast, kannst du gerne mal bei uns vorbei kommen. Ich gebe dir eine Gratisstunde.«

Ihr Lächeln war freundlich und ich erzählte von dem Tai Chi Kurs, den ich gerade beendet hatte. Dann schien es mir, als ob sie mich lange prüfend musterte. Abrupt stand sie auf, wusch ihr Glas ab und blieb noch eine Weile auf die Spüle gestützt stehen. Ein merkwürdiges Gefühl beschlich mich. Ich spürte, dass ihr Verhalten etwas mit mir zu tun hatte, konnte aber keine Erklärung finden. Auf einmal wurde mir klar, dass ich hier kein Gast war. Ich konnte nicht einfach aufstehen und sagen »Tschüss, ich gehe jetzt heim.« Mein Zuhause war jetzt hier. Diese Frauen waren meine Mitbewohnerinnen, sie waren immer hier, ich musste mit ihnen klarkommen und sie mit mir. Diese Wohnung hier war unser gemeinsames Heim. Mir wurde flau im Magen.

Konnte ich das überhaupt, mit wildfremden Menschen zusammenleben?

»Ruhig« sagte ich mir, »ganz ruhig.«.

Ich hatte einen Entschluss gefasst, als ich hier einzog, einen sehr schnellen zwar, aber ich hatte ihn umgesetzt. Mit Burkhard hätte ich nicht mehr weiter zusammenleben können. Eine Wohnung zu finden hätte Monate gedauert. Und mein Erspartes hätte nie gereicht, um Kaution, Makler etc. zu bezahlen. Also musste ich hier, in meiner neuen Umgebung mit den Frauen, die mir jetzt noch fremd waren, klarkommen und mich mit dem auseinandersetzen, was hier lief. Lilli stand noch immer an der Spüle. Sie atmete tief ein und sah mich an.

»Bist du neu in der Stadt?«

Ich verneinte.

»Ich habe dich noch nie gesehen.«

Kein Wunder, die Stadt war groß.

»Du bist keine Schwester, oder?«

»Schwester? Von wem?«, fragte ich ein wenig blöd zurück.

Schließlich bin ich ein Einzelkind.

»Eine Lesbe. Bist Du lesbisch?«

»Ich? Was??!«

Vor lauter Schreck verschluckte ich mich. Was hatte das nun wieder zu bedeuten? Sie hatte doch nicht etwa das Gefühl, ich wolle etwas von ihr? Das wäre mir sehr peinlich gewesen. Ich überlegte noch, wie ich das klarstellen konnte, als sie weitersprach.

»Also?«, ihre Stimme war etwas heiser und sehr bestimmt.

Entsetzt winkte ich ab. »Natürlich nicht.«

Sie musste doch erleichtert sein, warum merkte man davon nichts.

»Natürlich nicht«, wiederholte sie mit tiefer Stimme. »Susanne ...«, fiel ihr dazu noch ein. Mit einem Kopfschütteln stieß sie sich vom Spülbecken ab.

»Oh Göttin«, stöhnte sie, bevor sie mit festen Schritten die Küche verließ und mich dort ganz verdattert sitzen ließ. Martha kam vom Balkon zurück.

»Wo ist die gestrenge Lilli?«, fragte sie. Noch bevor ich antworten konnte, hörten wir Susanne an der Tür.

»Mädels, ich bin daahaa.«

Bepackt mit Pizzakartons schob sie sich in die Küche. Ihr folgte eine sehr dünne Frau mit karottengelben Stoppelhaaren und einer eckigen und gefährlich aussehenden Brille.

»Hallo Käthe.« Martha hatte wieder das unbeteiligt, kühle Gesicht, mit dem sie mir am Tag zuvor die Türe geöffnet hatte.

Und die Frau mit den roten Haaren, das war also die Sozialpädagogin. Auch wenn ich von Vorurteilen auf den ersten Blick nichts hielt, wirkte sie auf mich nicht gerade so, als ob ich dieser Frau meine Sorgen und Nöte bezüglich des Trennungsschmerzes von Burkhard anvertrauen mochte.

Sie hatte keinen Funken Humor, fürchtete ich, auch wenn sie sich sofort mit einem Lächeln zu mir wandte, um sich vorzustellen.

»Käthe Hornberger«

»Diplom-Sozialpädagogin« ergänzte ich im Geiste.

Der lasche Händedruck war mir unangenehm. Beim Lächeln zeigte sie kleine, schiefe Zähnchen, die mich an eine Maus erinnerten. Aus der spitzen Nase sprossen ein paar dunkle Haare. Dachte ich mir es doch, dass sie nur auf Karotte gefärbt war. Eilig bewegte sie ihre knochige Gestalt zu »Suse-Süße«, wie sie Susanne nannte, und machte sich mit ihr am Tisch zu schaffen. Martha verzog den Mund und grinste fies. Während sie sprach, schaute sie in meine Richtung.

»Sag' mal, Käthe, ist in deiner Trennungsgruppe noch ein Platz frei?«

Strahlend drehte der grässliche Rotschopf sich in meine Richtung. Offensichtlich hatte sie noch nicht einmal eine Sekunde lang angenommen, Martha habe aus eigenem Interesse gefragt. Ich erinnerte mich an das Getrappel, Geflüstere und den unterdrückten Schrei von vergangener Nacht. Komisch eigentlich. Keine der Frauen hatte bisher von ihrem Freund gesprochen. Aber eine, vermutlich Martha, hatte gestern Abend jemanden mitgebracht.

»... können wir gerne mal ein Erstgespräch führen.«

»Was?«, ich schreckte aus meinen Gedanken. Käthes schwarze Augen lagen wie Saugnäpfe auf meinem Gesicht.

»Ich sagte, wenn du in die Gruppe möchtest, können wir gerne mal ein Erstgespräch führen.«

»Ist das notwendig?«

Schon wieder etwas, wo ich mich nicht auskannte. Trennungsgruppen. Aufgeregt zog diese Käthe sich einen Stuhl heran und saß mir plötzlich gefährlich nahe. Hinter mir war eine Wand. Ich konnte nicht wegrücken und war ihr ausgeliefert. Ihre schmale, scharfe Nase erinnerte mich an einen Raubvogel.

»Ich muss natürlich sehen, wie groß dein Leidensdruck ist, ob du bereit bist, dich einzubringen, ob du mit der Gruppe harmonierst.«

»Käthe, lass unsere Gästin in Ruhe.«

Lilli stand plötzlich im Raum. Respektvoll hielt die Angesprochene einen Moment inne. Bevor sie fortfahren konnte, mich weiter zu belabern, stand ich demonstrativ auf. Verwirrt erhob sie sich ebenfalls. Wahrscheinlich wollte sie mir noch etliche Dinge aufzählen, die sie in ihrem Erstgespräch klären musste. Schreckliche Vorstellung.

»Aber du kommst?«, fragte sie drängend.

»Ich denke darüber nach«, lautete meine diplomatische Antwort, denn ich wollte nicht, dass sie mich den ganzen Abend bedrängte.

Lilli sah mich scharf an – hatte ich schon wieder etwas falsch gemacht? – dann ging sie Susanne zur Hand, die schwitzend und völlig überfordert versuchte, den Rotwein zu öffnen und gleichzeitig den Tisch zu decken.

»Martha, stellst du mal Teller auf?« Mir zeigte sie die Besteckschublade, Käthe bekam einen Stapel Servietten in die Hand gedrückt. Sie selbst verteilte die erste Pizza und schob die anderen zum Warmhalten in den Ofen.

»Musik?« Martha schob eine Kassette in den Rekorder. Kerzen wurden angezündet, jede suchte sich einen Platz. Die aufregend heisere Stimme von Alice erfüllte den Raum, als wir endlich alle saßen und die Weingläser hoben und uns zuprosteten. Sogar Lilli, die, wie sie sagte, normalerweise keinen Alkohol trank, hatte heute zu meinem Einstand eine Ausnahme gemacht.

Es gibt Momente, die bleiben im Gedächtnis. So fest, als wären sie eingebrannt. Noch Jahre später erinnert man sich genau daran, an jedes Detail. So zum Beispiel, als ich mit 18 das erste Mal allein in Urlaub gefahren war, nach Südfrankreich, und nach durchzechter Nacht mit einigen Leuten am Meer saß, den Sonnenaufgang beobachtete und für einen kurzen Moment so etwas wie Ewigkeit spürte. Oder als ich vor einigen Jahren im Halbdunkel Burkhards Blick registrierte und wir uns ansahen, ganz offen und intensiv, über den ganzen Raum hinweg der voller Menschen war, die wir nicht mehr wahrnahmen.

Und so intensiv war auch dieser Moment im sanften Kerzenlicht an dem großen runden Holztisch, mit vier mir bis gestern völlig fremden Frauen. Etwas Neues, Unbekanntes lag in der Luft. Mir schien, als ob alles in Zeitlupe abliefe.

Susannes Blick, etwas orientierungslos, Käthes fordernde Art, Lillis ernste Augen und Marthas amüsiertes Grinsen. Etwas anderes war da noch. Ihre Augen ließen mich nicht los. Aber ich konnte es nicht deuten.

»Greift zu«, rief Susanne.

Die Momentaufnahme war beendet und wir fielen alle über die Pizza her. Die Frage von Lilli hatte ich in diesem Moment schon wieder völlig vergessen.

Mein Leben verlief bisher im Grunde ziemlich normal, das heißt, ohne große einschneidende Ereignisse. Ich wuchs in einem kleinen Dorf auf, ging dann in die nächstgrößere Stadt aufs Gymnasium und in die noch größere Stadt, um eine Lehre zu absolvieren. Die Trennung von meinen extrem konservativen Eltern und dem Dorfleben vollzog sich schrittweise. Kein Grund zu rebellieren, kein Grund sich übermäßig anstrengenden Diskussionen auszusetzen. Im Gegenteil. Meine Eltern glauben noch heute an ihr braves, kleines Mädchen. Von Menschen, die die unterschiedlichsten Erfahrungen gemacht und ihre Schlüsse daraus gezogen hatten, wissen sie nichts. Als ich mit Mitte zwanzig noch nicht, wie die meisten meiner Grundschulkameradinnen, mit irgendeinem netten, ein wenig langweiligen Mann aus dem Nachbardorf verheiratet war und sich auch mein Kinderwunsch in überschaubaren Grenzen, nämlich bei null, hielt, wurden sie leicht unruhig. Das legte sich erst richtig, als ich mit Burkhard zusammenzog. In Wahrheit war ich einfach lange Zeit zu träge, um über meine Zukunft nachzudenken.

Die Vorstellung, Kinder zu windeln und für einen Mann Socken zu waschen, erschien mir nie sehr verlockend. Aber ich habe auch nie andere Lebensentwürfe entwickelt. Im Grunde ließ ich mich treiben, beruflich und privat. Aktiv hatte ich noch nie etwas in meinem Leben gestaltet. Ab und zu wurde mir das bewusst und ich geriet jedes Mal in Panik. Wie sollte das weitergehen? Wie konnte ich im Leben bestehen, wenn ich keinen eigenen Antrieb hatte? Immer wieder gelang es mir, diese Fragen erfolgreich zu verdrängen. Doch nun hatten mich die Umstände gezwungen, aktiv zu werden.

Dass ich ausgezogen war, war richtig. Ob diese WG für mich richtig war, wusste ich noch nicht. Aber, wo hätte ich sonst so schnell unterkommen können? Susanne wischte sich mit der Serviette den Mund ab.

»Noch ein Weinchen?« Martha schwenkte die Rotweinflasche.

»Gern«, Käthe schob eilig ihr Glas nach vorn.

Lilli und Suse wollten nicht mehr. Die eine, weil sie für ihre Verhältnisse schon recht viel getrunken hatte, die andere, weil sie etwas erhitzt war vom Alkohol. Martha und ich teilten uns den Rest.

Beim Essen war über alles Mögliche gesprochen worden. Literatur, Musik, Politik, aber nichts Privates. Lilli hatte das Gespräch sanft gelenkt. Irgendwann klingelte das Telefon und Lilli verschwand ziemlich lange.

»Hör mal, Käthe«, Martha beugte sich vor. »Stimmt das, dass Petra demnächst in eurer Beratungsstelle arbeitet?«

Käthe lehnte sich distanzierend zurück. »Ist noch nicht klar.«

Dem Tischgespräch war zu entnehmen gewesen, dass Käthe in einer Beratungsstelle arbeitete, dort, wo sie auch ihre Gruppe leitete. Es war ein Frauenprojekt und im Moment von Kürzungen der finanziellen Mittel bedroht. Das hatte Käthe während des Essens lang und breit ausgewalzt. Lilli kam zurück, grade rechtzeitig, um einem erneuten Ansatz von Käthe, mir ihre Gruppe schmackhaft zu machen, zuvorzukommen. Sie und Susanne redeten dann über einen Film, den ich nicht kannte, während ich zuhörte und an meinem Wein nippte.

»Ich komm gleich wieder«, Käthe erhob sich eilig und verließ die Küche in Richtung Badezimmer, um den Rotwein wieder loszuwerden.

Martha seufzte und sie und Lilli tauschten einen tiefen Blick.

Es war spürbar, dass sie alle sehr viel voneinander wussten, ziemlich nah beisammen waren. Martha hatte mich während des Essens aufgeklärt, dass unter normalen Umständen die Vergabe eines WG-Zimmers von allen gemeinsam beschlossen werden musste. Susanne bekam gleich wieder einen roten Kopf. Käthe verteidigte Susanne, weil die ja unter einem so großen emotionalen Stress stünde, wegen der Trennung von Kerstin und dem Aufbau des Massageservice und, und, und.

Für mein Verständnis musste Kerstin eine geplante Partnerin des Massageservice gewesen sein, aber so ganz verstand ich das alles nicht und so direkt nachfragen mochte ich am ersten Abend auch nicht gleich. Martha und Käthe gerieten in eine heftige Diskussion über das Vergabeverfahren der Zimmer, während Susanne völlig aufgelöst daneben hockte. Lilli saß mit gekreuzten Armen am Tisch und schaute vor sich hin. Dennoch schien sie jedes Wort zu verfolgen. Die Diskussion ging vom Besonderen zum Allgemeinen. Jetzt wurden Grundsatzfragen des WG-Lebens diskutiert.

Martha sagte gerade: »Ich dachte wirklich, das hätten wir schon alles hinter uns«, als ein Klingeln an der Tür die hitzige Debatte unterbrach. Susanne, offensichtlich froh, der unangenehmen Situation entfliehen zu können, ging zur Tür. Sie kam mit einer ziemlich großen Frau zurück.

»Für dich, Martha«, sagte sie mit einem giftigen Blick. Neid, wie es schien.

Die Frau trug schwarzes Leder und war durchtrainiert. Die raspelkurzen, weißblonden Haare zeigten dunkle Ansätze, was einen interessanten Kontrast ergab. Auch sonst gab es einiges an ihr zu gucken, besonders diverse Tattoos und Piercings an den Oberarmen und im Gesicht. Die Frau ging auf Martha zu und küsste sie ungeniert auf den Mund. Die Art, wie sie das machte, sehr selbstverständlich und sehr erotisch, verursachte mir ein ungutes Kribbeln im Hinterkopf. Irgendetwas stimmte hier nicht. Ich hatte ja auch Freundinnen, aber der Umgang hier miteinander war doch von einer fast intimen Vertraulichkeit, von der ich nicht wusste, ob es mir gefiel, dabei zu sein.

Es war plötzlich totenstill in der Küche. Alle sahen Martha an, offenbar gespannt auf ihre Reaktion. Zu meinem Entsetzen fing sie an zu grinsen und streichelte der Lederfrau über den Po.

»Hallo Andrea«, gurrte sie mit ungewohnt weicher Stimme. Susannes Blicke flogen wie Dartpfeile durch die Gegend, und alle durchbohrten Martha. Lilli grinste süffisant in sich hinein. Käthe sah aus wie die Empörung in Person, hielt aber ausnahmsweise mal den Mund.

»Komm, wir gehen in mein Zimmer.«

Mit einem Blick auf Susanne schob Martha ihren Stuhl zurück und verließ mit Andrea die Küche. Susannes düsterer Blick folgte den beiden.

»Warum tut sie das«, schrie sie, kaum dass die beiden außer Hörweite waren. »Sie weiß doch genau, wie sehr ich in Andrea verknallt bin.«

Ein verzweifelt klingender Schluchzer entrang sich ihrer Brust und ging ans Herz. Aber das war es nicht, was mir den Boden unter den Füßen wegzog. Etwas stimmte hier nicht. Ganz und gar nicht. Was hatte das alles zu bedeuten? Küsse auf den Mund, Marthas Hand auf dem Po der Fremden, Susanne verknallt in die Lederfrau? Das war doch nicht normal. Ungläubig schaute ich auf die Frauen um mich herum. Die unangenehme Käthe, die verheulte Susanne und die schöne, jetzt sehr ungeduldig wirkende Lilli. Keine hatte mich nach meinem Freund gefragt. Keine den Eigenen erwähnt. Und dann dieser vertrauliche Umgang, die Berührungen.

Lillis Frage von vorhin fiel mir wieder ein. Liebe Güte, wo war ich denn hier gelandet! Vor Schreck presste ich die Hand auf den Mund und bemühte mich krampfhaft, nicht hysterisch zu werden. Sofort setzte ein schlimmer Schluckauf ein. Den bekomme ich immer in Krisensituationen.

Lillis scharfer Blick wirkte wie eine Ohrfeige, und brachte mich wie nach einem kurzen Schmerz dazu, tief durchzuatmen und das Schlimmste zu vermeiden.

»Hör zu, Schätzchen, wir fressen dich nicht.«

Ihre Stimme war voll und warm wie immer. Käthe und selbst Suse merkten, dass etwas im Gange war. Suse schnüffelte noch ein wenig, während Käthes aufgeregtes Gemurmel immer leiser wurde. Lilli ging in den Flur. Wir hörten sie rufen: »Martha, bevor ihr anfangt zu vögeln, es gibt hier noch was zu klären in der Küche. Es eilt.«

Ich fiel vor Schreck fast ohnmächtig vom Stuhl. Was hatte das alles bloß zu bedeuten? War alles umsonst gewesen, die Plackerei mit den Kisten, das Putzen und der ganze Aufbau im Zimmer? Hier konnte ich nicht bleiben – oder? Heimlich zurückgehen zu Burkhard war auch nicht drin. Mittlerweile hatte er meinen Auszug längst bemerkt. Und wo sollte ich ein anderes Zimmer herkriegen? Trotz meiner aufkommenden Panikstimmung mischte sich auch ein Fünkchen Bedauern in mein Gefühlschaos. Gerade fing ich an, die Frauen zu mögen. Aber so wie die Dinge lagen, wurde das jetzt sicher nichts mehr mit dem Zusammenwohnen. Ich dachte an Flucht. Jetzt sofort und auf der Stelle. Ich wollte gar nichts mehr wissen und auch gar nichts diskutieren.

Doch statt davonzulaufen, blieb ich einfach sitzen, als wäre ich auf meinem Stuhl festgeklebt. Martha kam zurück.

»Wehe es ist nichts Wichtiges.«

»Wir müssen etwas Internes klären.« Lilli schaute uns alle der Reihe nach an. »Käthe, lass uns bitte eine Weile allein.«

Sie tat es ungern.

»Geh solange in mein Zimmer«, bot Susanne an. Als Käthe draußen war, legte Lilli los.

»Suse, hast du Tina eigentlich gefragt, woher sie unsere Telefonnummer hatte und warum sie grade hier bei uns einziehen wollte?«

Die lief schon wieder rot an. Das personifizierte schlechte Gewissen.

»Nein«, gab sie kleinlaut zu »ich hatte doch grade Petra zum Üben da.«

Martha verfolgte das Gespräch mit gerunzelter Stirn.

»Worum geht es hier eigentlich? Warum ist das denn so wichtig?«

»Erfährst du gleich.« Lilli war wirklich sehr streng.

»Also, du hast nicht gefragt, woher Tina von dem Zimmer wusste?«

Susanne schüttelte stumm den Kopf. Martha ließ sich schnaubend auf einen Stuhl fallen.

»Und –«, Lilli blickte uns alle der Reihe nach an »du hast ihr auch nichts über uns erzählt, stimmt' s?«

»Was hätte sie denn über uns sagen sollen, die Schuhgröße oder was? Warum fragst du das alles?« Martha war gereizt.

»Weil ...« Lillis Antwort schwebte eine Weile in der Luft »das hier nicht irgendeine WG ist. Wir haben uns entschlossen zusammenzuziehen, weil wir unter uns sein wollten.« Sie drehte sich zu mir um.

»Das hier ist eine Lesben-WG.«

Martha hob die Augen zur Decke. »Das wissen wir doch!«

»Tina nicht«, erklärte Lilli scharf und laut. »Sie ist eine waschechte Hetera. Und sie hat keine Ahnung, wo sie hier gelandet ist.«

Die Bombe war geplatzt. Schreckensstarr saß ich da.

Drei Augenpaare richteten sich auf mich. Susanne erschrocken, Martha verständnislos und Lilli halb verärgert, halb resigniert.

»Wie, was, 'ne Hetera?«

Martha sah mich an, als hätte ich die Krätze. Susannes Blick war eher mitleidig, was mich, so absurd das in der Situation war, ärgerte.

»Warum hast du mir das denn nicht gesagt, als du das erste Mal hierhergekommen bist?«

Sie schien tatsächlich zu glauben, ich hätte gewusst, wo ich lande. Sollte ich ihr sagen, dass ich normalerweise nicht durch die Lande ziehe und als Erstes alle möglichen wildfremden Menschen über meine sexuelle Orientierung aufkläre?

»Gute Göttin, was nun«, das war wieder Martha. Ich saß noch immer wie vom Donner gerührt. Wie um alles in der Welt konnte das passieren?

»Frauen-WG stand auf dem Zettel«, versuchte ich zu erklären.

»Ach, Quatsch. Die Frauenzeichen waren verschlungen. So!« Susanne deutete auf ihre Ohrstecker. Sie war total verärgert.

»Und was das heißt, weiß doch wohl jede.«

Ich nicht, bis heute. War mir bisher überhaupt nie aufgefallen, so ein Zeichen.

»Wir müssen eine Entscheidung treffen.« Lilli trieb die Sache voran.

Sie fragte mich, wie wichtig das Zimmer für mich sei, ob ich Alternativen hätte. Sie wollten mich rausschmeißen, dessen war ich sicher. War ich noch vor ein paar Minuten überzeugt davon gewesen, mich hier schnellstens wieder abseilen zu müssen, so schockierte mich jetzt die Vorstellung, wieder gehen zu müssen. Wohin sollte ich denn auch? Ich fing an zu heulen. Es war einfach zu viel. Und dann erzählte ich stockend und schluchzend von meiner Trennung und meinem Elend. Irgendwann tauchte zwischendurch mal Käthe im Türrahmen auf, wurde aber sofort von den Frauen energisch weggewinkt. Als ich fertig war, sahen wir alle ziemlich mitgenommen aus.

»Wir müssen uns beraten.«

Lilli schob mich sanft zur Tür hinaus. Im Flur blieb ich kurz stehen. Aus der Küche hörte ich heftiges Stimmengemurmel.

Verstehen konnte ich nichts. In meinem Zimmer fiel ich resigniert auf die Matratze. Wo war ich nur hineingeraten? Und was nun? Wie würden sie sich entscheiden? Musste ich meinen ganzen Krempel wieder zusammenpacken und heute Nacht unter einer Brücke nächtigen? Wie sie sich wohl entscheiden mochten? Es dauerte dann doch nicht so lange, wie ich befürchtet hatte.

»Tina, kannst du dir vorstellen, hier mit uns zu wohnen, nach unseren Regeln, falls du hier bleiben möchtest?«

Das hatte ich mir ja nun schon beim Warten in meinem Zimmer überlegt. So sehr mir der Schreck in die Glieder gefahren war, ich wollte hier bleiben! Die Frauen hatten es mir schon angetan. Sogar Martha. Hier, in ihrer Mitte fühlte ich mich wohl. Ein erneuter Schluckauf hinderte mich am Reden. Ich nickte heftig. Die Drei hatten beraten und waren mit mir als neuer Mitbewohnerin einverstanden.

»Vielleicht tut es uns ganz gut, und dir bestimmt auch.«

Suse und Martha sahen allerdings eher skeptisch aus.

»Aber«, Lillis Stimme wurde eine Nuance fester und nachdrücklicher »es gibt ein paar Grundregeln.« – Strenger Blick. »Männer dulden wir hier nicht.«

Diese Bedingung war nicht schwer zu erfüllen. Ich nickte und hickste.

»Versprochen, keine Männer.«

3.

Der Gang ins Büro erschien mir am nächsten Morgen wie die Rückkehr in eine andere Welt. In nur zwei Tagen war mein bisheriges Leben total auf den Kopf gestellt worden. Ich hatte nicht nur den Mann verlassen, mit dem ich die letzten Jahre zusammengelebt hatte, sondern auch meine gewohnte Umgebung. Vielleicht hatte ich auch einige Bekannte verloren, das würde sich noch herausstellen. Und ich musste mich mit einer mir bislang völlig fremden Lebensform auseinandersetzten: Lesben. Natürlich hatte ich schon vorher gewusst, dass es sie gab, Frauen, die Frauen lieben.

Ja, ich glaube sogar, dass sich in mich auch schon einmal eine Frau verliebt hatte. Es ist schon ganz lange her, ich war damals vielleicht 18. Sie war ein paar Jahre älter und schien mir ungeheuer weltgewandt. Es schmeichelte mir damals, dass mir jemand so viel Aufmerksamkeit schenkte, mich zum Kaffee und ins Kino einlud. Diese Frau hatte mich immer so irritierend lange angesehen. Doch irgendwann verlief sich die Bekanntschaft. Das Einzige, was je »passierte«, war eine Umarmung, einmal, als wir uns nach dem Kino verabschiedeten. Im Nachhinein meine ich, ihr Blick wäre voll Sehnsucht gewesen. Seither war ich meines Wissens nicht mehr mit lesbischen Frauen in Berührung gekommen. Aber konnte ich da so sicher sein? Schließlich hatte ich anfangs keiner meiner Mitbewohnerinnen irgendetwas Besonderes angemerkt. Ich würde wohl in Zukunft doch mit offeneren Augen durch die Welt gehen.

Wenn man Burkhard glauben durfte, der schwule Männer immer nur Schwuchteln nannte, warfen diese sich sofort und unverzüglich auf jeden halbwegs passablen Mann. Er behauptete steif und fest, vor Schwulen wäre Mann nirgendwo sicher. Allerdings kannte er gar keine, daher war mir diese Aussage immer schon suspekt gewesen.

Trotzdem fragte ich mich, ob etwas an mir anders oder merkwürdig wäre, denn an diesem Morgen schienen mich meine Kollegen und Kolleginnen seltsam anzusehen. Sah ich etwa doch schon irgendwie anders aus, jetzt, wo ich in einer Lesben-WG wohnte?

Frauke, meine Zimmerkollegin bei der Versicherung, klärte mich auf.

»Was ist eigentlich los bei dir?«

Sie schüttelte den Kopf und griff sich mit beiden Händen an die Schläfen, als hätte sie schlimmste Migräne.

»Dein Burkhard …«

(wie sich das anhörte – schon so weit weg – »Dein« Burkhard)

»… ruft hier seit zwei Tagen dauernd an und will wissen, wo du bist. Die halbe Abteilung hat er schon verrückt gemacht.«

Frauke war eine liebe Kollegin, zuverlässig und loyal, keine der üblichen Klatschbasen, sondern äußerst diskret. Trotzdem brachte ich es nicht über mich, ihr meine Situation zu schildern.

Zusammengesunken strafte ich meinen ergonomisch perfekten Bürodrehstuhl Lügen. Das Telefon klingelte. Frauke ging seufzend hinaus.

Weg war sie. Ich saß da und schaute das klingelnde Telefon an. Es hörte nicht auf. Ich schaute eindringlicher. Es half nichts. Immerhin könnte es auch ein Kunde sein. Seufzend hob ich ab.

Gottseidank, es war nur ein wütender Versicherungsnehmer, der ein Problem hatte und mir wegen eines ablehnenden Schreibens nun ins Ohr brüllte. Bevor ich ihn mit einem unserer in Fortbildungen mühsam antrainierten Rhetorik ruhigstellen konnte, knallte er schon wieder den Hörer auf. Recht so. Konnte ich mir den ganzen Zirkus sparen.

Frauke kam mit zwei Tassen Tee zurück, eine davon stellte sie vor mir ab und vertiefte sich anschließend demonstrativ in ihre Unterlagen. Ich wusste, sie würde nicht fragen und – im Gegensatz zu anderen – auch nicht vor unterdrückter Neugier vibrieren oder halb gare Gerüchte verbreiten. Hätte ich zwei Zimmer weiter gesessen, sähe das anders aus. Mit Grausen dachte ich an die dummen Mäuler dort, die den ganzen Tag nichts Besseres zu tun haben, als über andere zu tratschen. Wenn die wüssten …

Lustlos besah ich mein Posteingangskörbchen. Es war voll. Arbeitselan vermisste ich heute gänzlich. Den heißen Tee schlürfend, sah ich aus dem Fenster. Dem warmen Wetter der letzten Tage war heute ein diesiger Tag gefolgt. Grau und schwer hing der Himmel über der Stadt. Das passte irgendwie. Na gut, okay, dachte ich so bei mir. Wenn es sein muss, spreche ich mit Burkhard. Ich war überzeugt, dass nichts von dem, was er sagen würde, meine Entscheidung ins Wanken brächte. Wieder klingelte das Telefon. Diesmal war er es. Ich erkannte ihn zuerst nicht, denn noch nie hatte ich ihn so schreien hören.

»Endlich erreiche ich dich. Bist du denn wahnsinnig geworden!«

Jetzt blieb ihm wohl erst mal der Atem weg. Etwas weniger lautstark aber immer noch wütend fuhr er fort.

»Was denkst du dir denn bloß? Ich habe mir Sorgen gemacht um dich. Kannst du dir eigentlich vorstellen, wie ich mich die letzten zwei Tage gefühlt habe?«

»Ich kann dir das jetzt nicht erklären.«

Frauke schaute nur ganz kurz auf und fragte per Zeichensprache, ob sie kurz rausgehen solle. Ich schüttelte den Kopf. Ich hatte nicht vor, das Ende meiner Beziehung jetzt zu diskutieren.

»Das kann ich mir gut vorstellen, wie willst du so etwas überhaupt jemals erklären?« Burkhard klang jetzt regelrecht beleidigt.

Wir vereinbarten ein Treffen auf neutralem Boden, am selben Abend im Café Eckstein. Am allerliebsten hätte er mich aber sofort gesehen, hatte kein Verständnis für meine Verzögerungstaktik, wie er es nannte. Langsam ließ ich den Hörer sinken. Frauke blickte nachdenklich unter dem Vorhang ihrer langen, glatten Haare zu mir rüber. So, als würde sie sich fragen, ob sie mich die ganze Zeit falsch eingeschätzt hatte. Keine unangenehme Vorstellung. Ich hatte es satt, brav und berechenbar zu sein.

Für das Treffen mit meinem Ex machte ich mich richtig schön. Zunächst blockierte ich stundenlang das Bad, was mir Marthas verärgerte Kommentare eintrug. Dann bekam alles im Ankleidezimmer und vor meinem Spiegel den letzten Schliff. Schmale schwarze Hose, schwarzes ärmelloses T-Shirt. Darunter einer dieser BHs, die den Busen voll zur Geltung bringen. Den hatte ich mir neu gekauft, ebenso wie ein Parfum. Schade, dass ich mir nicht noch schnell 'ne Tätowierung hatte zulegen können. Es machte richtig Spaß, sein Image zu verändern! Meine langen dunklen Haare lockten sich großzügig bis weit über die Schultern. Normalerweise binde ich sie im Nacken zusammen, damit sie mir nicht dauernd ins Gesicht fallen. Heute ließ ich den

Schopf offen. Frisch gewaschen, glänzend und locker fiel die Pracht um mein schmaler gewordenes Gesicht. Burkhard sollte ruhig sehen, was er so leichtfertig aufgegeben hat. Ich tupfte noch ein paar Tropfen meines neuen Dufts *für den Star in Ihnen* auf die Handgelenke und war sehr zufrieden mit mir. Außer etwas Wimperntusche und Lipgloss brauchte ich keine Schminke. Mein einziger Schmuck bestand aus den langen silbernen Ohrhängern mit dem großen roten Stein. Schnell schnappte ich mir noch Jacke und Handtasche. Als ich an der offenen Küchentür kurz stehen blieb, um tschüss zu sagen, stieß Martha einen lauten Pfiff aus.

»Weib, du siehst scharf aus«, rief sie mir noch hinterher.

Ich grinste. Es war ein Kompliment.

Burkhard war schon da, als ich das *Eckstein* betrat. Mit zornumwölkter Stirn schaute er in sein Bierglas. Ich saß noch nicht ganz auf meinem Stuhl, als er schon anfing, heftig auf mich einzureden. Sofort stand ich wieder auf und drohte ihm, schnurstracks wieder zu gehen, wenn er nicht normal mit mir reden würde. Verblüfft schwieg er. So viel Durchsetzungskraft war er von mir nicht gewöhnt. Ich setzte mich wieder.

»Tina«, es fiel ihm schwer, ruhig zu bleiben, »wie kannst du so etwas tun? Ich dachte, zwischen uns sei alles klar?«

Sein verzweifelter Blick saugte sich an meinem Gesicht fest. Mir wurde schlagartig klar, dass er ja überhaupt nicht wusste, dass ich ihn in flagranti ertappt hatte.

»Verschwindest nach vier Jahren.«

»Fünf«, verbesserte ich.

»Noch schlimmer! Haust einfach ab, ohne einen Ton zu sagen. Lässt mich stehen wie einen dummen Jungen.«

Ich fragte mich, wie viel davon verletztes Gefühl oder verletzte Eitelkeit war.

»Wer war denn die Blonde, mit der du am Sonntagabend im Apfelwein-Garten herumgeschmust hast?«

Meine Stimme klang ungewohnt und unangenehm scharf in meinen Ohren.

»Wieso?«, fragte er blöd.

»Weißt du nicht mal ihren Namen?«

»Hör mal, Tina.« Verzweifelt fuhr er sich durchs Haar.

Früher hatte mir das immer so gefallen. Er hatte so schöne Haare, es war immer ein Vergnügen gewesen, darin zu wuscheln.

»Egal, wer dir diesen Schwachsinn erzählt hat. Es war ein Freundschaftsdienst für Christoph.«

Christoph war Burkhards bester Freund und ein ziemlicher Schürzenjäger.

»Er war mit ...«, er stockte ein wenig, wahrscheinlich überlegte er gerade, ob er mir den Namen der Dame anvertrauen durfte. Er tat es nicht. Na, auch egal, wie die Pissnelke hieß.

»... dem Mädchen verabredet ...«

Mädchen! Die Frau war mindestens 30.

»... und konnte kurzfristig nicht.« Verständnis heischend sah er mich an. »Da bin ich eben eingesprungen.«

»Eingesprungen? So nennt man das?«

Der Kellner trat an den Tisch und unterbrach unsere Konversation. Ich bestellte Almdudler. Ich brauchte einen klaren Kopf. Burkhard wollte noch ein Bier.

»Gott, Tina«, vertraulich beugte er sich über den Tisch und griff nach meiner Hand. »Ich wollte es dir ja sagen, aber du wärst ja gleich wieder auf 180 gewesen.«

Der Blick dieser Augen hatte mich schon immer ganz schnell ganz schwach gemacht. Fast hätte ich ihm geglaubt. Alles wird gut, sagten diese Augen, komm wieder heim zu mir, wo du hingehörst. Ich stellte mir vor, wie es wäre, wieder daheim. Keine fremden Mitbewohnerinnen, die an die Badezimmertür hämmerten, keine fremden Geräusche in der Nacht, Burkhard würde um mich herumscharwenzeln, mir jeden Wunsch erfüllen, zärtlich und geduldig sein, wie jedes Mal hinterher.

»WIE JEDES MAL HINTERHER!« Fast, fast –.

Ich riss meine Hand wieder an mich und den Rest von mir zusammen.

»Nein, Burkhard, es ist vorbei. Ich habe endgültig genug. Und noch etwas: Niemand hat' s mir erzählt, ich habe dich selbst gesehen.« Ich deutete in mein Gesicht. »Mit diesen Augen!«

Die Getränke kamen. Ich war so durstig, dass ich mein Glas beinahe auf einen Zug hinunterstürzte.

»Du musst dich täuschen«, versuchte er zu retten, was nicht mehr zu retten war. Doch er merkte selbst, dass er sich damit nur noch mehr in die Bredouille brachte. Er probierte es auf eine andere Tour.

»Unsinn, egal was du gesehen hast, es ist nicht so, wie du denkst!«

Grade dachte ich, was für ein blöder Spruch das war.

»Ach, komm doch«, sagte ich resigniert, »was soll das denn noch, wie oft haben wir dieses Gespräch denn schon geführt?«

»Bitte lass mich dir alles erklären.« Er gab nicht auf. »Du musst doch wissen, dass du die Einzige bist, die mich wirklich interessiert!«

»Warum interessierst du dich denn dann überhaupt für andere Frauen!?«

»Das hat doch alles nichts zu bedeuten.«

»Dann lass es doch!«

»Lass' mich doch erklären ...«

»Hör auf damit, ich kann es nicht mehr hören.«

Er machte mich wütend.

»Du übertreibst, so schlimm ist es gar nicht,« versuchte er abzuwiegeln.

Mir reichte es, und das sagte ich ihm auch.

»Ständig deine Seitensprünge, immer die weit hergeholten Entschuldigungen dazu, und von mir erwartest du immer, dass ich alles verzeihe, alles verstehe, immer wieder für dich da bin. Nein,« ich schüttelte heftig den Kopf, »das ist jetzt endgültig vorbei.«

Ich musste wieder zu Atem kommen.

»Mag sein, dass es nicht richtig war, dir meinen Entschluss im Nachhinein so kurz schriftlich mitzuteilen, aber«, jetzt sah ich ihn zornig an, »es war der richtige Entschluss, dich zu verlassen.«

Ich knallte mein Glas auf den Tisch und stand so heftig auf, dass mein Stuhl umfiel. Im Aufstehen riss ich Handtasche und Jacke an mich.

»Tina, jetzt renn' doch nicht weg.«

»Lass mich in Ruhe, lass mich bloß in Ruhe«, schleuderte ich ihm noch entgegen, bevor ich ging.

»Wo wohnst du denn jetzt, sag wenigstens, wo ich dich erreichen kann«, rief er mir verzweifelt nach. Er bekam keine Antwort mehr.

Im Rausgehen sah ich mich in einem der hohen Spiegel an den Säulen. Die schwarzen Locken flogen um den Kopf, meine dunklen Augen sprühten vor Zorn und meine Wangen waren in ein Rot getaucht, das hier im schummrigen Licht wie dunkle Schatten wirkte. So hatte ich mich noch nie gesehen. Das war ein ganz anderes Bild von mir. Fremd und schön.

Ich gefiel mir so. Und nicht nur mir. Zu meinem Erstaunen nahm ich wahr, dass einige Köpfe an der Theke sich nach mir drehten. Gut so. Lange genug war ich ein graues Mäuschen gewesen. Es würde Zeit für etwas anderes. Höchste Zeit.

Den Freitag und das Wochenende nutzte ich dazu, Regale, einen Tisch und ein kleines Sofa zu kaufen und mit Susannes Hilfe aufzustellen. Als wir meine Bücher auspackten, schüttelte sie den Kopf. Krimis, mein derzeit bevorzugter Lesestoff, schienen nicht ihr Fall und sie bot an, mir mal was aus ihrem Bestand zu leihen. Etwas »Gefühlvolles«, wie sie sagte. Als Einstandsgeschenk an die WG-Frauen putzte ich dann noch Bad und Küche auf Hochglanz und setzte Kräuter auf dem kleinen Küchenbalkon.

Weder Martha noch Lilli waren da. Martha trieb sich mit der Lederfrau herum, wie Susanne mit düsterer Mine berichtete. Und Lilli war zu einer Kampfsportfreundin nach Marburg gefahren. Es machte mir Spaß, mit Susanne allein zu sein. Sie war ein Schussel und neigte zu unkontrollierten Gefühlsausbrüchen, aber sie war auch ehrlich und hilfsbereit und ansonsten eine unkomplizierte Wohnungsgenossin.

Sie erzählte mir von ihrer Oma, bei der sie aufgewachsen war und die sich nach einer vierzigjährigen, scheinbar glücklichen Ehe von der braven Ehefrau und Mutter nach dem Tod ihres Mannes in eine lebenslustige und umtriebige Person verwandelt hatte. Die Hinterlassenschaft ihres trockenen und zeit seines Lebens diszipliniert arbeitenden Gatten Egon, der scheinbar auch ein gutes Händchen bei der Geldanlage gehabt hatte, überstieg ihre kühnsten Erwartungen. Selbstverständlich hatte Gatte Egon seine geliebte Frau Hilde niemals in diese Geldgeschäfte eingeweiht, denn selbstverständlich verstanden Frauen davon ja nichts.

Als Susannes Oma nach dem Tod ihres Ehemanns die säuberlich geführte Buchhaltung durchsah, begriff sie schnell, dass dies der Schlüssel zu ihrer persönlichen Freiheit war, ohne dass Egon jemals bei all seinen Bemühungen zu horten, dies im Sinn gehabt hatte. Die Kinder waren aus dem Haus, welches ihr völlig hypothekenfrei gehörte, Egons Pension reichte für die alltäglichen Bedürfnisse weit hinaus aus und all die Aktienpakete, festverzinslichen Wertpapiere und Immobilienfonds warteten geradezu darauf, zu purer Lebenslust umfunktioniert zu werden. Immerhin hatte Oma Hilde mehr als vierzig Jahre lang darauf gewartet. Sie sorgte dafür, dass für Kinder und Enkel genug übrig blieb, und machte sich dann daran, den Rest hemmungslos zu verprassen.

»Stell dir vor«, prustete Suse, »sie braust jetzt mit einem Sportwagen durch die Gegend. Und nicht nur das. Voriges Jahr hatte sie eine Tour durch Nepal mitgemacht. Dort hat sie sogar mal eine ganz obskure Wasserpfeife geraucht. Sie sei dadurch in anderen Sphären geschwebt, hat sie erzählt.«

Wir prusteten los bei dem Gedanken, was da wohl alles in der Wasserpfeife drin gewesen sein mochte.

Suses Geldnöte waren in der WG hinlänglich bekannt.

»Kann deine Oma dir denn nicht unter die Arme greifen, sozusagen als Starthilfe für den Massageservice?«

Sie winkte nur ab.

»Mit Omi mag ich da noch nicht drüber reden.« Unentschlossen kaute sie auf ihrer Unterlippe herum. »Ich versuche es erst einmal alleine.«

Sie erklärte mir ihre Idee: Frauen zu Hause oder am Arbeitsplatz richtig zu verwöhnen und ihnen ein volles Programm zur Entspannung und Pflege, Kopf- und Rückenmassage zu bieten.

»Ein richtiges Rund-um-fühl-dich-wohl-Paket«, fügte sie hinzu. »Weil viele Frauen viel zu wenig körperliche, zärtliche Zuwendung bekommen und sich auch selbst selten was gönnen. Ich ziele auf die ab, die das merken und sich wirklich mal selbst was Gutes tun, beziehungsweise tun lassen, wollen.«

Das war mir mit Burkhard zwar nicht passiert, dass ich zu wenig Zuwendung und Zärtlichkeit bekommen hatte, aber ich wusste von einigen Freundinnen, dass es bei ihnen so war. Und wie war das bei lesbischen Frauen? Susanne errötete leicht.

»Naja,«, druckste sie herum. »denen geht es auch manchmal so.«

Aha. Ich wollte mehr wissen.

»Weil sie alleine sind?«

»Ja, auch.« Tiefer Seufzer.

Oh je, ich hatte wieder in ihrer Wunde gestochert.

»Aber auch ...«, ich suchte nach dem richtigen Wort, »... solche, die liiert sind?«

»Hmm, ja, auch.«

Ich merkte, dass sie Schwierigkeiten damit hatte, sich zu entscheiden, ob sie mit mir, der Hetera, darüber reden konnte, ohne den lesbischen Ehrenkodex zu verletzen. Sie schien mir zu vertrauen, denn sie tat' s dann doch. Es erstaunte mich zu erfahren, dass es viele lesbische Beziehungen gab, in denen der Sex ausgeklammert oder im Laufe der Zeit eingeschlafen war.

»Um nun zumindest ein gewisses Körpergefühl zu erhalten, können sich die Frauen dann von mir verwöhnen lassen«, begab sie sich schwungvoll wieder auf ungefährliches Terrain.

»Also kein Sex?«, fragte ich vorsichtshalber nach.

»Nein, nein, wohin denkst du«, wehrte sie erschrocken ab. »Wenn du möchtest, zeige ich dir mal mein Programm.«

Die Vorstellung behagte mir nicht so recht, und ich vertröstete Susanne auf irgendwann später. Das Telefon klingelte und ich ging dran. Eine trockene Frauenstimme fragte nach Martha. Ich gab Auskunft, dass sie nicht da sei.

»Du bist wohl die Neue.«

»Ja«, erwiderte ich arglos, worauf sie mit einem wütenden Schnauben auflegte. Susanne klärte mich auf.

»Weißt du, Martha schleppt jede Menge Frauen ab. Grade nach Lust und Laune. Und lässt sie genauso schnell wieder fallen. Oft schon nach einer Nacht.«

Finster starrte sie vor sich hin.

»Trotzdem sind sie alle ganz verrückt nach ihr. Sie kriegt alle rum.«

Ich fragte nach der Sache mit Andrea und erfuhr, dass Susanne sich auf einem Fest Knall auf Fall in sie verguckt hatte. Aber Martha hatte sie ihr sofort weggeschnappt, wie Suse es formulierte.

»Martha ist manchmal verdammt rücksichtslos«, fügte sie ärgerlich hinzu.

Ich erfuhr auch einiges über Kerstin. Susanne war zwei Jahre mit ihr zusammen gewesen. »Total glücklich.« Und dann hatte Kerstin sie vor einem guten halben Jahr verlassen. Von einem Tag auf den anderen, wie es Susanne empfand.

»Wir diskutieren da zwar immer noch drüber, aber ich weiß, sie kommt nicht zurück. Und die beste Freundschaft nützt mir nichts, wenn ich die Person noch liebe und von ihr geliebt werden möchte.«

Sie tat mir leid. Wie ein unglückliches Häuflein Elend saß sie vor mir.

»Außerdem«, bemerkte sie mit Grabesstimme, »habe ich seit Monaten keinen Sex mehr gehabt. Und ich kann einfach keine One-Night-Stands haben, bei mir gehört einfach Gefühl dazu.«

Ach, ich konnte sie so gut verstehen. Bei mir ging das auch nicht so einfach auf die Schnelle und ohne Gefühle.

Ich beschloss, Doris anzurufen. Sie wusste noch nichts über meinen Umzug. Dachte ich.

»Tina, was machst du für Sachen?«, und dann, fast respektvoll, »das hätte ich dir gar nicht zugetraut.«

Wir trafen uns in einer Café-Bar unweit der WG. Suse hatte sie mir empfohlen.

»Burkhard einfach zu verlassen, ohne was anderes in petto zu haben, also ich weiß nicht.«

Doris hoffte immer auf die Zweierbeziehung für ewig. Leider hatte sich da gerade bei ihr in den letzten Jahren wirklich nichts getan.

»Glaubst du, ihr könntet euch wieder versöhnen?« fragte sie hoffnungsvoll.

Ich erzählte ihr von Burkhards Affären.

»Das ist doch kein Trennungsgrund, die meisten Männer gehen fremd«, behauptete sie.

»Woher willst du das wissen?«

»Ach, Liebes.« Sie seufzte ganz tief und ganz schwer. »Ich bin oft eine dieser Affären.«

»Das meinst du also damit, wenn du sagst, du habest jemanden kennen gelernt und nur nach ein paar Tagen oder Wochen beiläufig erzählst, es wäre nicht der Richtige gewesen?«

»Ich bin nicht stolz drauf, dass es immer so läuft.«

»Weißt du das denn nicht von vornherein, dass einer gebunden ist?«

»Manchmal ja, manchmal nein. Oft sagen sie es nicht und ich spüre es trotzdem. Meistens war es mir dann doch egal.«

»Warum hast du dich darauf eingelassen?«

»Ein bisschen Wärme, Zärtlichkeit und Geborgenheit, auch wenn es nicht über den Tag oder bzw. die Nacht hinausgeht. Manchmal klappt es und dann hofft man, es wiederholen zu können.«

Ob Doris wusste, warum Männer fremdgingen? Bisher hatte ich sie nie gefragt, weil ich mich wegen Burkhards Verhalten so schämte, dass ich es nicht noch vor anderen ausbreiten mochte. Ich fragte sie.

»Doris, warum gehen Männer fremd?«

»Das weiß man doch. Der Trieb. Und weil sie zu Hause bei ihren Frauen nicht das bekommen, was sie sich wünschen.«

»Was denn?«

Burkhard hatte doch nie den Eindruck gemacht, dass ihm was fehlt.

»Naja, Strapse, Leder, High Heels, oder einfach nur den großen Lutscher rausholen dürfen, was auch immer. Jeder steht auf irgendwas und viele können oder dürfen es zu Hause nicht sagen. Am Anfang vielleicht, ja. Aber wenn dann Kinder da sind, dann mutiert die heiße Braut ratzfatz zur lauwarmen Mutti und statt Schampus im Bett gibt' s Pampers mit Dreck.«

Kinder hatten wir keine und Andeutungen über Reizwäsche hatte Burkhard nie gemacht. Ehrlich gesagt, war ich auch nicht der Typ dafür. Die Vorstellung, in hohen Schuhen und schwarzer Spitze neckisch durch das heimische Schlafzimmer zu stolzieren, fand ich eher komisch und ein wenig peinlich.

»Und für viele Frauen ist der Gatte ja doch hauptsächlich Ernährer und Geldverdiener«, fuhr sie fort. »Diese Muttis hocken mit ihren Blagen im Reihenhaus, terrorisieren Fritz oder Hans mit ihren abendlichen Selbstfindungs-, Yoga- und Trennkostkursen, währenddessen er auf die Kids aufpassen darf. Die Damen sind ewig unzufrieden mit ihrem Hausfrauendasein, schwafeln von ungleichen Chancen und halb garen Gleichberechtigungsideen, die sie sich auf der Couch liegend angelesen haben oder in pseudoemanzipatorischen Kaffeekränzchengruppen »diskutieren«, wie sie das nennen. Im Grunde sind sie doch gottfroh, dass einer das Geld nach Hause bringt, nicht fragt, unter der Woche abends den Mikrowellenherd bedienen kann (und am Wochenende wird selbstverständlich auswärts gegessen, darauf bestehen sie, man muss ja mal raus) und an den Selbstfindungs-, Yoga-, Trennkostabenden auf die Kleinen aufpasst. Und wenn er mal Lust hat, was ja unter solchen Umständen überhaupt noch wundert, dann hatte sie gerade großen Hausputz oder Ärger mit der Nachbarin oder irgendwie anders keine Lust.«

Doris war nicht gut zu sprechen auf die Gattinnen ihrer gelegentlichen Kurzzeit-Lover.

Ich hatte das Hausfrauendasein so nie betrachtet. Aber ich kannte wenige Nur-Hausfrauen. Alle meine Freundinnen waren, zumindest zeitweise, berufstätig. Meine Kolleginnen sowieso, selbstredend. Mich hätte jetzt brennend Doris' Meinung über teilzeitberufstätige Hausfrauen und Mütter interessiert. Dort mussten doch andere Verhältnisse vorliegen. Doch ich kam nicht dazu zu fragen. Doris hatte in langen Zügen ihr Bier ausgetrunken und winkte die Kellnerin heran, bevor sie fortfuhr.

«Und wir berufstätigen Frauen müssen uns dann auch noch mit den frustrierten Gatten abplagen, die wenigstens im Büro den dicken Molli markieren wollen, wenn sie schon zu Hause nichts zu melden haben, und die dann die Ellbogen anspitzen, wenn' s um weibliche Konkurrenz am Arbeitsplatz geht.«

Das hatte selbst ich schon kennen gelernt, und ich war ja wirklich als eher harmlos einzuschätzen. Karriere hatte mich nie interessiert und schon gleich gar nicht, mich mit irgendjemandem in Konkurrenz zu begeben.

»Ehrlich gesagt glaube ich, dass die meisten Männer einfach bei einer Frau so richtig als toller Hecht landen wollen. Sie wollen sich als Mann fühlen, der die Frau erobert und sie wollen, dass die Frau ihnen das Gefühl gibt, der Tollste zu sein.« setzte Doris ihre Überlegungen fort.

Ich ging mal davon aus, dass sie genügend Einblick hatte, um das zu wissen. Für meinen Geschmack kamen wir der Sache damit schon näher. Das war schon eher Burkhard. Der Mutige, der Held, der seiner Angebeteten zum Frühstück rote Rosen servierte und für den weibliche Hingabe – nicht ganz ohne Kampf, versteht sich – das wichtigste Lebenselixier war. Nur leider hatte ihm meine Hingabe nicht gereicht.

»Warum trennen sie sich denn nicht, diese Männer?«

Doris' wegwerfende Handbewegung sagte alles.

»Haus, Hypothek, Kinder, gesellschaftliches Ansehen und die Angst, dass das Scheitern von Lebensentwürfen nach außen sichtbar wird.«

Als langjähriger Single konnte sie diese Argumente wahrscheinlich nicht nachvollziehen, da sie weder Haus, noch Hypothek noch Kinder hatte.

»Ganz schöne Fessel, die Ehe.« Sie nickte nachdrücklich.

»Warum reagierst du denn eigentlich so verständnislos auf meine Trennung von Burkhard?«

»Weil du 30 bist und so leicht keinen anderen mehr findest, der so gut aussieht und finanziell abgesichert ist. Außerdem nimmst du ihn ja nicht aus. Du arbeitest.«

Letzteres stimmte, aber Ersteres wollten wir doch erst mal sehen. Auf jeden Fall schien mir, dass Doris zweierlei Maß anlegte. Da ich sah, dass ihr das Thema ganz schön zusetzte, wollte ich nicht weiter darauf eingehen.

Wir schwiegen. Ich schaute mich im Lokal um: Stuckdecken, große Fenster, alles ein wenig überladen geschmückt mit Engeln und so 'nem Zeug. Inszenierter Kitsch.

»Und was den Beruf und die Chancengleichheit angeht, hat sich bei den Männern denn nichts geändert in den letzten 20 Jahren?«, fragte ich.

»Nö.« Doris grinste. »Sie reden nur anders und tun so als ob, damit sie mit den Frauen nicht so viel Ärger haben. Die, die sich angeblich für Frauen einsetzen, sind oft die Schlimmsten. Und für die sogenannten Softies war' s das gefundene Fressen. Endlich konnten sie sich mal legitim ausruhen und die verbissen agierenden Emanzen das tun lassen, wozu sie selbst viel zu weich waren oder keine Lust hatten: Malochen und Machen.«

Heute kriegten wirklich alle von Doris ihr Fett weg. Doris' Blick schweifte umher. Ein seltsamer Ausdruck trat in ihre Augen. Vertraulich beugte sie sich vor und flüsterte: »Am Nebentisch sitzen zwei Männer.«

Ich drehte mich um. Tatsächlich. Am Nebentisch saßen zwei Männer.

»Na und« signalisierte ich mit hochgezogenen Brauen und Schultern.

»Schau doch hin!«

Ich schaute noch mal hin. Mir fiel nichts auf.

»Das sind Schwule!«

Sie flüsterte jetzt so laut, dass ich Angst hatte, die Zwei am Nebentisch könnten uns hören. Ich schaute mir die anderen Tische an. Überall nur gleichgeschlechtliche Paare und Gruppen. An einem der ganz vorderen Tische saß ein Karottenschopf, der verdammt wie Käthe aussah. War das hier ein Lokal für Homosexuelle? Gab es so etwas überhaupt? Es war die Empfehlung von Susanne. Klar, sie hatte mir eine der Kneipen empfohlen, in die sie selbst immer ging, ohne darüber nachzudenken. Doris' Kopf ging jetzt ganz hektisch hin und her. Dann fing sie an zu kichern.

»Tina, Schatz.« Sie legte demonstrativ ihre Hand auf meine. »Wir sind in einem Lokal für Lesben und Schwule.« Sie klimperte mit den Wimpern. »Darf ich dich küssen, Süße?«, schmachtete sie.

»Ach komm, sei doch nicht albern.«

Meine Stimme hatte wieder diese ungewohnte Schärfe. Beleidigt wollte sie ihre Hand zurückziehen, doch ich hielt sie fest.

»Hör mal, Doris, findest du das schlimm, lesbisch zu sein?«

Wie sollte ich sie je in meine WG mitnehmen können, ohne vorher diesen Punkt geklärt zu haben? Ihr verständnisloser Blick zeigte mir, dass ich deutlicher werden musste.

»Also, die Sache ist die«, setzte ich an, als plötzlich die karottenrote Käthe neben uns auftauchte.

»Hallo, Tina«, begrüßte sie mich.

Doris' Hand lag noch immer in meiner, was Käthes scharfem Blick nicht entging.

»Hallo.« Neugierig starrte sie Doris an.

Himmel, sie war ja bei dem klärenden Gespräch nicht mit in der Küche gewesen und hielt mich wahrscheinlich für eine naturreine Lesbe. Ich versuchte, meine Hand zurückzuziehen. Aber Doris, scheinbar in völlige Panik verfallen, hielt sie krampfhaft fest.

Jetzt lächelte Käthe mit ihren schiefen Zähnen auf mich nieder. Ich kam mir vor wie die Maus, die gleich vom Bussard verspeist wird.

»Kommt ihr auch mit zum Lesbenpfingsttreffen, du und ...«, sie schenkte Doris einen tiefen Blick. »... deine Freundin?«

Doris sah aus, als habe sie ein Nadelkissen verschluckt.

Lesbenpfingsttreffen, was war das denn?

»Frühlingstreffen heißt das schon lange«, trötete eine Stimme vom Nebentisch. Sie gehörte einer maskulin gebauten Kurzhaarigen mit einer tätowierten Rose auf dem Oberarm.

Doris' Blick schweifte schreckensstarr von der lächelnden Käthe auf die Maskuline am Nebentisch und ihre Pupillen schienen sich in fliegende Untertassen zu verwandeln. Sie ließ jetzt doch so abrupt meine Hand los, dass ich sanft gegen die Rückenlehne meines Stuhls fiel. Das brachte mich zurück zu Käthe.

»Wenn ihr eine Mitfahrgelegenheit braucht, meldet euch. Wir sehen uns ja bestimmt heute oder morgen. Bis dann.«

Käthe eilte geschäftig weiter, redete noch ein paar Worte mit der Burschikosen nebenan und setzte sich danach ein paar Tische weiter zu einer dunkelhaarigen Frau, die über einige Papiere gebeugt gesessen hatte.

»Du, die ist voll im Coming-out«, tönte es herüber.

Das kannte ich doch? Ach ja, Susannes Massageexperiment. Nur, was hatte der Spruch zu bedeuten? Und hoffentlich bahnte sich da nicht die nächste unglückliche Liebesgeschichte an. Arme Susanne!

Doris sah aus, als habe sie kleine grüne Männchen gesehen.

»Tina, was hast Du mich eben gefragt?«

»Doris, es ist nicht so, wie du denkst.«

»Das hoffe ich doch sehr. Oder willst du mir jetzt etwa beichten, dass du für so jemanden«, ihr Kopf ging ruckartig in Richtung Käthe, »Burkhard verlassen hast?«

Ich befürchtete, sie würde gleich hysterisch werden. Ich bestellte für uns beide erst einmal einen Brandy, dann erzählte ich ihr die ganze Geschichte, angefangen von Sonntagabend (»Wie, als wir beide unterwegs waren? Warum hast du nichts gesagt. Das hätte ich gern mit eigenen Augen gesehen.«), bis hin zu meinem Einzug in der WG und der Tatsache, dass die Frauen dort alle lesbisch waren (»Hast du das denn nicht sofort gemerkt?«) und der Entscheidung, dort zu bleiben.

»... und als mich Käthe, die ja nicht weiß, dass ich nicht lesbisch bin, eben mit dir Hand in Hand hat sitzen sehen, hat sie wohl gedacht, du bist meine Freundin.«

»Gott bewahre!«

»Aber Doris, du bist doch meine Freundin, meine beste.«

»Ja, aber nicht sooo.« Sie wedelte mit der Hand, als wolle sie eine Fliege verscheuchen. Misstrauisch sah sie mich an.

»Bist du sicher, dass du nicht andersrum bist?«

»Lesbisch heißt das«, sagte ich bestimmt. Das hatte ich schon von Susanne gelernt.

»Obwohl, – wenn ich mir dich so angucke, ...«, jetzt neckte ich sie.

Doris war allerdings auch wirklich eine sehr attraktive Frau. Die glatten, haselnussbraunen Haare trug sie im Moment mit schrägem Pony und einer leichten Innenrolle kinnlang. Sie war sehr gepflegt, immer gut gekleidet und für meinen Geschmack etwas zu stark geschminkt. Ich mag starkes Make-up nicht. Aber ihr stand das gut. Doris schwankte, ob sie auf das Spiel eingehen sollte. Ihr Humor gewann überhand. Grinsend sagte sie:

»Du bist auch nicht ohne.«

Obwohl sie sonst immer an mir herumnörgelt, ich würde zu wenig aus mir machen. Klamottenmäßig und schminktechnisch.

Aber so ganz konnte sie das alles noch nicht begreifen. Ihre beste Freundin in einer Lesben-WG. Auf dem Heimweg drückte sie mich noch mal fest und flüsterte fast beschwörend: »Pass bloß auf dich auf, hörst du.«

Was dachte sie denn? Dass ich unter die Wölfe gefallen sei?

»Ich lade dich bald mal ein«, versprach ich.

Wenn sie meine Mitbewohnerinnen kennenlernte, wäre sie sicherlich beruhigter und alles würde wieder unkompliziert, dachte ich.

Die nächsten Tage verliefen ziemlich hektisch. All die Formalitäten, die mit dem Umzug zusammenhingen, mussten erledigt werden. Bei meiner Arbeit kam ich nicht zum Nachdenken. Es war auch einiges liegen geblieben. Und so fiel im Büro die eine oder andere Überstunde an. In der WG bereiteten sich alle, bis auf Lilli, auf das Frühlingstreffen vor. Susanne schwärmte richtiggehend von diesem dreitägigen Treffen, bei dem Lesben einmal im Jahr zu einer Art Arbeits- und Vergnügungstagung zusammenkamen. Diesmal war es in Ostdeutschland.

Es wurden Mitfahrgelegenheiten organisiert, alte Adressen herausgekramt, Kontakte aufgefrischt und heftige Diskussionen über die Schlafstätten geführt. Susanne und Käthe wollten unbedingt im Turnsaal übernachten, Martha sagte, das käme überhaupt nicht in Frage, sie ginge in ein Hotel.

Lilli war seltsam abwesend. Claire hätte eigentlich kommen wollen, war aber dann doch in Paris geblieben. Mir war mittlerweile klar, dass Lilli und Claire ein Paar waren. Aber außer dass Lilli sehr viel ruhiger und distanzierter war als sonst, fiel ihr Gemütszustand nicht weiter auf. Und die anderen waren viel zu aktiv, um etwas mitzubekommen. Käthe war jeden Tag bei uns zu Gast und schaute mich jedes Mal neugierig von oben bis unten an.

Als endlich alle gefahren waren, atmete ich tief durch und machte heimlich drei Kreuze. So ein WG-Leben kann sehr anstrengend sein. Aus Lillis Zimmer drang Poltern und Keuchen. Claire rief an. Danach war das Telefon stundenlang blockiert. Ich kochte Pasta, mein Lieblingsessen, vielleicht konnte ich Lilli damit eine kleine Freude machen. Aber sie kam nicht mehr aus ihrem Zimmer an dem Abend. Ich aß allein, legte mich auf meine Couch, trank Rotwein und fühlte mich auf einmal schrecklich allein. Traurig schlief ich ein.

Der Pfingstsamstag begann mit strahlendem Sonnenschein. Ich überlegte, wie ich den freien Tag nutzen konnte. Faulenzen, lesen, Rad fahren oder mit Doris einen trinken gehen? Oder, noch besser, alles zusammen. Nach der Hektik und den Strapazen der vergangenen zwei Wochen erschien mir dieses lange Wochenende unendlich lang. Froh gelaunt sprang ich von meiner Matratze, wobei mir das Kreuz wehtat. Ich beschloss, gleich nächste Woche Ausschau nach einem richtigen Bett zu halten. So eine Matratze war halt nur etwas für den Übergang. Das Bad war ein echter Glücksgriff. Geräumig und mit viel Tageslicht. Die Wanne wäre groß genug für zwei, was Wassersparer zur Verzweiflung bringt, für ausgedehnte Badeorgien aber ideal ist. Ich absolvierte fröhlich mein Morgenprogramm, inklusive zehn Minuten Gymnastik, die ich für besondere Tage aufspare, denn im Grunde bin ich keine Frühaufsteherin und knappse morgens mit jeder Minute. Der Kühlschrank war voller leckerer Sachen. Neben Kochen kaufe ich auch noch gern ein. Ich schaltete das kleine Küchenradio ein und begann, für Lilli und mich den Tisch zu decken. Wenn sie schon gestern Abend nichts gegessen hatte, so musste sie heute früh doch Appetit haben. Immerhin trainierte sie schon wieder, dem leichten Gepolter aus ihrem Zimmer nach zu schließen. Irgendwo im Haus wurde laut eine Tür zugeschmissen.

Kurz darauf klingelte es bei uns. Die hatten doch nicht etwa die ewig auf der Matte stehende Käthe vergessen? Die klingelte nämlich auch immer so ungeduldig. Ich ging zur Tür, nichts Gutes ahnend. Es kam schlimmer. Es war Burkhard. Mich traf fast der Schlag.

»Damit hast du wohl nicht gerechnet«, sagte er grimmig.

»Habe ich endlich herausgefunden, wo du steckst.«

Allem Anschein nach wollte er einfach eintreten. Ich versperrte ihm den Weg.

»Du kannst hier doch nicht einfach so hereinkommen.«

Er versuchte, sich an mir vorbeizudrängen. Ich wich keinen Schritt zurück.

»Woher hast du überhaupt meine Adresse?«

»Lass' mich rein, dann sag ich' s dir.«

»Sag' s mir, dann überlege ich, ob ich dich reinlasse.«

Er wurde wütend, das sah ich. Aber noch unterdrückte er seinen Zorn.

»Ich bin dir vor ein paar Tagen von der Arbeit aus nachgegangen«, stieß er zwischen zusammengepressten Zähnen hervor. Eine Ader pochte an seiner Stirn.

Nachdem weder Doris noch Frauke habe Auskunft geben können oder wollen, wo ich sei, hatte er mir vor dem Büro aufgelauert und mich bis ins Haus verfolgt, sich dann aber nicht mehr weitergetraut. Heute nun hatte er sich durchgeklingelt.

Er war mir ganz unbemerkt gefolgt! Ich musste wirklich besser aufpassen.

»Lässt du mich jetzt rein?«

»Nein!«

Das würde mir grade noch fehlen. Außerdem war ich an mein Versprechen gebunden. Er verlegte sich aufs Bitten.

»Komm Tina, ich muss mit dir reden.«

»Nicht hier.«

»Doch, jetzt und hier.«

»Nein, ich will nicht. Nicht jetzt.«

Wutschnaubend drückte er mich zur Seite und die Tür ganz auf. Ich stolperte und musste mich an der Wand abfangen.

In diesem Moment tauchte neben mir wie der Blitz etwas Weißes auf. Es war Lilli in ihrem Kampfanzug. Ein Arm flog nach vorn, Burkhard taumelte rückwärts aus der Tür, sich mit beiden Händen an der Nase haltend. Blut floss. Erst die gegenüberliegende Wand brachte ihn zum Stillstand. Verblüfft glotzte er uns an. Es schmerzte, das konnten wir sehen. Hektisch suchte er in seiner Hose nach einem Taschentuch und presste es vor die Nase.

»Verschwinde auf der Stelle und lass dich hier nie wieder sehen, sonst kriegst du eine Anzeige wegen Hausfriedensbruch.« Lillis Stimme war klar und deutlich. Schwungvoll warf sie die Tür ins Schloss.

»Danke. Ich hätte mich nicht wehren können.«

Benommen strich ich mir über meine zerzausten Haare.

»Ja, ich weiß. Tai-Chi« schmunzelte sie.

»Aber es ist toll zur Entspannung.«

Angestrengt lauschten wir nach draußen. Nichts war mehr zu hören.

»Irgendwie tut er mir leid.«

Ich wollte ja nicht, dass ihm wehgetan wird. In meiner Herzgegend zog es verdammt stark. Lilli schaute mich lange nachdenklich an.

»Dein Ex?«

»Mhmm, ja«

»Gutaussehender Kerl.«

Das hätte ich von ihr nicht erwartet.

»Vielleicht solltest du Tacheles mit ihm reden, bevor er hier noch öfter auftaucht.«

»Es fällt mir so schwer.«

»Lass' uns nachschauen, ob er tatsächlich weg ist.«

Gemeinsam schauten wir ins Treppenhaus und horchten nach unten. Es war alles ruhig. Burkhard schien mit seiner ramponierten Nase verschwunden zu sein.

Am Frühstückstisch saßen wir erst einmal lange Zeit schweigend herum. Die Sache war mir wirklich auf den Magen geschlagen. Körperliche Gewalt, noch dazu am frühen Morgen, war sicherlich nicht mein Fall. Mir war aber auch klar geworden, dass ich ihm keine Gelegenheit zu einer Aussprache gegeben hatte, von dem verunglückten Abend im Café Eckstein mal abgesehen. Egal, was er getan hatte, das war ich ihm schuldig. Meine eigenen Gefühle hatte ich noch überhaupt nicht analysiert. War es am Anfang wie örtliche Betäubung, gefolgt von Aktivität, die zum Nachdenken keinen Raum ließ, so spürte ich jetzt, ein wenig zur Ruhe gekommen, Schmerz und Sehnsucht.

»Liebst du ihn noch?«, fragte Lilli, in meine Gedanken hinein. Sie kannte ja die ganze Geschichte meiner Trennung schon.

Tja, was fühlte ich eigentlich für den Mann, mit dem ich fünf Jahre lang zusammenlebte, den ich liebte, von dem ich abwechselnd verwöhnt und betrogen wurde und mit dem der Alltag nie so richtig grau war? Mein Herz kam mir so leer vor. Nur Wut spürte ich. Innerlich kochte ich über wie ein Topf Milch auf der heißen Herdplatte. Und doch ...

Lilli war aufgestanden, um frischen Orangensaft zu pressen. Sie stellte ein Glas vor mich hin.

»Es ist alles so durcheinander, so richtig weiß ich gar nicht, was ich empfinde.«

Lillis Augen waren aufmerksam und ganz weich.

»Ich habe so ungefähr eine Ahnung davon, wie du dich fühlst.«

»Claire? », fragte ich besorgt.

»Aber nein.« Jetzt lächelte sie warm und ein wenig belustigt.

»Bei uns ist alles in Ordnung. Nur, dass wir uns für meinen Geschmack zu selten sehen.«

Zunächst sah es so aus, als ob sie weitererzählen wollte, doch dann hatte sie es sich anders überlegt.

»Was meinst du: Wir ziehen uns um, schnappen die Räder und fahren ein Stück den Fluss entlang zum Waldpark«, schlug sie mir vor.

Schnell hatten wir das Frühstücksgeschirr zusammen geräumt. Was war mit Claire und Lilli? Die Frage brannte mir jetzt doch auf der Seele, aber ich traute mich nicht, sie zu stellen.

Kurze Zeit später radelten wir in leichten Klamotten, Sonnenbrillen auf den Nasen und einer Decke, mit Wasser und Obst im Gepäckständer am Fluss entlang. Die ganze Stadt schien unterwegs zu sein. Kinderwägen wurden geschoben, Babys kreischten, Hunde tollten durch die Gegend und türkische Großfamilien lagerten picknickend auf den Grünflächen. Ich umrundete großzügig ein weißblondes Kleinkind, das mitten auf dem Fahrradweg stand und plärrte. Vor ihm lag eine Kugel Himbeereis, in der Hand hielt es eine leere Tüte. Die Mutter war gerade dabei, ihr zweites Kind kreischend von dem Schäferhund wegzuziehen, mit dem es freundschaftlich sein Vanilleeis hatte teilen wollen.

»Du kriegst Würmer«, hörte ich sie schreien.

Der Vater schaute rauchend und möglichst unbeteiligt übers Wasser. Vermutlich würde er erst ernsthaft in das Geschehen »eingreifen«, wenn alles vorbei wäre. Das Flussufer entlang waren Leute damit beschäftigt, Enten und Schwäne zu füttern. Auf den Bänken knutschten Liebespaare.

Das Wetter war herrlich. Strahlender Sonnenschein und ein leichter Wind. Wir fuhren bis zur großen Holzbrücke, die zur Nachbarstadt führte, und dann einen Bogen bis zu dem Weiher, an dem im Sommer immer gebadet wurde.

Hinter dem See lief ein Weg bis zum Stadtwald, an dessen Rand entlang sich um ein ehemaliges Lustschloss ein schöner Park zog. Das war unser Ziel. Unter einem der vielen Schatten spendenden Bäume hielten wir an. Es war eine ziemliche Strecke gewesen. Ich spürte, wie sehr ich aus der Übung war. Aber die Fahrt hatte sich gelohnt. Auf unserer Decke mit Zeitungen, Büchern und Proviant, machten wir es uns gemütlich. Nachdem wir eine Weile gelesen und uns ausgeruht hatten, kamen wir auf das Thema vom Morgen zurück. Es gab keine Schwierigkeiten zwischen Lilli und Claire. Wie Lilli mir erzählte, war es die ganz große Liebe.

»Ich wusste es vom ersten Augenblick, als ich sie sah, dass sie etwas ganz Besonderes ist«, erzählte Lilli. Aber das brachte Probleme mit sich. Mit Erstaunen vernahm ich, dass Lilli damals verheiratet war. Und nicht einmal unglücklich. Eher leidenschaftslos.

»Er war ein Kampfsportkollege, ansonsten ziemlich zurückhaltend. Wir haben uns gut verstanden und irgendwann geglaubt, wir müssten heiraten, die gesellschaftliche Norm erfüllen.«

Ihr Mann wollte irgendwann Kinder, Lilli nicht. Wenn er nicht gerade trainierte, blieb er gerne zu Hause. Lilli wollte reisen, was von der Welt kennen lernen. Ihn zog es aufs Land, sie liebte das Stadtleben. In langen Gesprächen stellte sich heraus, wie unterschiedlich sie eigentlich waren. Die Trennung war quasi schon programmiert.

»Dann traf ich Claire.«

Es war eine Urlaubsreise mit einer Freundin. Ihr Mann war zu Hause geblieben.

»Ich war vom ersten Moment an verrückt nach ihr. Aber ich wusste nicht, was das war, konnte mir meine Gefühle nicht erklären.«

Lilli fuhr wieder heim und Claire kam sie zwischen zwei Flügen besuchen. Dann fuhr Lilli nach Paris.

»Dort ist es dann passiert. Ich war völlig hin und weg. Ich hatte schon mit einigen Männern geschlafen, vor meiner Ehe, und es war nicht schlecht. Aber etwas blieb immer unerfüllt. Bis Claire kam.«

Lilli setzte sich auf und begann, eine Orange zu schälen. Die Begegnung war für sie Glück und Schock zugleich.

»Ich wusste, das ist es. Vom Sex, vom Gefühl, von allem. Aber ich wusste nicht, wie ich es leben soll. Lesbisch sein, davon hatte ich gerade mal von Weitem gehört. Ehrlich gesagt hätte ich von mir selbst nicht gedacht, dass ich mich mal in eine Frau verlieben würde. Nicht weil mir der Gedanke unangenehm war, er war mir einfach fremd.«

Sie bot mir die Hälfte der Frucht an und ich begann, sie in saftige Schnitze zu zerteilen.

»Claire hatte schon mehrere Frauenbeziehungen. Das verunsicherte mich anfangs zusätzlich. Ich kam mir vor wie ein Teenager, der seine ersten Gehversuche auf sexuellem Gebiet macht«, lachte sie. »Und dann die Szene« Sie schüttelte sich. »Bis heute ist mir das suspekt. Am Anfang, als wir in den ganzen Bars und Kneipen unterwegs waren, habe ich mich bei jeder Frau, die Claire umarmte oder küsste, gefragt, ob sie mit der schon einmal geschlafen hatte. Sie wirkten alle so vertraut miteinander. Ich kam mir vor wie ein Eindringling in fremdes Terrain.«

Ich wusste, was sie meinte, ganz genau.

»Meine Eifersucht brachte mich fast um«, fuhr sie fort.

»Und heute?«

Sie lächelte. »Keine Spur. Ich hab' totales Vertrauen zu Claire. Wenn sie wirklich mal mit einer anderen was gehabt hätte, würde sie es mir sagen, da bin ich mir sicher. Wir sind einander sehr nahe, da kommt so schnell niemand dazwischen. Wir sind, wie ...«, sie suchte nach Worten, »... wie ein und derselbe Geist in völlig unterschiedlichen Personen. Denn ähnlich sind wir uns gar nicht einmal so sehr.«

Das klang so, wie ich es mir mit Burkhard immer gewünscht hatte. In manchen Momenten hatte ich gemeint, das zu spüren, dieses Einssein über die individuelle Persönlichkeit hinaus. Ohne dass sich der Einzelne verändern oder einschränken muss. Aber dieses tiefe Vertrauen und Verständnis war immer wieder angeknackst worden, bis nichts mehr davon übrig blieb. Im Nachhinein fragte ich mich, ob es überhaupt jemals auf Gegenseitigkeit beruhte oder ob ich mir die ganze Zeit was vorgemacht hatte und versuchte, etwas zu erhalten und zu stärken, was nicht vorhanden war. Musste ich lesbisch werden, um so eine Erfahrung zu machen? Aber mit wem? Mir fiel niemand ein. In eine Frau hatte ich mich noch nie verliebt. Ich versuchte mir vorzustellen, was das für ein Gefühl ist, aber es gelang mir nicht. Am stärksten war ich in meinem bisherigen Leben in Burkhard verliebt gewesen. Aber an dieses Gefühl konnte ich mich im Moment nicht mehr erinnern. Es war wie eingeschläfert, nicht mehr abrufbar.

Lilli aß das letzte Stück ihrer Apfelsine und fuhr fort zu erzählen. Ihr Mann war völlig perplex, als sie ihm sagte, sie werde sich von ihm trennen. Natürlich vermutete er einen anderen Mann dahinter. Eine Frau? Das erschien ihm lächerlich. So was gab' s doch gar nicht.

Lilli, die hier am wenigsten Probleme erwartet hatte, wurde eines Anderen belehrt. Ihr Mann wollte sie auf einmal nicht mehr loslassen. Erst machte er ihr den Hof, wie nie zuvor, mit Blumen und Einladungen in feine Restaurants. Sogar einen Hund wollte er ihr schenken, weil er glaubte, sie würde sich freuen. Als sie ihm sagte, sie mache sich nichts aus Haustieren, brachte er ihn schnurstracks zurück ins Tierheim. Dann kam die Zeit der Auseinandersetzungen, der Streitereien und der Gemeinheiten. Lilli ging nicht näher darauf ein. Als beide davon ziemlich erschöpft waren, konnten sie wieder normal miteinander reden. Danach ging die Scheidung schnell über die Bühne.

»Wir können noch miteinander reden. Aber Freunde sind wir nicht.«

Ich fragte mich, ob ich je wieder mit Burkhard reden können würde. An Freundschaft wagte ich gar nicht zu denken.

Lilli legte sich bequem zurück, die Arme unter dem Kopf verschränkt.

»Kannst du dir vorstellen, wie das ist, wenn sich plötzlich dein ganzes Leben verändert?«, Sie rückte ihre Sonnenbrille zurecht. »Meine Eltern waren total entsetzt. Mein Vater hat mich in hohem Bogen rausgeschmissen und meine Mutter hat nur noch geheult. Ich solle wieder ›normal‹ werden oder zum Arzt gehen. Wahrscheinlich hält sie lesbisch sein für eine Krankheit. Sogar ein Kind wollte sie mir einreden. Als ›Medizin‹ sozusagen.« Lilli schüttelte verständnislos den Kopf. »Aber was soll' s. Sie wissen es halt nicht besser.«

Lilli erzählte, dass sich auch einige Freunde abgeseilt haben, von denen sie es nicht vermutet hatte.

»Haben deine Eltern Claire mal kennen gelernt?«

»Ja, ich habe sie einmal mitgenommen. Dachte, das würde Vorurteile abbauen. Meine Eltern glauben nämlich, alle Lesben wären hässliche, männliche Frauen, die keinen Mann abgekriegt haben. Und Claire ist weiß Gott das Gegenteil.« Sie lächelte glücklich in sich hinein. »Sie ist die schönste Frau, die ich kenne.«

Lilli drehte sich auf den Ellbogen gestützt zu mir herum und fing an, Grashalme auszuzupfen.

»Aber es hatte alles nichts genützt. Seither habe ich keinen Kontakt mehr zu meiner Familie.«

»Claire und du, ihr ward euch gleich ganz sicher, dass ihr zusammenbleiben wollt?«

»Absolut sicher« lächelte sie. »Es war noch mit ein paar Hindernissen verbunden, weil Claire ja in Frankreich lebt und ich hier. Durch Claires Arbeit als Stewardess ließ sich das aber regeln. Wir sehen uns oft, aber«, mit einem Seufzer, »nicht oft genug.«

»Warum ist sie nicht gekommen?«

»Sie ist aufs Land gefahren, nach Meudon. Dort hat ihre Familie ein Sommerhaus. Sie trifft sich mit Freunden.«

»Warum bist du nicht hingefahren?«

Lilli grinste verlegen. »Sie hätte es gern gehabt, aber ...«, sie zupfte an ihrem Ohr, »ich kann kein Französisch. Sprachen sind nicht meine Stärke.«

»Oh.«

»Tja, und da ihre Freunde nun mal alle kein Deutsch sprechen und ich nicht ständig von Claire als Übersetzerin abhängig sein will ...«

Sie ließ den Satz offen und zuckte mit den Schultern. Außerdem brauchte Claire, wie Lilli sagte, mehr Freiraum als sie selbst. Und den wollte sie ihr auf jeden Fall lassen.

»Ich bin traurig, dass sie nicht hier ist, aber ich akzeptiere es.«

Ich stellte mir das schwierig vor. Insgeheim bewunderte ich Lilli noch mehr als vorher. Sie hatte ihr Lebensglück gefunden und es konsequent festgehalten. Ich freute mich, dass sie mir das alles erzählte, und fragte mich, warum sie es tat. Lilli schien mir keine von den Frauen zu sein, die ihr Herz auf der Zunge tragen und wahllos anderen ihre Lebensgeschichte erzählen. Ich fragte sie. Wieder sah sie mich lange an, wie schon vor ein paar Tagen in der Küche.

»Ich weiß, du denkst, du bist eher ›zufällig‹ in unserer WG gelandet. Wenn man an Zufälle glaubt. Ich tue das nicht. Ich glaube, dass alles im Leben eine Bedeutung hat, irgendwie vorherbestimmt ist.« Sie lächelte fein. »Ich übertreibe nicht mit diesem Glauben, aber es ist meine eigene Erfahrung.«

Ganz ruhig saß sie jetzt da und sah mich an. »Es war mir schnell klar, dass du keine Schwester bist. Inzwischen hab’ ich ein fast untrügliches Gespür dafür.« (Das hatte mir auch schon Susanne erzählt, dass es Lesben gab, die eine andere sofort erkannten. Ihr selbst ging das – zu ihrem großen Bedauern, wie sie sagte, – ab.)

»Aber falls du aus irgendeinem noch nicht erkennbaren Grund bei uns gelandet bist, vielleicht unbewusst auf der Suche nach etwas, was du nicht kennst, dann ist es wichtig für dich zu wissen, dass es anderen ähnlich ging. Es sind nicht alle von uns immer lesbisch zur Welt gekommen oder sich dessen bewusst gewesen. Ich hab mich bei meinem Coming-out manchmal ganz schön orientierungslos gefühlt. Wenn ich was dazutun kann, dass es anderen besser geht, tue ich das gern.«

Als wir am späten Nachmittag zurückradelten, hatte ich das Gefühl, eine neue Freundin gefunden zu haben, und ich fühlte es auch, ganz warm in meinem Bauch.

4.

An der WG-Tür klebte ein Zettel von Burkhard. Er entschuldigte sich für sein Benehmen und bat um ein Treffen. Lilli sagte nichts dazu. Sie war abends mit ein paar Kampfsportfreundinnen verabredet. Ich versuchte Doris zu erreichen, um mich mit ihr zu bereden, aber sie war nicht zu Hause. Da wusch ich eben eine Maschine Buntes, sah mir einen Spielfilm im Fernsehen an und ging früh schlafen. Das mit Burkhard wurde ich später regeln. Irgendwann später.

Es folgten noch zwei beschauliche Tage. Doris meldete sich und wir backten Rhabarberkuchen, besuchten ein Open-Air-Konzert im Park und gingen abends ins Kino. Das Thema Burkhard klammerten wir vorsorglich aus. Frauke, meine Kollegin, lud mich zu einem spontanen Grillfest in den Schrebergarten ihres Freundes ein, und auch das war ein lustiger Abend. Dann war das lang erschienene Pfingstwochenende vorbei. Martha und Susanne kamen spät abends vom Frühlingstreffen zurück. Sie redeten kein Wort mehr miteinander.

Martha und Susanne hatten sich auf dem Frühlingstreffen total zerstritten. Die Atmosphäre in der WG war so angespannt, dass ich jedes Mal, wenn jemand eine Kerze anzündete, auf eine Explosion wartete. Offenbar ging es wieder um eine Frauengeschichte, durch die Martha der armen Susanne einen Strich durch die Rechnung gemacht hatte.

»Wie das denn?«, fragte ich verwirrt. »Martha war doch mit Andrea zusammen?« Aber irgendwie schien sich der Disput zwischen den beiden fortzusetzen und wir alle beschlossen, die Sache nicht aufzubauschen und nicht nachzufragen. Irgendwann würde sich die Sache klären oder im Sande verlaufen. Auch Käthe tauchte nicht mehr auf, was mich nicht weiter störte. Lilli beschloss, ein paar Tage zu einer Freundin nach Freiburg zu fahren. Doris rief mindestens jeden zweiten Tag an und fragte besorgt, wie es mir gehe. Frauke lud mich zum Kaffeetrinken ein, und ihr Schrebergarten schien mir in Anbetracht der gespannten Lage zu Hause der angenehmste Ort überhaupt zu sein.

»Martha ist ein Miststück.«

Susanne schimpfte in der Küche vor sich hin. Wir wollten gemeinsam kochen und Susanne hatte den Salat übernommen. In ihrer Wut schnitt sie die Zwiebeln viel zu grob und ich ermahnte sie sanft. Vielleicht sollte ich ihr das große Küchenmesser wegnehmen? Beim Frühlingstreffen hatte Susanne eine tolle Frau kennen gelernt. Silke. Und Martha hatte sie ihr, so Susanne, sofort weggeschnappt.

»War denn Andrea nicht mit?«, fragte ich.

»Doch, klar, aber Martha stört sich nicht an so etwas. Sie flirtet einfach drauflos. Und dann war diese süße Frau für mich verloren.«

Mit einem unartikulierten Laut skalpierte Susanne ein Radieschen.

Vor Schreck ließ ich die Tomaten fallen. Sie kullerten rot und knackig über den Küchenboden.

»Andrea hat sich natürlich sofort nach Gleichgesinnten umgesehen und tummelte sich in Workshops für Leder und Tattoos.«

Ich erfuhr, dass es für verschiedene Interessengruppen, eigene Workshops und Veranstaltungen gab.

»Und Martha?«

»Martha, Martha, die bumst alles, was sich bewegt und keinen Schwanz hat.«

»Susanne!«

»Ach was, ich hab' s satt, immer schnappt sie mir die Frauen weg.«

»Aber Susanne, wenn eine Frau auf jeden Flirtversuch eingeht, dann war das doch wirklich nicht gerade die Richtige für dich, oder?«

Sie schniefte in den Kopfsalat.

»Das hat Martha schon bei Andrea so gemacht«, erinnerte sie mich hartnäckig.

»Was um Himmels willen findest du denn an dieser Frau?«

Einen größeren Kontrast konnte man sich ja gar nicht vorstellen als Susanne und Andrea. Und auch wenn ich bis dato von der lesbischen Liebe nichts verstand, die beiden hätte ich nicht gerade als Traumpaar gesehen.

»Oh, Frau, du hast sie doch gesehen.«

Hatte ich.

»Sie sieht toll aus, total geil.«

Fand ich nicht.

»Sie ist ‘ne Frau, für die Frau alles tut.«

Ich würde ihr zuliebe bestimmt nicht lesbisch werden. Aber das stand ja bei mir sowieso nicht zur Debatte!

Nachdem Doris nun wirklich ständig anrief und besorgt wissen wollte, wie es mir gehe, setzte ich meine Idee, sie zu uns einzuladen, in die Tat um. Ich wollte aber nicht, dass sie gleich so aus dem Rahmen fiel.

»Bitte schminke dich nicht so auffällig«, bat ich sie.

Sie war natürlich total empört.

»Ich schminke mich doch nicht auffällig.«

»Nein, natürlich nicht, aber in unserer WG schminkt sich keine und auch die anderen Frauen ...«

»Papperlapapp, was soll das denn, sind doch alles Frauen. Und überhaupt muss ich mich an anderen orientieren?«

Sie kriegte sich nicht mehr ein. Wie sollte ich ihr nur erklären, dass ich nicht unbedingt wollte, dass sie sofort auffiel wie ein bunter Papagei in unserer WG. Nachdem ihre erste Empörung abgeklungen war, ließ sie doch noch mit sich reden.

»Dir zuliebe, Tina.«

Am Abend kam sie, in Jeans und einem weiten, wunderschönen Leinenhemd in Beige und ebensolchen Slippern, die Haare mit einem Leopardentuch hinter den Ohren gehalten. Sie hatte tatsächlich auf ihre ganz große Kriegsbemalung verzichtet und sah umwerfend gut aus.

»Du siehst ohne diese vielen Farben im Gesicht um Klassen besser aus« entfuhr es mir respektlos. Die Mädels waren angetan von ihr, besonders Martha. Sie musterte Doris mit ihrem ganz besonderen Blick.

»Raubkatzen sind eine Nummer zu groß für manche Jägerinnen« lästerte Susanne halblaut aus dem Flur, als sich die beiden einander in der Küche vorstellten. Auch Käthe war für den Abend angesagt. Ich hatte es nicht verhindern können. Aber mein Magen war sowieso schon derart nervös, dass es darauf schon nicht mehr ankam. Was, wenn sie sich alle nicht mochten, oder sich gar stritten? Gar nicht drüber nachdenken, sagte ich mir.

An diesem Abend hatte ich gekocht. Wir nahmen alle Platz und als Aperitif gab es ein großes Glas eiskaltes Mineralwasser mit einem Spritzer Limone und einem Schuss Artischockensaft, was dann eine lebhafte Diskussion über Sinn und Unsinn von Aperitifs auslöste. Schwuppdiwupp waren alle in ein Gespräch vertieft und Doris blühte richtig auf im Kreise der WG-Frauen.

Käthe kam und sie und Susanne bildeten sofort eine Front gegen Martha. Das fing ja gut an!

»Es ist doch gut, wenn frau so ihre Siefahrungen macht, was auch immsie wir beim Frühlingstreffen sielebt haben, es wird uns noch lange im Gedächtnis bleiben«, sagte Käthe.

Was war denn das für eine komische Sprache? Doris schaute mich fragend an, aber ich konnte nur die Schultern zucken.

»Wie sind denn die Siegebnisse deinsie Anfrage wegen die Chörinnen für das Fest vom Kulturverein?«, stimmte Susanne mit ein.

»Also, die Oldenbursie Lesben-Chörin kann leidsie nicht kommen, absie konnten uns die Namen von einsie andsieren Chörin sagen, mit die wir dann hoffentlich Glück haben. Es sind die Sappho-Sisters« erklärte Käthe.

»Muss das nicht Sistsies heißen?« fragte Martha todernst nach. Aber außer giftigen Blicken kam keine Antwort. Doris sah aus, als habe sie bei einem versehentlichen Besuch einer Nervenheilanstalt einen Tennisball verschlukkt. Ich konnte nur nochmals die Schultern zucken und den Kopf schütteln.

»Was redet ihr da?«, fragte Lilli, die offensichtlich auch nichts verstanden hatte.

»Wir müssen die Männlichkeitsprinzipien in der deutschen Sprache aufbrechen« erklärte uns Käthe allen Ernstes. Susanne nickte.

»Alles, was männlich ist, wird in weibliche Formen umgedreht.«

Wir erfuhren, dass sie beim Frühlingstreffen einen Workshop dafür besucht hatten.

»Es ist unglaublich, wie viel Worte es gibt, die Frau verweiblichen kann«, schwärmte Susanne.

»Ja, mit dem Ergebnis, Verzeihung, Siegebnis, dass Euch kein Mensch versteht, egal ob Mann oder Frau«, entfuhr es Lilli.

»Wir üben ja noch«, maulte Susanne.

»Und wenn' s ums Erben geht, Verzeihung, sieben? Das soll noch einsie verstehen.« Martha hatte das System geblickt. Ich brauchte noch eine Weile.

Käthe schaute verbissen vor sich hin.

»Ich bin bereit, hier wirklich mal was Grundlegendes zu ändern« sprach sie. Wir erfuhren, Verzeihung, siefuhren, staunend, dass es Frauen gab, die schon eine ganze Weile diese Sprache kultivierten und die angeblich ganz gut damit zurechtkamen.

»Vermutlich leben diese Schwestern auf einer kleinen Scholle, weitab von anderen menschlichen Wesen«, war Marthas trockener Kommentar.

Göttinseidank hörten die beiden aber im Laufe des Abends auf, diesen Blödsinn noch weiter zu treiben. Mir schien, dass die beiden etwas müde geworden waren.

Die Spannung zwischen Martha und Susanne war jedoch nach wie vor stark spürbar. Sie sahen sich kaum an, redeten so gut wie nicht direkt miteinander. Nur einmal, als Susanne aus dem Bad kam und Martha anblaffte.

»Musst du dein Sexspielzeug eigentlich immer im Bad rumliegen lassen?«

Mich hatte Marthas Nachlässigkeit in diesem Punkt auch immer gestört. Suse schmiss einen kleinen hellblauen Delfin direkt vor Marthas Teller auf den Tisch. Durch den Aufprall schaltete er sich der Vibrator ein und schlingerte wild auf dem Tisch herum. Nach einer Schrecksekunde, in der Totenstille herrschte, mussten wir alle lachen. Mir tat der Bauch so weh, Doris kullerten die Tränen und auch die anderen bogen sich. Der kleine blaue Delfin vollführte ungehindert seinen schlingernden Tanz, bis Martha ihn abstellte. Auch sie wischte sich die Lachtränen aus den Augen.

»Mensch Suse, jetzt hast du mich aber wirklich in Verlegenheit gebracht«, meinte sie mit ironischem Augenzwinkern, bevor sie wieder anfing zu lachen. Die Atmosphäre war danach wesentlich entspannter. So entspannt, dass wir uns doch tatsächlich noch angeregt über Sextoys unterhielten. Außer Martha konnte keine der Frauen wirklich etwas damit anfangen, aber trotzdem waren alle an den Neuheiten auf dem Markt interessiert und schauten schon hier und da mal in Marthas herumliegende Kataloge. Bis auf Käthe, natürlich. Käthe lehnte alles ab, was, wie sie es nannte, künstlich war. Und ganz besonders Sachen, die in irgendeiner Form an einen Penis erinnerten.

»Lesben brauchen keinen Penis und schon gar keinen künstlichen«, brummte sie. Aber die anderen lachten und meinten, sie solle doch denen den Spaß gönnen, die so was mochten.

Trotz dieser etwas merkwürdigen Er- oder Siefahrungen blieb Doris an diesem Abend noch recht lange. Besonders Martha war ganz angetan von ihr und erzählte viel von sich und ihren abendlichen Ausflügen. Doris hörte interessiert zu. Ich sah sie schon förmlich den Sub und die Lesbenbars der Stadt durchstreifen.

Später zeigte ich Doris noch mein Zimmer, und es gefiel ihr.

»Wie du das alles so schnell so schön hergerichtet hast«, begeisterte sie sich. »Jetzt kann ich unbesorgt heimgehen«, meinte sie, als ich sie zur Tür brachte. »Ehrlich gesagt hatte ich die ganze Zeit Bedenken, ob du nicht von den Frauen hier angemacht wirst.«

Sie schaute mir tief in die Augen. »Da ist doch nichts, oder?«

Lachend beruhigte ich sie jetzt vollends.

»Hast es ja mitbekommen heute Abend.«

»Genau, keine hat auch nur ein bisschen mit dir geflirtet«, meinte sie beruhigt.

Schmunzelnd nahm ich zur Kenntnis, dass sie in ihrer Besorgnis um mich offenbar noch nicht einmal mitbekommen hatte, dass sie selbst das Ziel von Marthas Interesse war.

»Jetzt bin ich ein wenig beruhigter«, meinte sie. »Aber noch nicht ganz.«

»Oma Hilde hat mich eingeladen. Kommst du mit? Ich habe ihr von unserer neuen Mitbewohnerin erzählt, und sie ist ganz gespannt darauf, dich kennenzulernen.«

Susanne war Feuer und Flamme für diese Idee und wollte mich unbedingt ihrer geliebten Oma vorstellen. Einerseits hatte ich keine große Lust, ein Wochenende bei einer älteren Dame zu verbringen, auf der anderen Seite klang alles, was ich bisher über die flotte Großmutter gehört hatte, ganz interessant und ein bisschen Abstand täte mir sicherlich gut. So sagte ich zu.

Wir nahmen den Zug und machten es uns auf der ca. dreistündigen Fahrt gemütlich. Susanne hatte mir eines ihrer Bücher geliehen und ich stellte beim Lesen fest, dass es genauso schnulzig war wie die von mir so heiß geliebten Liebesgeschichten. Der einzige Unterschied war, dass es nicht Mann und Frau waren, die sich liebestrunken in die Augen sahen und in die Arme fielen, sondern zwei Frauen. Trotzdem, es las sich ganz spannend.

»Das Buch darfst du nicht rumliegen lassen, sonst kriegt Oma noch einen Schlag«, warnte mich Susanne. »Sie hat nämlich keine Ahnung, dass ich auf Frauen stehe, und darf es auf gar keinen Fall erfahren!«

»Bist du auch lesbisch?», war das Erste, was mich Oma Hilde fragte, kaum, dass wir angekommen und Susanne mal kurz im Bad verschwunden war. Ich verschluckte mich fast vor Schreck an meinem Sherry.

»Meine Enkelin denkt nämlich, dass ich das von ihr nicht wüsste.«

Die alte Dame prustete in ihr Glas. Vorsichtshalber nahm ich selbst auch einen großen Schluck. Man kann ja nie wissen, was noch kommt. Sie zwinkerte mir zu.

»Leider bin ich zu alt. Sonst würde ich auch das auch noch einmal probieren. Vermutlich ist das viel aufregender als die sogenannte Liebe zwischen Mann und Frau. Zumindest so, wie sie meistens abläuft. Ich weiß, wovon ich rede, immerhin war ich vierzig Jahre lang verheiratet.«

Sie nickte bekräftigend in ihr Glas. Verzagt hockte ich auf dem Polstersessel. Musste ich sie jetzt enttäuschen und ihr beibringen, dass ich bisher strikt heterosexuell veranlagt war?

»Ausgenommen natürlich, eine Frau will Kinder haben.« fuhr sie fort.

»Willst du Kinder?«

Was für eine Frage, im Moment konnte ich mir das wirklich nicht vorstellen, und von wem auch. Ich schüttelte den Kopf. Ob ich Oma Hilde erzählen sollte, dass inzwischen viele lesbische Paare Kinder hatten? Das wusste ich aus den lesbisch-schwulen Zeitschriften, die immer bei uns rumlagen. Susanne kam zurück. Als sie die Oma und mich so die Köpfe zusammenstecken sah, wurde sie gleich ganz hektisch. Wenn die wüsste, was die Hilde schon längst wusste!

Die Oma hatte wirklich ein schönes Haus mit einem noch schöneren Garten, in dem es neben Äpfeln und Kirschen sogar noch Reineclauden und Quitten gab. Das war wundervoll und erinnerte mich an meine Kindheit auf dem Land, als ich liebend gern auf den Obstbäumen herumgeklettert war und mir den Bauch mit Früchten vollgeschlagen hatte.

Um in dem großen Haus nicht ganz allein zu sein, hatte Hilde, – sie bestand darauf, dass wir sie beim Vornamen nannten – einen Untermieter genommen. Er hieß Gregor, Gregor Holzapfel, und war Erfinder, wie sie uns stolz verkündete. Sie war ganz begeistert von ihm, weil er nicht nur ruhig und angenehm war, sondern ab zu auch an ihrem Porsche herumbastelte oder die Waschmaschine reparierte. Er hatte ein Stromsparsystem im ganzen Haus installiert, welches niemand außer ihm so recht verstand und was dann dazu führte, dass wir am Abend gelegentlich im Dunkeln saßen. Hilde nahm es gelassen und wartete ruhig ab, bis das Licht nach einigen Minuten wieder anging. Unterm Strich, sagte sie, habe sie jedoch durch das System mindestens 20% ihrer bisherigen Kosten gespart. Außerdem erfand er andere nützliche Dinge. So war er gerade mit Japanern in Verhandlung über den Ankauf eines seiner Patente: der fröhliche Eierbecher. Das Konstrukt war irgendwie einer Schwarzwälder Kuckucksuhr nachempfunden. Aus dem großen, gelben Gehäuse kam zu einer programmierbaren Zeit ein kleines Hühnchen und sagte mit schnarrender Stimme »Guten Morgen.« So eben, wie der Kuckuck »Kuckuck« sagt. Beim Sonntagsfrühstück konnten wir uns alle an den Prototypen erfreuen. Mein Eierbecher war blau und mein Hühnchen hatte leider einen Sprachfehler und sagte »Guten Moin«, was ich aber lustig fand. Eine weitere vielversprechende Erfindung von Gregor war eine Uhr mit einem völlig kahlen Zifferblatt.

In der Mitte prangte ein großer roter Punkt, der eigentlich ein Knopf war. Wenn man diesen drückte, wurde die Verbindung zur automatischen Zeitansage hergestellt und es ertönte »Beim nächsten Ton ist es ...« usw. Dieses Produkt war auch gerade als Armbandversion in der Erprobung. Aber da die Frage der Telefongebühren noch nicht hinreichend geklärt war, konnte er noch nicht sagen, wann er damit an den Markt ginge.

Im Gegensatz zu seinen Erfindungen sprach Gregor wenig, um nicht zu sagen fast nichts. Er schaute schüchtern mit seinen seelenvollen braunen Augen um sich, trank seinen Tee und verzog sich, uns freundlich zunickend, wieder in sein Bastelzimmer im Keller, in dem allerlei Gerätschaften und technisches Zeug herumlagen.

»Gregor muss demnächst zum Patentamt«, erklärte Hilde und meinte resolut, dann könne er doch sicherlich einen Tag früher anreisen und bei uns in der Stadt übernachten. Sie wusste ja nichts von unserem männerfreien Haushalt. Und Susanne konnte sich jetzt schlecht outen. Wahrscheinlich würde er von Lilli gleich ein blaues Auge verpasst bekommen, wenn er mit seinen Erfindungen unterm Arm bei uns um Nachtasyl bäte. Die Vorstellung erheiterte mich, obwohl ich Gregor mochte.

Auf der Heimfahrt beratschlagten Susanne und ich, wie wir das regeln sollten. Ungewohnt cool meinte sie aber, er würde bestimmt nicht kommen, das wäre doch nur so eine Schnapsidee von ihrer Oma.

»Wahrscheinlich möchte sie ihn mit mir verkuppelt«, grinste sie. Unschlüssig, ob ich ihr sagen sollte, dass Hilde das nun ganz bestimmt nicht plante, wiegte ich den Kopf hin und her. Nein, was auch immer der Grund sein mochte, dass die beiden da noch nicht drüber geredet hatten, ich wollte mich nicht einmischen. Konnte es sein, dass Hilde einfach gerne wollte, dass ihre Enkeltochter sich ihr anvertraute?

Zu unser beider Überraschung klingelte einige Tage später das Telefon. Gregor fragte schüchtern an, ob er in der folgenden Woche von unserem Angebot Gebrauch machen könne. Susanne verlor ihre Coolness und raufte ihre eh schon so strapazierten Haare. Lilli und Martha sagten laut und deutlich ihre Meinung. Kein Mann im Haus. Wir beratschlagten und diskutierten und kamen zu keinem Ergebnis. Doris fiel mir ein. Vielleicht gab es ja bei ihr eine Möglichkeit. Immerhin rief sie immer noch fast jeden zweiten Tag an – jedoch mit weit weniger besorgter Stimme. Irgendwie hatte ich sogar das Gefühl, sie fand das alles mittlerweile fast ein wenig exotisch.

»Doris, was hältst du von einem Mann im Haus, wenn auch nur für eine Nacht?«

Meine Freundin schien nicht sonderlich begeistert zu sein. Warum wir ihn denn nicht aufnehmen könnten, wollte sie wissen. Intolerant nannte sie uns, als ich es ihr erklärte. Schließlich ließ sie sich breitschlagen, Gregor für eine Nacht auf ihrer Couch zu beherbergen. Ich hatte sie mit den Geschichten über Eierbecher und sprechende Uhren doch neugierig gemacht. Erst als wir Gregor vom Bahnhof abholten, erzählten wir ihm eine vage Geschichte von unvorhergesehenen Hindernissen und dass wir ihn bei einer lieben Freundin unterbringen würden. Er schien zwar irritiert, war aber einverstanden. Was wäre ihm auch anderes übrig geblieben? Neben seiner Reisetasche hatte Gregor noch einen Korb mit einer ganzen Batterie von Einweckgläsern für uns dabei. Neben seinen technischen Tüfteleien war er nämlich auch noch ein begnadeter Koch und erntete in Hildes Garten.

Wir fuhren mit ihm in Doris' Wohnung, wo schon die Schlafcouch hergerichtet war. Im Wohnzimmer war es deshalb ungemütlich zum Sitzen und wir zogen noch ein wenig um die Häuser, bis wir alle die nötige Bettschwere hatten. Gregor wollte am nächsten Tag schon ganz früh zum Amt und danach gleich den nächsten Zug nach Hause nehmen.

»Grüß mir die Oma«, rief Susanne ihm noch nach, als wir uns vor Doris' Wohnung verabschiedeten, um den langen und durch den reichlichen Genuss von Weißwein mühsam erscheinenden Heimweg anzutreten. Wahrscheinlich war es auch genau derselbe Weißwein, der Schuld daran war, dass mir an diesem Abend etwas ganz Wesentliches entgangen war.

Ein paar Tage nach Gregors Besuch wurde ein riesiger Strauß blassrosa Rosen für mich abgegeben. Sie kamen von Burkhard. Am nächsten Tag rief er im Büro an.

»Lass uns endlich vernünftig miteinander reden«, bat er und lud mich ins Traviata zum Essen ein. Ich fand das etwas unpassend, weil es in früheren, besseren Zeiten eines unserer Stammlokale gewesen ist, sagte aber in einer Mischung aus schlechtem Gewissen und einem letzten Rest Hoffnung trotzdem zu.

Misstrauisch, was genau Burkhard wohl wollen würde, machte ich mich am Abend auf den Weg. Diesmal hatte er sich große Mühe gegeben, auf mich Eindruck zu machen, das sah man. Ob er sich dabei auch vorgestellt hatte, dass ich es bereute, ihn verlassen zu haben? Auf jeden Fall sah er umwerfend gut aus, was seine Wirkung auf mich nicht verfehlte und mir einen leichten Stich in der Herzgegend verursachte. Das noch leicht feucht wirkende Haar, der Dreitagebart und der Kontrast seines leicht gebräunten Gesichts zu dem hellblauen, italienischen Hemd, das er trug. Ich kannte es. Wir hatten es bei einem gemeinsamen Urlaub gekauft. Vorbei, vorbei. Energisch scheuchte ich die sentimentalen Erinnerungen aus meinem Kopf und setzte mich.

Francesco, der Kellner, kam und freute sich, uns zu sehen, was er auch gleich wortreich und in gewohnt herzlicher Manier zum Ausdruck brachte. Ganz entgegen meiner Gewohnheit bestellte ich zum Auftakt einen Aperitif. Ich war nervös und fragte mich, was Burkhard mit mir besprechen wolle.

»Wie geht' s deiner Nase«, fragte ich vorsichtig.

Finster schaute er mich an.

»Das war ja die reinste Killerlady. Was du für neue Freundinnen hast – und wohnst auch noch bei der!«, kopfschüttelnd ließ er den Rest offen.

Ich fragte ihn, worum es gehe.

»Hast du einen anderen?« Man kann nicht behaupten, dass er lange um den heißen Brei herumredete.

»Wie kommst du denn darauf?«

Ich war perplex.

»Ich habe dich neulich abends mit so einem Plüschauge im Exzess gesehen.«

Wann war ich denn zuletzt dort gewesen? Jetzt fiel' s mir wieder ein. Es war der Abend mit Doris, Susanne und Gregor. Ha! Er hielt Gregor für meinen neuen Freund.

»Wie kommt' s, dass ich dich nicht gesehen habe?«

»War nur kurz drin«, murmelte er.

Aha. Und hatte mich mit Daniel Düsentrieb am Tresen hocken sehen, während Doris und Susanne mal grade eine halbe Stunde im Nebenraum flipperten.

Ich erklärte ihm die Sache mit Gregor kurz und vergaß nicht zu erwähnen, dass er die Nacht nicht bei mir, sondern bei Doris verbracht habe und nicht mehr für mich sei als ein flüchtiger Bekannter vom Land, der was in der Stadt zu regeln gehabt hatte. Mein Glas war schon leer und die Tagliatelle ließen noch auf sich warten. Ich war immer noch nervös. Ich bestellte noch einen zweiten Martini.

»Verstehe ich nicht.« Burkhard schaute stirnrunzelnd vor sich hin. Er zerkrümelte gerade das dritte Grissini zwischen den Fingern zu einem Haufen Brösel auf der Tischdecke. Ich schnappte mir eilig eine der noch brauchbaren Brotstangen und kaute hungrig darauf herum. Der Alkohol breitete sich schon wohltuend aus und umhüllte meine empfindlichen Nervenbahnen mit einer isolierenden Schicht. Langsam fühlte ich mich wieder etwas lockerer. Wenn nur das Essen endlich käme! Stattdessen kam Luigi, der Wirt, aufgeregt an unseren Tisch. Probleme in der Küche, das Essen habe sich leider verzögert, er bitte um Entschuldigung, es sei ihm so peinlich, so gute Gäste (immerhin, wir waren ja Stammgäste gewesen und dass wir zukünftig zumindest nicht mehr gemeinsam kämen, konnte er ja nicht wissen). Er war ziemlich aufgebracht und versicherte, er werde alles tun, damit wir nicht verhungern müssten oder so ähnlich. Ein kurzer Blick über unseren Tisch hatte genügt. Francesco kam und brachte, unter einem erneuten Schwall von Entschuldigungen, die dritte Runde.

»Was verstehst du nicht«, griff ich den Faden wieder auf.

»Dieser Typ ...«

»Gregor.«

»Meinetwegen, also warum hat der denn nicht bei dir und deiner Mitbewohnerin übernachtet, wenn er doch ein Bekannter von deren Oma ist?«

»Weil Lilli das nicht wollte.«

»Wieso will sie nicht, dass ihr eigener Bekannter oder was auch immer…«, – sein Gesichtsausdruck war an Skepsis nicht zu überbieten –

»… nicht bei Euch übernachtet. Ist doch komisch. Oder?« Er lachte unfroh auf. »Schlägt sie grundsätzlich alle Männer K.O?«

Ich merkte, dass ihm die Geschichte unglaubwürdig vorkam. Irgendwie verfolgte er immer noch die Spur, ich sei mit Gregor liiert.

»Er ist ein Bekannter von Susannes Oma, nicht von Lillis«, klärte ich ihn auf.

»Wer ist das denn schon wieder? Noch eine mir bis dahin völlig unbekannte Freundin von dir?«

»Burkhard, ich wohne in einer WG.«

Er schaute mich an, als hätte ich gerade den Genuss von Regenwürmern zum Frühstück propagiert.

»WG? WG?« Es gelang ihm offensichtlich nicht, sich mich in einer Wohngemeinschaft oder Gemeinschaftswohnung vorzustellen. Kein Wunder, vor ein paar Wochen hätte ich selbst diese Vorstellung eher zum Lachen gefunden.

»Mit völlig Fremden leben?«

»Man bleibt sich ja nicht fremd.«

»Mit mehreren anderen Leuten die Wohnung teilen?«

»Das ist der Sinn und Zweck einer WG.«

»Das ist doch nicht dein Ernst.« Burkhard tippte sich an die Stirn. »Du blockierst doch stundenlang das Bad, wenn du mal wieder in der Wanne vor dich hin fantasierst.«

Das fand ich jetzt nicht nett, dass er mein heiß geliebtes Entspannungsvergnügen so abtat. Ab und zu war er ja früher ja auch mal dazugekommen, um mir den Rücken zu schrubben und mit Schaumflocken herumzualbern.

Mein vom Martini vermutlich schon etwas weich gezeichneter Blick wanderte an seinem Hals entlang, den ich früher bei solchen Eskapaden so gerne geküsst hatte. Er roch immer so gut und dann ... ich riss mich gerade noch zusammen.

Vorbei, vorbei. Noch einen großen Schluck aus dem Glas.

»Was machst du denn, wenn deine Freundinnen Schlange stehen, weil sie mal pinkeln müssen?«

Eben waren es noch Fremde.

»Wir haben ein Gästeklo«, erwiderte ich dumpf. Burkhards Miesmacherei ging mir auf die Nerven.

»Und warum habt ihr diesen Gernot ...«

»Gregor!«

»Wie auch immer, nicht bei euch wohnen lassen?«, fing er wieder an. Er machte mich einfach wütend.

»Hör doch endlich auf damit, was hat das denn mit uns zu tun?«

Glaubte er denn immer noch, Gregor wäre mein Liebhaber?

»Es ging halt nicht.«

»Wer wohnt denn da noch? Vielleicht noch andere Typen?«

Aha, daher wehte der Wind. Womöglich dichtete mir mein Ex einen ganzen Männerharem an und glaubte, ich hätte den angereisten Lover verlegenheitshalber woanders unterbringen müssen.

»Keine Typen.«

»Wer' s glaubt«, schnaubte er. »Kennt man ja. WG und freie Liebe und so.«

»Ja, Burkhard. Vor dreißig Jahren. Die Revolution ist vorbei.«

»Keine Kerle bei euch?«

»Es ist eine reine Frauen-WG.«

»Wohl allergisch gegen Männer«, stichelte er.

Heute konnte man ihm nichts recht machen. Der Alkohol machte mich mutig.

»Genau«, schnaubte ich.

»Aha, wohl lauter Lesben«, sagte er mit hässlichem Mund.

Der Alkohol machte mich unvorsichtig.

»Genau.«

»Aha.«

Er dachte wohl ich scherze, doch dann merkte er, dass es mein Ernst war.

»Sag das noch mal.« Seine Stimme war jetzt gefährlich leise.

Die Entscheidung, mit offenen Karten zu spielen, traf ich aus dem Bauch heraus, denn mein Kopf war viel zu benebelt dazu. Was war denn eigentlich dabei, die Wahrheit zu sagen? In diesem Moment kam es mir gar nicht so vor, als könne ich das nicht. Selbstbewusstes Auftreten, hatte mir Martha gerade neulich erklärt, war ungeheuer wichtig. Außer natürlich, dass ich schließlich keine Lesbe war, die ihr Coming-out hatte. Egal. So sprach ich kühn: »Jawohl, eine Lesben-WG. Lauter Frauen, die Frauen lieben.«

Burkhards Miene nahm einen ungesunden Ausdruck an. Jetzt wurde mir doch ganz flau im Magen, ob von den Martinis oder dem Gespräch, konnte ich nicht sagen. Oder war' s vielleicht der Hunger?

Im Hintergrund nahte Francesco mit zwei Tellern voll köstlicher Nudeln. Ich fing schon mal an, meine Serviette auseinander zu falten.

Dummerweise sprang Burkhard, der den Kellner nicht hatte kommen sehen, just in dem Moment auf, als der unglückliche Francesco mit Tagliatelle Alfredo und Gnocchi Gorgonzola sowie einer leckeren Salatplatte genau hinter ihm war.

»Erzähl mir bloß nicht, dass du jetzt lesbisch geworden bist«, schrie er in voller Lautstärke. Alle Köpfe im Lokal drehten sich nach uns um. Es wurde schlagartig totenstill.

»Burkhard!«

Ich wollte ihn noch warnen, aber es war zu spät. Mit seinen wild fuchtelnden Armen katapultierte er die Teller aus Francescos Händen weit in die Luft, wo sie einige unelegante Drehungen vollzogen. Francesco schrie nach der Madonna, während Luigi im Hintergrund kräftig fluchte und immer »PORCO« – irgendwas rief, während er die Hände über dem Kopf zusammenschlug. Nudeln, Soße und Salat flogen in buntem Reigen durch die Luft. Die vier Leute am Nebentisch gingen in Deckung, aber für zwei von ihnen war es zu spät, und ein anderer warf bei seinem erfolglosen Versuch, sich in Sicherheit zu bringen, mehrere Rotweingläser um. Francesco rutschte im Bemühen zu retten, was nicht mehr zu retten war, auf einem glitschigen Salatblatt aus und schlug der Länge nach hin.

Ein paar Tische weiter nutzen ein paar junge Leute das Tohuwabohu, um sich ohne zu bezahlen blitzschnell aus dem Staub zu machen. Aus dem Chaos hörte ich an einem der Tische hinter mir eine unterdrückte, aber mir bekannte, Stimme sagen »Du, die ist voll im Coming-out.« Unbeeindruckt von all dem um ihn herum schrie Burkhard weiter auf mich ein. Sämtliche Gäste glotzten zu uns herüber. Ich wünschte mir heftig, der Boden unter mir würde sich auftun und mich verschlingen. Oder besser noch – Burkhard.

»Porca miseria!« schrie Luigi schon wieder. Ob hinter den flüchtenden Jugendlichen her oder auf uns gemünzt, konnte man nicht sagen. Es war alles auch einzeln schon schlimm genug. Der am Boden liegende Francesco griff sich stöhnend ans Kreuz. Und als ob das alles noch nicht reichte, fegte Burkhard mit einem kraftvollen Streich alles von unserem Tisch. Salz- und Pfefferstreuer, Aschenbecher, leere Gläser.

»Du Miststück!« schrie er in das Klirren und Krachen hinein.

Was das jetzt bedeuten sollte, wusste ich auch nicht. Aber ich denke, das ist oft das Einzige, was Männern in einer solchen Situation einfällt.

Dann versuchte er, das Schlachtfeld zu verlassen. Doch so einfach sollte das nicht sein. Francesco hielt ihn am Bein fest und schrie, so komme er ihm nicht davon. Ich nutzte die Situation, raffte eilig meine Sachen zusammen und machte, dass ich hier rauskam, bevor es für meine eigene Flucht zu spät wäre. Nie mehr wieder würde ich in dieses Lokal gehen können!

Während ich mir den Weg aus dem Chaos bahnte, schlug mir plötzlich jemand mit kräftiger Pranke auf die Schulter und ich dachte schon, mein letztes Stündlein habe geschlagen. Ich drehte mich um. Hinter mir stand die Frau mit der tätowierten Rose am Arm, die, die ich schon einmal in der Lesben- und Schwulenkneipe gesehen hatte.

»Bravo, Schwester, gib' s ihnen und lass dich nicht unterkriegen. Gemeinsam sind wir stark.«

Sie hob einen Arm und ließ mit dröhnendem Lachen die Muskeln spielen. Liebe Güte, auch sie hielt mich für eine Lesbe. Höchste Zeit zu verschwinden. Ich machte, dass ich aus dem Lokal kam.

Zu Hause angekommen, ging ich schnurstracks in mein Zimmer, holte die Rosen aus der Vase und warf sie in hohem Bogen auf den Müll und mich heulend aufs Bett.

5.

Für die folgenden Tage meldete ich mich krank. Nachdem ich die ganze Nacht kaum geschlafen hatte und auch aus den kurzen Phasen des Eindämmerns immer wieder durch albtraumartige Bilder im Kopf aufgeschreckt wurde, hörte ich mich dementsprechend matt an. Sogar unsere Abteilungssekretärin wünschte mir mit ungewohnter Anteilnahme in der Stimme gute Besserung. Mehr als Tee konnte ich auch nicht zu mir nehmen. Bei der Vorstellung dessen, was am Vorabend passiert war, wurde mir gleich wieder schlecht.

Am Abend überraschten mich Lilli und Martha mit der Bitte um ein konspiratives Treffen. Susanne hatte am folgenden Wochenende Geburtstag und die WG-Frauen wollten eine Überraschungsfete für sie arrangieren. Es wurden Aufgaben vergeben. Weil ich ja offiziell krank war, wurde mir eine Aufgabe innerhalb des Hauses zugeteilt. Ich sollte mich ans Telefon hängen und sämtliche Freundinnen und Bekannte von Susanne zur Fete einladen und sie zu strengstem Stillschweigen verpflichten. Lilli händigte mir dazu eine umfangreiche Liste mit Namen und Telefonnummern aus. So telefonierte ich also in den nächsten beiden Tagen eifrig herum und lud alle möglichen Petras, Silkes und Karins zu unserem Fest ein. Viele fragten mich, wer ich sei. Die meisten waren ganz überrascht, dass ich nun in der WG wohnte.

Inzwischen hatte ich mich krankschreiben lassen. Alles in allem war ich doch ziemlich fertig und spürte, dass ich mit meinen Kräften haushalten musste. Und da ich wirklich selten krank bin, konnte ich mir das schon einmal erlauben. So verbrachte ich die Tage mit heimlichen Vorbereitungen, während Susanne an ihrer Tankstelle war oder einen ihrer seltenen Massageservice-Termine absolvierte. Und darüber hinaus kam ich endlich mal in Ruhe zum Durchatmen.

»Hallo, hier ist Tina Herzfeld«, sprach ich freundlich in den Telefonhörer.

»Ach herrje, gibt es Probleme mit meiner Schadensabwicklung?«, antwortete eine angenehm klingende weibliche Stimme.

»Welcher Schadensabwicklung?«, fragte ich etwas verdattert zurück.

»Na, wegen der Versicherung von meinem Taxi.«

»Versicherung?«, stotterte ich. »Taxi?« Das konnte doch nur ein Irrtum sein. Ich war doch zu Hause, nicht im Büro. Oder?

»Hoffentlich nicht …«, wollte ich mein Gegenüber erst einmal beruhigen. »… aber wir kommen Sie denn darauf?«

»Sie stehen doch als Ansprechpartnerin auf dem Brief, den ich gerade bekommen habe.«

Immer noch verwirrt, fiel mein Blick auf den Namen auf Lillis Liste. Astrid Berger stand da. Und plötzlich fiel bei mir der Groschen.

»Ooops«, lachte ich,« Sie sind Kundin bei uns. Aber heute rufe ich ganz privat an.c

Wir lachten noch ein bisschen über das Missverständnis und gingen zum »Du« über. Astrids Stimme am Telefon klang sehr angenehm. Offen, freundlich. Ich wünschte ihr, dass das mit der Schadensregulierung gut gehen würde. Sobald ich wieder bei der Arbeit wäre, würde ich mir die Akte mal ziehen. Doch jetzt war etwas anderes angesagt.

»Bis Samstag dann«, verabschiedeten wir uns und ich war schon in diesem Moment sehr gespannt auf sie.

Der Tag der Fete kam dann auch ganz schnell. Susanne hatte frei und wir mussten uns etwas überlegen, um sie am frühen Abend aus dem Haus zu locken. Martha heuerte dazu eine Freundin an, die Susanne unter dem Vorwand, ihren Massageservice in Anspruch zu nehmen, um ein Treffen bat. Natürlich wollte die zuerst nicht, immerhin war ja ihr Geburtstag. Aber weil das Unternehmen nicht so gut lief und unser Lockvogel so ganz nebenbei deutlich machte, dass sie über jede Menge Connections verfüge, – Mundpropaganda sei ja das A&O so einer Sache – geriet Susanne ins Schwanken. Marthas Bemerkung, die Frau sei ein echtes Sahnetörtchen, aber leider habe sie – Martha – sich an der schon die Zähne ausgebissen, gab wohl den Ausschlag. Immerhin, im besten Fall konnte Susanne jetzt noch Punkte machen. Also trabte unser Geburtstagskind mit ihrer »Ausrüstung«, die sie in einer großen schwarzen Tasche herumtransportierte, gegen sechs Uhr abends davon.

»Also, Mädels, ich bin in zwei Stunden wieder zurück.«

Wir hatten ihr erzählt, dass wir, die WG-Frauen, ein Essen für uns und Susannes Freundinnen Käthe und Olga, die mit der tätowierten Rose, organisieren würden. Als Köchin wurde ich auserkoren und somit hatte ich bereits gefahrlos einen Teil des kalten Buffets direkt unter Susannes Augen vorbereiten können, ohne dass sie Verdacht schöpfte.

Kaum war sie weg, ging die Hektik los. Wasser- und Bierkästen wurden aus dem Keller nach oben geschleppt. Das große Esszimmer, von uns normalerweise nie als solches genutzt, wurde geschmückt. Ein direkter Durchgang zur Küche erleichterte uns den Aufbau des Ganzen. Als Buffet hatten wir einen langen Tapezierertisch organisiert, der sich nun mit Gläsern, Besteck, Geschirr, Servietten und diversen Speisen und Getränken füllte. Während Lilli und Martha sich um die Wohnung kümmerten, lief ich in der Küche zu Hochtouren auf.

Indische Linsen, gefüllte Weinblätter aus Griechenland, Mozzarella mit Tomaten und Basilikum, Hühnersalat, Käseplatte, Zaziki, Avodaco-Dip und der unvermeidliche Kartoffelsalat mit Frikadellen wurden aus dem großen Kühlschrank geholt und zwischen Tomaten, Gurken, Oliven, Butter und Grissini im Esszimmer platziert. Dann wurde Baguette aufgeschnitten, Weißwein und Sekt kaltgestellt und ein Obstkorb arrangiert. Für die Desserts ließen wir Platz frei, die sollten von den Gästinnen mitgebracht werden. Wir waren fast fertig, als es schon klingelte. Völlig erhitzt und ziemlich geschafft betrachtete ich unser Werk. Es sah toll aus.

Die unvermeidliche Käthe war die Erste, die eintrudelte, und stand uns in der nächsten halben Stunde ständig im Weg herum. Dann kam plötzlich ein ganzer Schwung Frauen aus irgendeinem Verein zur Förderung der lesbischen Kultur, in dem Susanne Mitfrau war, wie es so schön hieß. (Wenn ich es mir recht überlegte, hätte ich den Ausdruck Mitglied in diesem Fall auch ein wenig merkwürdig gefunden). Ab nun klingelte es scheinbar ununterbrochen, und plötzlich war auch noch Lilli verschwunden. Kurz vor acht, bevor wir alle Frauen in ihrem Zimmer verstecken wollten, klopfte ich zaghaft an. Es kam keine Antwort, das Zimmer war leer. Achselzuckend bugsierte Martha alle Anwesenden in den Raum. Lilli wusste ja Bescheid, egal, wo auch immer sie im Moment gerade steckte. Die Weiber lärmten ganz schön herum. War nur zu hoffen, dass sie im entscheidenden Moment mucksmäuschenstill waren. Martha und ich bezogen unsere Beobachtungsposten am Fenster.

Als wir Susanne von der Straßenbahnstation her kommen sahen, warnte Martha den Pulk. Alle Lichter wurden gelöscht. Nur ich hatte, laut Vereinbarung, am Herd zu stehen und recht unschuldig zu tun.

Alles war dunkel und still, als Susanne die Tür aufschloss. Normalerweise rief sie immer etwas, wie »Hallo Mädels«, »Ich bin da«, «Wo seid ihr?« oder in der Art. Heute – nichts. Sie sah aus wie die Katze, die die Sahne gefressen hat, mit einem schwärmerischen Lächeln auf den Lippen.

»Wow Tina«, offensichtlich war sie völlig von den Socken. »Endlich mal ne ganz tolle Frau als Kundin.« Verzückt verdrehte sie die Augen und sank auf einen Küchenstuhl.

»Gute Göttin, ich bin hin und weg.«

Das konnte ich sehen. Völlig verklärt hockte sie auf ihrem Stuhl. Da stimmte doch ganz gewaltig etwas nicht. Ich schaute genauer hin. Da war Alkohol im Spiel.

»Susanne«, fragte ich so streng es ging »hast du etwa getrunken?«

»Klar«, strahlte sie, »Sekt.« Und mit einem süffisanten Grinsen, »ich habe doch Geburtstag heute.«

Sie fragte sich anscheinend gar nicht, woher das »Sahnehäubchen« diese Information wohl hatte. Denn die hatte sie, wie sie mir noch verriet, zum Sekt eingeladen.

»Vorher«, grinste Susanne verklärt.

»Vor was?« Jetzt war ich aber mal gespannt.

»Vor der Massage.«

»Aha, und dann?«

»Nichts.« Susanne erhob sich und zuckte bedauernd mit den Schultern.

»Ehrlich, nur Job. Aber verdammt schade, die Frau hätte mir gefallen.«

Sie hob den Blick und schaute mir lange und direkt in die Augen. »Die würde sogar dir gefallen.«

»Susanne, ich steh nicht auf Frauen«, protestierte ich schwach. Und leise. Musste ja nicht die ganze Geburtstagsgesellschaft nebenan mithören. Die hielten mich bestimmt alle für eine astreine Schwester. Verdrehte Welt. Es war es mir fast schon peinlich, nicht lesbisch zu sein!

»Warte es ab«, meinte Susanne vielsagend »du kommst auch noch auf den Geschmack.«

»Ich muss mal was suchen«, sagte ich völlig aus dem Zusammenhang gerissen und zog sie mit mir auf den Flur hinaus. Jetzt mussten wir doch mal in die Gänge kommen.

»Was brauchst du denn?«

»Den Schuhlöffel«, sagte ich so laut ich konnte. *Schuhlöffel* war das Codewort. Verständnislos schaute sie mich an, als auch schon der Ansturm der Gratulantinnen einsetzte, die nun aus allen Zimmern gestürmt kamen, um die Überraschungsparty zu starten.

»Surprise, Surprise«, und »Happy Birthday«, schrien die Frauen. Mit in den Händen brennenden Wunderkerzen stürmten sie auf den Flur. Und zur größten Verwunderung tat sich auch noch die Tür nebenan auf und heraus trat Lilli mit einer zarten, blassblonden Frau. Beide waren ein wenig zerzaust.

»Claire!« schrie Susanne und drückte die Blonde kräftig an sich. Also, das war also unsere fünfte Mitbewohnerin, die lange vermisste. Sie drehte sich mit einem Lächeln zu mir um.

»Tina?«

»Ja, ich bin die Neue«, versuchte ich zu scherzen, inmitten des Durcheinanders.

»Ich bin Claire.« Ihr Händedruck war fest und warm, wie der von Lilli.

Mit freundlichen, aber forschenden grauen Augen sah sie mich an.

Mit diesen eng stehenden Augen und der schmalen, sommersprossengesprenkelten Nase sah sie aus wie eine sehr hübsche Ausgabe von Glenn Close. Lilli trat neben sie und legte den Arm um ihre Schultern. Sie strahlten. Gemeinsam wandten wir uns dann den Freuden der Geburtstagsfete zu.

Susanne war absolut begeistert. So viele Frauen, eine Überraschungsfete und das tolle Essen ...

Lilli, Martha und ich klopften uns auf die Schultern. Endlich kam ich auch dazu, mal durchzuatmen. Ich schenkte mir ein Glas Pinot Grigio ein und gesellte mich dann zu den anderen. Olga, die Frau mit der tätowierten Rose, stand neben Käthe am Büffet. Ihre Schweinsäuglein huschten durch das Zimmer, während sie offenbar irgendetwas ungeheuer Wichtiges von sich gab. Als sie mich sah, stockte ihr Redefluss. »Hey Schwester!« brüllte sie quer durch den Raum. Ich hätte in den Erdboden versinken können.

Sie zwängte sich durch den Pulk Frauen und kam mir bedrohlich nahe.

»Hast ja klasse das ganze Lokal aufgemischt neulich«, dröhnte sie strahlend.

Auch das noch. Nichts war mir weniger angenehm, als an dieses Tohuwabohu erinnert zu werden. Am liebsten hätte ich diesen Abend für den Rest meines Lebens aus meinem Gedächtnis gestrichen. Und nun erinnerte diese Olga mich ausgerechnet hier und jetzt daran. Schon wieder hätte ich in den Boden versinken mögen. Doch die Frauen schienen das anders zu sehen. Neugierig schwenkte Käthe ihr Mausgesicht zu uns herüber. Mit glänzenden Augen hörte sie die Version der Tätowierten über meine angebliche Heldinnentat und postierte sich an meine Seite. Überrascht nahm ich zur Kenntnis, dass sie auf irgendeine Weise stolz auf mich war. Doch mir war nach wie vor alles so peinlich, dass mir beim bloßen Gedanken daran ganz schwummerig wurde. Nie, nie wieder konnte ich dort eine der leckeren Pizzen essen oder gar die vortrefflichen Tagliatelle.

Nun erfuhr ich staunend, dass auch eine gewisse Petra, eine Freundin von Olga und Käthe, mit in dem Lokal gewesen sei und voll begeistert von meinem Mut, die Thematik in der Öffentlichkeit so offensiv kontrovers zu diskutieren. Petra war Expertin in Lesbenfragen aller Art, erfuhr ich weiter, spezialisiert auf Coming-outs. Leider war sie jetzt nicht da, da just an diesem Wochenende eine Delegation nicaraguanischer Frauen zum Erfahrungsaustausch ins lesbische Kulturzentrum gekommen war, um dort über die heikle Frage des Coming-out im machismo-beherrschten Südamerika zu sprechen. Aber vielleicht käme sie ja noch nach ...

Vorsichtig bewegte ich mich, das Glas in der Hand, rückwärts und verschwand unauffällig zwischen den anderen Frauen. Aufatmend wollte ich mich gerade davonstehlen, als ich mich Claire gegenübersah. Sie lächelte mich freundlich an. Wusste sie womöglich auch schon, dass ich eine Hetera war oder nicht? Schon wieder so eine merkwürdige Situation. Auf einmal verstand ich die Gedanken, die vielen lesbischen Frauen am Anfang ihrer »bewussten« Phase durch den Kopf gingen. So wie sie Unsicherheiten in Hetero-Umgebung abbauen mussten, so ging' s mir hier im lesbischen Mikrokosmos.

»Fühlst du dich wohl hier in der WG?«, fragte sie mit einem leichten französischen Akzent.

Ich nickte. »Habe mich ganz gut eingelebt.«

»Schön. Ich freue mich schon darauf, dich ein wenig besser kennenzulernen. Ich bin jetzt ein paar Tage hier, da quatschen wir mal richtig.«

Susanne kam und drückte mich.

»Danke für das Büffet, es ist einfach toll!«

Sie war ganz aus dem Häuschen wegen der Fete. An der Tür klingelte es Sturm. Irgendjemand machte auf und kam zurück – mit Doris im Schlepptau. Aufgelöst und erleichtert nahm sie mich in die Arme.

»Seit Stunden versuche ich, dich anzurufen. Da bin ich einfach hergekommen. Ich wusste ja nicht ...«

Mit weit greifender Geste wies sie auf die Party. Das Telefon! Irgendwo lag es herum, in der ganzen Hektik hatten wir es wohl überhört. Ich nahm Doris am Arm.

»Wir feiern Susannes Geburtstag. Es ist genug zu essen und zu trinken für alle da. Also lass' dich nieder und feiere mit, wenn du magst.«

Ihr Blick war skeptisch.

»Na, ich weiß nicht.«

Ich wusste. Zumindest was sie dachte. Im Gegensatz zu ihr war ich mir sicher, dass keine daran Anstoß nehmen würde, wenn sie bliebe. Trotz ihrer anfänglichen Bedenken nahm sie das Glas Wein, das ich ihr reichte, und trank hastig einen Schluck.

»Es wird dir ganz gut tun, hierzubleiben und noch ein paar Vorurteile abzubauen.«

»Ich hab doch keine Vorurteile!«, meinte sie.

Doris blieb, und wenig später saßen wir beide auf bunten Kissen am Boden, inmitten einer fröhlichen Runde, und meine Freundin war mit ein paar anderen Frauen in eine eifrige Diskussion über Chancengleichheit am Arbeitsplatz verstrickt.

»Bist du Tina?«

Eine junge, schlanke Frau mit frechem Kurzhaarschnitt stand vor mir.

»Ich bin Astrid«, stellte sie sich vor. »Die mit dem Taxi.«

»Heute Abend bin ich außer Dienst«, lachte ich.

Wir hatten uns ja schon am Telefon sehr witzig unterhalten, sodass wir schnell ins Gespräch kamen. Der aufmerksame und forschende Blick ihrer großen dunkelblauen Augen ließ mein Gesicht nicht los, als wir nun die ersten direkten Worte austauschten.

»Du hast das Büffet gemacht? Große Klasse.«

Mit einem Zungenschnalzer hob sie ihren Teller bestätigend hoch.

»Kochen macht mir Spaß, ist für mich total entspannend« erklärte ich.

Sie lachte.

»Kann ich von mir nicht behaupten. In der Küche bin ich eine Null. Entspannen kann ich beim Sport.«

Hier musste ich eingestehen, dass das wiederum nicht meine Stärke war, worauf sie mich – wie schon Lilli – auf den Frauensportverein aufmerksam machte. Wie schon bei unserem Telefonat waren wir innerhalb kürzester Zeit in ein angenehmes und anregendes Gespräch vertieft.

Sie schenkte uns noch zwei Gläser Wein ein »ausnahmsweise – heute lasse ich mich mal fahren.« Dann suchten wir uns ein Plätzchen in den Kissenbergen. Sie war ausgesprochen witzig und hatte die Gabe, selbst ganz alltägliche Begebenheiten mit einem humorvollen Zungenschlag zu erzählen. Schnell kamen wir auf alle möglichen Themen, erzählten, tranken unseren Wein, lachten viel. Ich fand sie absolut faszinierend und ihr Interesse an mir gefiel mir ausgesprochen gut. Schon lange hatte ich mich nicht mehr so uneingeschränkt wohl gefühlt.

Als Astrid irgendwann aufstand, um unsere Gläser neu zu füllen, fiel mir erst auf, wie viel Zeit schon vergangen war. Ich schaute mich um. Im sanften

Kerzenlicht standen und saßen attraktive, gut gelaunte Frauen. Sie tranken, aßen, redeten, einige tanzten. Doris hatte gerötete Wangen und strahlte. Sie war immer noch ins Gespräch vertieft. Lilli und Claire saßen in einer Runde von einem halben Dutzend Frauen und hielten sich zärtlich im Arm. Martha knutschte ungeniert mit Andrea herum. Nach einem kleinen Streit vor ein paar Tagen schienen die beiden wieder ein Herz und eine Seele zu sein. Astrid kam zurück, zwei beschlagene Gläser mit Pinot Blanc in der Hand. Sie schaute mich erneut so direkt an. Kaum vorstellbar, dass ein Blick so intensiv sein konnte.

Wie diese Frau mich ansah, ging es mir durch und durch. Als sie mir mein Glas gab, berührten ihre Finger die meinen und ich spürte ein leises Kribbeln hinterm Ohr. Als sie sich wieder neben mich setzte, fühlte ich ihre körperliche Anwesenheit. Anders als bisher. Stärker, als ich bisher jemals die körperliche Nähe einer anderen Frau gespürt hatte. Ihre Körperwärme strahlte bis zu mir herüber und ließ die feinen Härchen auf meinen Unterarmen vibrieren. Ein leichter Duft – ein Gemisch aus Shampoo, Duschgel und etwas ganz Undefinierbarem, angenehmem, Individuellem – stieg mir in die Nase. Verwundert stellte ich fest, dass mir ihre Nähe gefiel. Obwohl es gar keinen Grund dafür gab – wir saßen schon eine ganze Weile so zusammen und unterhielten uns miteinander und gelegentlich auch mit anderen Frauen ganz prächtig – fürchtete ich auf einmal, sie könne aufstehen und sich einen anderen Platz suchen. Immerhin waren viele ihrer Freundinnen und Bekannten hier. Und vielleicht war ich ihr ja irgendwann langweilig. Dann spürte ich wieder diesen Blick – und antwortete auf ihr leises Lächeln mit einem überraschend freizügigen »Ich freue mich total, dich kennen gelernt zu haben.«

Meine Wangen röteten sich augenblicklich nach diesen Worten und Astrids Blick wurde noch eine Nuance tiefer.

Es war nach Mitternacht, die Reihen hatten sich schon leicht gelichtet und ein Teil der Geburtstagsgesellschaft hatte sich in der Küche eingerichtet. Astrid und ich saßen nun mit circa einem weiteren Dutzend Frauen in einer Runde im Wohnzimmer, teils auf bunten Kissen hingestreckt oder auf eines der Sofas gelümmelt.

»Die Männer sind doch gar nicht so schlimm«, hörte ich Doris gerade zu ihrer Nachbarin sagen. Erstaunlich, wenn man bedenkt, was sie erst kürzlich zu diesem Thema von sich gegeben hatte.

»Männer sind Scheiße«, grölte Olga und hob ihre Flasche.

Mir schien, als ob ich sie im Laufe des Abends mindestens einen Kasten Bier hatte leeren sehen. Verwunderlich, dass sie überhaupt noch reden konnte. Und so laut! Wie zur Bestätigung rülpste sie jetzt auch noch herzhaft und ohne den geringsten Skrupel.

»Diese Proll-Lesben sind einfach widerlich«, sagte gedämpft die Tussi neben mir. Sie trug Jil Sander und ein trotz der fortgeschrittenen Stunde noch immer akkurates Make-up. Blasiert führte sie eine lange, schwarze Zigarettenspitze zum Mund und blies eine beachtliche Rauchwolke zur Decke. Claire hatte sie mitgebracht, sie war auch eine Stewardess. Claire und Lilli waren seit geraumer Zeit verschwunden. Na ja, nach einer so langen Trennung konnte man den Wunsch nach Zweisamkeit gut nachvollziehen.

Olga hatte wohl mitbekommen, was die Stewardess sagte.

»Die denkt wohl auch, sie pinkelt Chanel Nummer 5«, konterte sie recht laut.

Astrid legte ihr beruhigend die Hand auf den Arm, um weiteren verbalen Ausrutschern vorzubeugen.

»Also, ich erkenne eine Lesbe sofort, wenn ich sie sehe«, sagte gerade Doris' Nachbarin zu ihr. Deren Verwunderung schien ihr zu gefallen.

»Es ist die Schuhgröße«, grinste sie, »Alles, was über 41 ist«, log sie frech.

Unglaublich. Doris schaute uns allen tatsächlich auf die Füße. Susanne streckte ihre Beine aus.

»Siebenunddreißig« verkündete sie stolz.

»Kein Wunder, dass da nichts mehr draus wird.«

»Blödsinn, da wächst sie noch rein.«

Alle gaben kichernd ihre Kommentare dazu ab. Olga schaute auf ihre Treter.

»Achtundvierzig. Mindestens. Lesbisch durch und durch.«

Wir prusteten los. Doris lief rot an.

»Ihr habt mich verarscht«, nölte sie gutmütig.

Sie hatte auch schon leicht einen im Tee und nahm es nicht so tragisch. Sinnend betrachtete sie ihren eleganten Schuh und meinte »Vierzig, also hart an der Grenze – oder?«

Interessiert schaute die Stewardess zu ihr rüber.

»Eine Lesbe ist eine Lesbe ist eine Lesbe«, erklärte nun Martha mit tiefer, aber schwankender Stimme.

»Hetera bleibt Hetera«, murmelte eine andere im Hintergrund.

»Blödsinn«, noch eine mischte sich ein. Sie hieß Iris und war in Susannes Kulturverein.

»Unsere Sozialisation ...«, hub Käthe an. Sie wurde unwirsch unterbrochen. Iris erklärte nun die Theorie der Bauch- und Kopflesben. Dass eben die einen durch die Umstände, die anderen durch tiefes inneres Gefühl lesbisch seien. Wildes Geschrei war die Antwort. Alles redete heftig durcheinander. Mir schwirrte der Kopf. Wer sollte das denn nun begreifen? Kopf und Bauch. Astrid erklärte es mir nochmal in Ruhe.

»Also, schwer vereinfacht, die Lila-Latzhosen-Fraktion, zu der viele Emanzen der ersten Generation gehörten, hat damals beschlossen, sich dem ganzen männlichen Wertesystem zu versagen und die gängige männliche Politik zu unterminieren. Als Konsequenz und zur Bekräftigung sind sie nicht mehr mit dem »Feind« Mann ins Bett gegangen, sondern mit Frauen. Sozusagen kopfgesteuerte Sexualität.«

Ob das gut ging?

»Wir aber«, sie blickte mich verheißungsvoll an und ließ erneut ihre klaren Augen und die langen, dichten Wimpern auf mich wirken, »wir sind es einfach aus dem Gefühl heraus, mit Leib und Seele, wirklich auf Frauen aus. Eben Bauchlesben. Und viele von uns sind völlig unpolitisch und die meisten kommen mit Männern ganz gut klar. Aber eben nicht als Partner.«

Aha.

»Ich war schon als Kind lesbisch«, krakelte eine der Frauen.

»Ach Blödsinn, erst in der Adoleszenz ...«

»Unsere Sozialisation ...«, versuchte es auch Käthe noch einmal.

»Hol doch mal eine noch einen Wein«, wurde sie unterbrochen.

»Wann hast du eigentlich gemerkt, dass du lesbisch bist?«, fragte mich Astrid gerade.

»Also, ich ...«, was sollte ich denn jetzt bloß sagen? – Noch gar nicht?

»Tina, kommst du mal bitte«, plärrte mir Käthe ins Ohr.

Nie war ich so froh gewesen, sie zu sehen. Eilig machte ich mich aus dem Staube, um Käthe mit den Flaschen behilflich zu sein. Was hielt mich eigentlich davon ab, Astrid die Wahrheit zu sagen? Ich dachte an ihre blauen Augen und bekam ein vages Gefühl, was es sein könnte ...

Als ich zurückkam, war die Frau meiner verwegenen Spekulationen inzwischen in ein anderes Gespräch verwickelt und schien ihre Frage vergessen zu haben. Gut, so musste ich mich heute noch nicht outen.

»Wir machen jetzt ein Spiel«, sprach Susanne mit schwerer Zunge.

»Alle im Kreis hinsetzen.«

Wir gehorchten widerspruchslos.

»Also, ich drehe jetzt eine Flasche. Diejenige, auf die sie zeigt, muss wählen zwischen Pflicht oder Wahrheit. Beides absolut«, setzte sie streng nach und erklärte noch ein paar obskure Regeln.

»Alles klar?«

»Klar!«

»Klar!«

Unter undefinierbarem Gemurmel wurde das Spiel gestartet. Olga hielt eine Flasche Bier an den Mund und trank glucksend. Astrid grinste mich von der Seite her spitzbübisch an.

»Kannst du dich noch an das Flaschenspiel erinnern?«, flüsterte sie mir ins Ohr.

»Äh ... ja.« Mein Lächeln war – vermutlich in unwillkommener Erinnerung an schlabberige Teenagerküsse – etwas schief geraten.

Astrid lachte.

»Na, das toppen wir heute vielleicht noch«, meinte sie schelmisch. In Ermangelung einer witzigen Antwort lächelte ich zurück und nickte.

»Warum nicht?«

Es war alles so verwirrend.

»Also los«, schrie Susanne und ließ die Flasche kreisen.

Sie zeigte auf Iris.

»Pflicht oder Wahrheit?«

»Wahrheit.«

Es war ja noch am Anfang des Spiels. Wir dachten uns eine Frage aus.

»Welche Farbe hat deine Unterwäsche?«

Na ja, das ging ja gerade noch.

»Gelb«

»Zeigen«, schrie gleich eine, und Iris lüfte leicht die Bluse und zog an ihrem Hosenbund. Tatsächlich gelb. Eine ungewöhnliche Farbe für Unterwäsche. Wir lachten, denn damit hatte keine von uns gerechnet.

Weiter ging' s. Iris durfte nun die Flasche drehen und eine Frage stellen. Susanne kam dran.

»Wahrheit«, verkündete auch sie heroisch.

»Hast du jemals auf Lesbos einen von Sapphos Versen gelesen?«

Sie gab zu, das nie getan zu haben, obwohl sie einmal auf der Insel Urlaub gemacht hatte.

»Aber die Statue habe ich fotografiert.«

»Gilt nicht«, gluckste Iris.

Die Nächste war Olga. Suse überlegte.

»Hast du noch mehr Tätowierungen?«, fragte sie zaghaft.

»Soll ich sie dir zeigen, Schätzchen?«

Olga schaute ausgerechnet mich dabei an. Himmel, alles bloß das nicht. Sie grinste und meinte dann zu meiner Erleichterung, wir würden schon alle Gemälde an ihr kennen. Doch schon ging' s weiter.

»Würdest du dir ›Elfi‹ auf die Brust tätowieren lassen?«, fragte sie eine Frau, die eng umschlungen mit ihrer Liebsten dasaß.

»Wo es jede sieht!«, prustete Martha los und erntete dafür finstere Blicke von deren Freundin.

»Sie hatte ein reges Liebesleben, bevor sie Elfi traf«, erklärte mir Astrid hinter vorgehaltener Hand.

Je länger wir spielten, desto öfter wurde Pflicht gewählt. Das mit der Wahrheit war eben auch riskant. Als Astrid aufgefordert wurde, ihre Traumfrau zu küssen, grinste sie mich an. Und ich grinste zurück. Vielleicht war es der Wein, vielleicht die Stimmung. Vermutlich etwas ganz anderes. Dennoch war ich nicht ganz darauf vorbereitet, was nun passierte. Bevor ich wusste, wie mir geschah, kam Astrids Gesicht immer näher. Hektisch wollte ich nach meinem Weinglas greifen, kam aber nicht weit. Ihre Augen funkelten direkt vor mir und sie lächelte verheißungsvoll, als sie die Arme um mich legte. Sanft drückte sie ihren Mund auf meinen. Ihre Lippen waren ganz weich und sie roch leicht nach Zitrone. Ihre Arme lagen auf meinem Rücken und zogen mich sanft an sich. Aus den Augenwinkeln heraus nahm ich wahr, dass uns alle Frauen beobachteten, wie gebannt. Susannes Augen waren groß und rund wie Kanonenkugeln.

Astrid drückte mich etwas stärker an sich. Mir wurde schwindelig, ich verlor das Gleichgewicht und kippte urplötzlich nach hinten. Astrid fiel durch den Ruck nach vorne, direkt auf mich drauf. Und dann knallte mein Kopf gegen etwas (später habe ich erfahren, dass es unser kleines Couchtischchen war, das wir zur Seite geschoben hatten). Das war das Letzte, was ich spürte, bevor ich in Ohnmacht fiel.

»Astrids Küsse hauen jede um«, war das Erste, was ich beim Aufwachen hörte.

Käthe klatschte mir hektisch einen nassen Wachlappen ins Gesicht. Susanne hielt meinen Kopf auf ihrem Schoß und jammerte.

»Kein Grund zur Panik, sie kommt schon wieder zu sich.« Das war Marthas Stimme. Langsam rappelte ich mich wieder auf. Doris saß mit weit aufgerissenen Augen neben mir.

»Das ist ja unglaublich«, hauchte sie.

Mir war schon wieder alles Zuviel, seufzend sank ich wieder in Susannes Schoß zurück und hörte grade noch, wie eine mir nicht unbekannte Stimme rief: »Wow, die ist ja voll im Coming-out!«

Ein Mann verfolgte mich und bei meiner Flucht versteckte ich mich in einem alten, blauen VW-Käfer. Der Mann, das sah ich jetzt, trug eine riesige Doppelaxt. Er war ein Indianer. Ich steuerte den Wagen in blinder Panik die Straße hinunter, als plötzlich eine Katze auftauchte. Mein Fuß durchbrach fast den Wagenboden, aber nichts rührte sich. Die Bremsen funktionierten nicht! Das Auto rutschte einen Abhang hinunter und krachte in einen Heuhaufen. Der Indianer schlug mit der Doppelaxt alles kurz und klein. Ich sah, dass er zu Burkhard geworden war. Hemmungslos schlug er zu und kam immer näher. Von der doppelten, glatten Schneide gingen blitzartige Flammen aus. Der Heuhaufen fing an zu brennen. Verstört riss ich die Tür auf und stürmte nach draußen. Da stand Burkhard, irre grinsend und schrie immer wieder etwas, was ich nicht verstand. Langsam hob er die riesige Axt. Scharf und gefährlich schwebte sie über mir. Die einzige Alternative war das Feuer. Ich drehte mich um und lief in die Flammen. Doch zu meiner Überraschung waren sie nicht heiß, sondern eiskalt. Der Schock stoppte mich. Das nützte Burkhard aus. Er griff nach mir und hielt mich fest. Ich fing an zu strampeln und zu schreien. Mein Hals schwoll an, meine Zunge klebte am Gaumen und kein Ton kam mehr heraus. Vor lauter Entsetzen brach mir derartig der Schweiß aus, dass ich am ganzen Körper klatschnass war. Burkhard Griff wurde fester und ich ... erwachte.

Langsam tauchte ich aus Schlaf und Traum auf. Burkhard hielt mich noch immer fest. Seltsamerweise flüsterte er mir mit völlig unbekannter Stimme ins Ohr.

»Ganz ruhig, alles in Ordnung.« Das war doch nicht seine Stimme! Das war doch überhaupt keine Männerstimme! Wie elektrisiert drehte ich mich um. Ich lag in meinem Zimmer, in meinem Bett. Astrid lag neben mir, die Arme um meine Taille geschlungen

»Du hast schlecht geträumt«, murmelte sie. War ich etwa schon aufgewacht? Mir war, als träumte ich noch immer. Wie kam Astrid in mein Bett? Dunkel erinnerte ich mich an den Vorabend und die Geburtstagsfete.

Wie kam ich eigentlich in mein Bett? Astrid schaute mich mit müden Augen und blassen Lippen an. Irgendetwas redete sie leise vor sich hin. Was ging hier vor? Mein Magen meldete sich und ich bekam Schluckauf. Vorsichtshalber drehte ich mich wieder in die andere Richtung. Ein stechender Schmerz fuhr mir in den Hinterkopf und brachte mir die Situation des Vortags nochmals deutlich in Erinnerung. Ohnmächtig geküsst von einer Frau! Ich schaute auf Astrid hinunter, die sich jetzt schon wieder in die Kissen gewühlt hatte. Was hatten wir gestern Abend noch alles getan? Wir hatten doch nicht ...? Vorsichtig schaute ich an mir herunter. Unterwäsche hatte ich noch an, sogar die Socken, wie ich feststellte. Also? Nichts passiert? Aber was wusste ich schon von lesbischer Liebe. Vielleicht konnte Frau ja die Unterwäsche dabei anlassen und trotzdem Spaß haben!

»Komm, schlaf wieder.«

Müde fielen die Worte aus Astrids Mund. Sie drehte sich ein wenig und ihr Kopf sank erneut matt auf das Kissen. Kurz darauf schlief sie tief und fest. Völlig zerschlagen, mit schmerzendem Rücken und trockenem Mund lag ich hingegen glockenwach im Bett. Ich wartete noch eine Weile, bis Astrid so tief schlief, dass ich nicht mehr Gefahr lief, sie zu wecken.

Mein Schluckauf war schlimmer geworden, und ich hickste jetzt in voller Lautstärke. Aber sie kriegte nichts mehr mit. Ich stand auf und schlich in die Küche. Auf dem Flur lagen ein paar Seidenkissen, die ich mit elegantem Fußschwung zur Seite beförderte. Aus Susannes Zimmer kamen ein hoher und ein tiefer Schnarchton. Beim Letzteren tippte ich auf Olga.

In der Küche brannte Licht, wie so oft. Keiner war dort. Drinnen sah es aus, als hätte eine Bombe eingeschlagen. Alles lag und stand in wilder Unordnung herum. Ich schnappte mir den Apfelsaft und trank im Stehen direkt aus der Flasche, was mir normalerweise absolut widerstrebt. Als der Saft alle war, schenkte ich mir noch ein Glas Wasser ein. Mein Durst schien unstillbar. Herrje, wie viele Flaschen Wein hatten wir am Vorabend eigentlich niedergemacht? Doch zum Nachdenken war ich zu müde, leider zum Schlafen zu aufgedreht. Zusätzlich hämmerte der Alkohol von innen gegen meinen Schädel. Vielleicht sollte ich im Wohnzimmer die Kabelkanäle durchsuchen, ob etwas Brauchbares kam, ein alter Hollywoodschinken oder meinetwegen ein Krimi vom Fließband. Doch dort stieß ich in der Dunkelheit auf zwei in Schlafsäcken eingerollte Gestalten. Also nichts mit Glotze. Zurück in der Küche, stieß ich mit Martha zusammen. »Durst«, flüsterte sie und verdrehte die Augen. Konnte ich mir vorstellen, nachdem ich die Blicke zwischen Andrea und ihr gesehen hatte. Ach verdammt, ich hatte es schon jetzt satt, ein einsamer Single zu sein. Ich fühlte mich einsam, unendlich allein. Und irgendwas machte mir auch ein wenig Angst. Ich war nicht wach genug, um darüber nachzudenken. Mein Bauch signalisierte mir etwas und ich verstand es nicht richtig.

Astrids Umarmung hatte etwas in mir ausgelöst. Eine Sehnsucht nach Körper, nach Zärtlichkeit, nach Berührung. Jemanden zu riechen und zu schmecken, Haut zu spüren und undeutlich gemurmelte Worte zu hören. Berührungen, Atem und Schweiß.

Mittlerweile war es fast sechs Uhr morgens. Irgendjemand war im Bad, als ich zurück in mein Zimmer schlich. Astrid schlief noch immer tief und fest. Ich schaute sie lange an. Wann hatte ich je eine Frau so bewusst und ruhig betrachtet? Sie saß total süß aus, mit ihren zerzausten Haaren und den im Schlaf leicht geöffneten Lippen. Trotzdem brachte ich es nicht über mich, mich wieder zu ihr ins Bett zu legen, ich zog das Sofa vor. Die ersten Vögel zwitscherten schon kräftig in den Bäumen vor dem Haus. Es war schon hell draußen. Eine Weile schaute ich noch durch die Spalten der Jalousien auf den Himmelsstreifen, dann schlief ich ein und wachte erst gegen Mittag wieder auf.

Mein Kopf tat weh wie verrückt, mein linker Arm war eingeschlafen und im Rachen hatte ich das sichere, raue Gefühl, geschnarcht zu haben. Mühsam rappelte ich mich auf. Das Bett war leer. Astrid fand ich in der Küche. Angestrengt schaute sie in ihren Tee. Wie mir schon am Vorabend klar geworden war, war sie nicht die Einzige gewesen, die bei uns übernachtet hatte. Olga saß da, mit dicken Augen und ungewohnt schweigsam, die obligatorische Bierflasche hatte sie an diesem Morgen mit einer Tasse Kaffee vertauscht.

Käthe erbrach sich gerade lautstark im Badezimmer und über einem der Küchenstühle hing lasch Andreas Lederhose. Wie auch immer sie dahin gekommen sein mochte. Martha rührte sich schweigsam ein Müsli an. Lilli und Claire waren nirgendwo zu sehen. Ich stand an der Tür und starrte sie alle der Reihe nach an. Nur Astrid schaute unter halb gesenkten Wimpern zurück. Sie sah gekränkt aus. Mir war alles zuviel. Meine Nerven lagen bloß, meine Seele lag wund und schutzlos da, mein Körper war schwach. Ohne ein Wort zu sagen, drehte ich mich um und ging in mein Zimmer zurück, schlug die Tür zu und warf mich aufs Bett. Ich wollte niemanden mehr sehen, nichts mehr hören. Nur noch schlafen, nichts mehr denken. Lange lag ich so, die Decke über dem Kopf. Mein Herz hörte langsam auf zu rasen und ich glitt wieder in einen tiefen, wenn auch kurzen Schlaf.

An meiner Zimmertür hing ein Zettel, schon der dritte innerhalb der vergangenen Woche. Astrid hatte angerufen und bat um Rückruf. Ich hatte bisher noch nicht darauf reagiert, kam mir aber dabei nicht gut vor. Aber was sollte ich ihr sagen? Wir hatten uns so wunderbar verstanden, konnten reden, lachen, scherzen. Ich fand sie toll. Aber ich hatte das sichere Gefühl, dass sie mehr von mir erwartete. Der Blick, den sie mir bei der Fete zugeworfen hatte, der war mir durch und durch gegangen, das stimmte. Und ich hatte den einen oder anderen unzüchtigen Gedanken bei ihrem Anblick gehabt. Aber reichte das denn aus? Vielleicht war es nur die besondere Situation, die besondere Umgebung. War das Klima in der WG vielleicht ansteckend? Aber wie auch immer, ich mochte nicht das Gefühl haben, falsche Hoffnungen geweckt zu haben. Und sei es auch nur durch meine eigene Unsicherheit. Dennoch ging sie mir nicht aus dem Kopf, und das beunruhigte mich fast noch mehr. Ihre Augen verfolgten mich buchstäblich noch bis in den Schlaf.

Susanne hatte mir, etwas bedrückt, erzählt, dass Astrid am Morgen nach der Fete sehr verletzt gewesen sei.

»Du hast dich ihr gegenüber wie ein Kerl verhalten«, warf sie mir an den Kopf.

Wie ein Kerl! Das empörte mich. Der Vorwurf war ungerecht.

»Was habe ich denn Schlimmes getan?«

»Sie allein gelassen mit ihren Gefühlen. Erst heiß, dann kalt.«

Susanne schaute düster vor sich hin. Fast so, als verarbeitete sie selbst gerade eine ähnliche Situation.

»Es ging ihr schlecht am nächsten Morgen, und dich hat' s nicht gekümmert. Noch nicht einmal gesprochen hast du mit ihr. Das war unsensibel.«

Diese Vorwürfe wollte ich nicht auf mir sitzen lassen. Wir debattierten eine Weile ziemlich heftig, dann lenkte ich ein. Im Grunde hatte ich nämlich ein schlechtes Gewissen wegen meines Verhaltens, ohne aber mir darüber klar geworden zu sein, weswegen denn eigentlich. Im Gespräch mit Susanne wurde mir klar, dass ich die Gefühle ganz gut nachvollziehen konnte. Die Sache musste geklärt werden, bevor ich nachsehen musste, ob mir womöglich schon Haare auf der Brust wuchsen.

Ich rief Astrid an und wir vereinbarten ein Treffen. Aber schon vorher merkte ich, wie unsicher ich war. Wie sollte ich mich ihr gegenüber bloß verhalten? Meine Nervosität stieg an diesem Abend ungeheuer an. Astrid hatte ein Weinlokal vorgeschlagen, in dem viele Studenten und Kreative verkehrten und das für seine lockere Atmosphäre bekannt war.

Als ich kam, war sie schon da. Schmal und blass saß sie hinter ihrem Weißweinglas und lächelte mich angespannt an.

»Danke, dass du gekommen bist.«

Ich lächelte tapfer. Mein Magen fühlte sich dabei ganz verknotet an.

Den Impuls, sie einfach in die Arme zu nehmen, wie eine gute Freundin unterdrückte ich. Aus Unsicherheit, wie sie das verstehen mochte. Und vielleicht auch Eigenschutz. Lieber wäre es mir allemal gewesen, wir hätten ganz unbefangen miteinander umgehen können. So setzte ich mich erst einmal hin.

»Es hat mit dem Anruf nicht früher geklappt«, schwindelte ich und fühlte mich gleich ganz schlecht dabei. »Wie ein Kerl«, hörte ich in meinem Kopf Susannes Stimme. War vielleicht doch etwas Wahres dran? Astrid ging es nicht gut, das konnte man sehen.

»Tina«, sie fiel gleich mit der Tür ins Haus, »es war so schlimm für mich, dass du am Morgen nach der Fete auf der Couch geschlafen hattest. Und kein Wort mit mir gesprochen.«

Sie rang nach Worten, während sie ständig ihr Weinglas drehte.

»Ich fühlte mich so – abserviert.«

Verzweifelt schaute sie mich an. Was hatte ich den bloß gemacht? War es so schlimm, dass ich die letzten Stunden der Nacht auf meinem Sofa geschlafen hatte?

Sie wollte weitersprechen, aber ich unterbrach sie, denn ich wollte gar nicht hören, was es war. Ich fühlte mich dem Ganzen nicht gewachsen. Wie sollte ich ihr denn meine Gefühle erklären? Dass ich sie mochte und wir uns gut verstanden, war klar. Und darüber hinaus? An diesem Punkt konnte ich nicht weiterdenken. Auch weil ich meine eigenen Gefühle gar nicht in Worte kleiden konnte. Der Versuch, das zu erklären, erstarb dann auch in ungelenker Konversation. Schnell merkte ich, dass sie mich nicht verstand.

Gerade wollte ich zu einer ultimativen Erklärung ausholen, als Doris an unseren Tisch trat. Sie küsste mich links und rechts auf die Wange, was ihr einen giftigen Blick von Astrid eintrug, und setzte sich dann zu uns.

»Nur kurz, ich bin mit jemandem verabredet«, verkündete sie, geheimnisvoll lächelnd.

Zehn Minuten später war ich klüger. Da kam nämlich das Geheimnis höchstpersönlich um die Ecke. Es war die Stewardess. Total chic, dezent und wirkungsvoll geschminkt und absolut selbstbewusst. Ihr Parfüm wehte wie ein Schal um sie herum. Astrid und mich beachtete sie nicht einmal.

»Tschüss, ihr Süßen.«

So kannte ich Doris noch gar nicht. Gespannt verfolgte ich, wie sie sich mit ihrer Begleiterin niederließ und die beiden sofort die Köpfe zusammensteckten. Astrids Blick ruhte auf mir.

»Die beiden haben sich auch auf der Fete kennen gelernt.«

»Ich weiß«, erwiderte ich zerstreut.

»Käthe konnte es kaum glauben, sie dachte nämlich immer noch, dass du und …«

Ihr Kopf zeigte in Richtung der beiden Schönen –

»Doris« half ich aus –

»… Doris ein Paar wärt.«

Ich musste kichern.

»Na ja, und während du im Tiefschlaf lagst«, sie zuckte mit den Schultern, »hat sich das ja dann geklärt.«

Langsam hob ich den Kopf. Ich traute meinen Ohren nicht, oder besser, meinen Vermutungen über das, was ich gerade hörte.

Mein stummer Blick forderte sie auf, weiterzusprechen.

»Ich dachte, du wüsstest Bescheid«, sagte Astrid etwas verwundert.

Ja, das dachte ich auch mal.

»Bitte sag jetzt nicht, dass Doris und die Stewardess etwas miteinander angefangen haben.«

»Auf jeden Fall haben die Zwei heftig miteinander geflirtet. Das ging schon ganz schön heiß her.«

Doris! Meine Freundin Doris! Hatte sie mir nicht noch kürzlich gesagt, mit Frauen könne sie nichts anfangen? Also, es gab ja mittlerweile anscheinend gar nichts mehr, was es nicht gab. Mein Kopf fühlte sich plötzlich an wie ein Kreisel.

»Aber Doris ist absolut hetero«, sagte ich verwirrt.

»Na und«, Astrid zuckte mit den Achseln. »Das waren die meisten von uns ja auch einmal, oder?«

Es war ganz sicher nicht das Thema, das Astrid mit mir hatte besprechen wollen. Aber in diesem Moment wurde mir klar, dass es mein Rettungsanker war. Wenn es einen richtigen Moment gab, Astrid die Wahrheit zu gestehen, dann jetzt. Ich war es ihr schuldig, ihr reinen Wein einzuschenken.

»Astrid, ich hatte noch nie etwas mit einer Frau.«

Meine Stimme klang so tonlos, dass sie erst Schwierigkeiten hatte, mich zu verstehen.

»Was ... was willst du denn damit sagen?«, fragte sie verwirrt.

Als ob das nicht eindeutig genug wäre!

»Astrid, ich bin nicht lesbisch. Ich war noch nie mit einer Frau zusammen.«

»Aber das gibt es doch nicht«, entfuhr es ihr nach einer Schrecksekunde. »Du wohnst bei Marta und Lilli und ...«, sie schaute mich so entsetzt an, dass ich mich an den fatalen Moment an meinem ersten Abend in der WG erinnert fühlte.

»Es tut mir leid. Vielleicht hätte ich es dir schon bei der Feier sagen sollen. Aber ich konnte nicht.«

Astrid schaute mich lange Zeit still an.

»Warum nicht?«, fragte sie dann.

Keine Sekunde wandte sie die Augen von meinem Gesicht. Ich merkte, wie mich dieser Sog wieder erfasste. Ihr Gesicht, ihre Lippen, der Duft ihrer Haut. All das spürte ich so überdeutlich und konnte doch nicht so richtig darauf reagieren. Nur eines war mir in diesem Moment klar geworden: Diese Frau würde ich nie mehr verletzen wollen. Nur – wie die Kurve bekommen?

»Warum nicht, fragst du?«

Meine Lippen zitterten schon wieder.

»Ich hatte Angst, du hast kein Interesse mehr an mir, wenn ich es dir sage. Weil ich dir dann auch hätte sagen müssen, dass ich einfach nicht weiß, wie mit den vielen Gefühlen umzugehen, die mich momentan bestürmen.«

Dann erzählte ich ihr von meiner vor kurzem so unglücklich beendeten Beziehung, meiner Unsicherheit und dem Chaos, das ich in mir spürte.

»In einer solchen Situation wäre doch jede gefühlsmäßige Bindung sofort zum Scheitern verurteilt«, beendete ich lahm meine Ausführungen. Mein Blick fiel auf Doris und ihre Begleiterin, die in ihrem vertraulichen Gespräch sehr nah beieinandersaßen. Beide Gesichter glühten, sie schienen sich blendend zu verstehen.

»Lass' uns gehen und ein anderes Mal reden«, sagte ich verwirrt zu der widerstrebenden Astrid.

Astrid war mir eher widerwillig gefolgt. Sie hätte lieber geklärt, was meines Erachtens an dem Abend nicht zu klären war.

Am nächsten Tag rief ich Doris an. Sie lachte, als ich fragte, ob sie und die Stewardess ... – Geflirtet habe sie schon mit ihr, gab sie selbstzufrieden zu, aber sie wären sicherlich nicht der jeweils angesagte Typ.

»Aber wir mögen uns. Ich könnte mir vorstellen, dass wir uns ganz gut anfreunden.«

Das wiederum versetzte mir einen Stich. Meine beste Freundin als Freundin einer Frau, die ich nicht mochte. Würde das womöglich unsere Freundschaft schmälern, wäre ich dann weniger wichtig für sie? Und würde ich so tun müssen, als ob ich mich mit der Stewardess gut verstünde? Als Ratgeberin in neu-lesbischen Liebesfragen kam sie jedenfalls nicht in Frage.

»Komm, ich lade dich in die Tiger-Bar ein …«, versuchte sie mich aufzuheitern. »… aber dieses Wochenende geht es nicht.«

Schon wieder tat sie so geheimnisvoll. Aber diesmal bekam ich keine Erklärung.

6.

Am nächsten Tag rief Oma Hilde an und fragte, wie es uns ginge. Sie war total süß am Telefon und meinte, wir müssten sie und Gregor recht bald mal wieder besuchen kommen. Für den Abend lud mich Frauke wieder mal ein und ich genoss diese unstrapaziöse Normalität bei ihr und ihrem Freund. Die beiden bereiteten gerade ihre Hochzeit vor.

»Du bist auch eingeladen«, sagte Frauke. »Und bring ruhig jemanden mit, wenn du magst.«

Trübe starrte ich den Gartentisch vor mir an. Was sie wohl sagen würde, wenn ich mit Astrid käme? Hand in Hand? Die Frage der richtigen Etikette in einer solchen Situation beschäftigte mich eine Weile, dann beschloss ich, das Thema zu vertagen. Es war noch lange hin bis zur Trauung.

Lilli, Claire und ich gingen einen Abend zu dritt aus, erst ins Kino, danach einen trinken. Wir hatten viel Spaß miteinander. Doch die Frage, woran frau denn wirklich merkt, dass sie lesbisch ist, konnten sie mir auch nicht zufriedenstellend beantworten. Lillis Geschichte kannte ich ja schon. Claire wusste es schon als Teenager. Und ich? Konnte ich in meinem Alter noch lesbisch werden? Die beiden lachten herzlich, als ich die Frage stellte.

»Jede Frau kann jederzeit in ihrem Leben feststellen, dass sie eine Frau liebt«, sagte Lilli mit wissendem Blick.

Es gab eben alles. Frühe und späte Erkenntnis und bisexuelle Frauen.

»Herausfinden kannst du es letztendlich nur selbst«, lächelten sie aufmunternd.

Dann flog Claire wieder ab, und alle anderen fingen langsam an, ihren Sommerurlaub zu planen.

»Weißt du schon, wo du hinfährst?«

Diese Frage bekam ich im Moment ständig gestellt. Taktvollerweise fragte mich niemand, mit WEM ich denn im Falle eines Falles in Urlaub fahren würde. Seit Jahren hatte ich mich mit dieser Frage so nicht auseinandersetzen müssen. Kolleginnen und Freundinnen, die als Single lebten, hatte ich teils bewundert (wenn sie zum Beispiel alleine durch Vietnam oder Bali fuhren), teils bemitleidet (wenn sie wieder mal zu Hause blieben, obwohl sie gerne weggefahren wären). Burkhard und ich hatten immer aufregende Urlaubsreisen gemacht. Eine Fahrt durch die USA, Kurzurlaube in Italien und Frankreich, im Sommer nach Griechenland, Portugal und einmal in die Karibik. Es waren nicht nur die Länder, die mir gefielen, es war einfach aufregend, weil Burkhard ein aufregender Reisebegleiter war und wir zusammen viel Spaß hatten. Die Frage, was ich in diesem Sommer tun sollte, stellte ich mir selbst schon eine ganze Weile.

»Doris, hast du schon Pläne für deinen Sommerurlaub?«, fragte ich.

Doris bekam keinen Urlaub. Eine Kollegin war schwanger, eine andere zur Kur. Susanne hätte gern fahren wollen, hatte aber kein Geld. Martha und Andrea waren bereits dabei, günstige Flüge nach Kanada herauszusuchen.

»Schon merkwürdig«, grummelte Susanne »so lange war sie noch mit Keiner zusammen.«

Sie meinte Martha, die Jägerin. Lilli und Claire würden ihren Urlaub in Martinique verbringen, das hatte Claire alles schon arrangiert.

Käthe hatte von meinem »Problem« gehört und schleppte jede Menge Prospekte von Frauenferienhäusern an. Schon allein beim Durchsehen verging mir jeder Gedanke an Erholung. Nicht nur, dass frau ihre Bettwäsche selbst mitbringen musste, nein, auch das Bett musste selbst gemacht werden, Duschen gab' s nur auf der Etage und die Zimmer ließen sich nicht abschliessen. In einem Etablissement gab es nur einmal am Tag warmes Wasser. Die vegetarische Vollwertkost hätte ich ja noch o.k. gefunden, aber in einigen der Häuser herrschte striktes Alkoholverbot, und ohne meinen Wein mochte ich dann doch keinen Urlaub machen. Käthe war ganz begeistert von den Häusern. Sie las mir vor, was ich dort an Kursen oder Seminaren belegen konnte:

»Annäherung an die Mondin.«

Was war das denn? Ach so, der Mond.

»Ist in allen Sprachen weiblich, nur in Deutsch nicht.«

Aha.

»Menstruationszirkel.«

Mir reichte das schon einmal im Monat, nicht auch noch im Urlaub.

»Tantra-Sex.«

Das hörte sich schon besser an. Bloß, mit wem?

Von Bauchtanz bis zu Seminaren über feministische Politik war alles dabei. Käthe schwärmte praktisch ununterbrochen davon. Auch sie, Olga und Petra – die ich immer noch nicht persönlich kennen gelernt hatte – wollten in einem der Häuser einen Workshop mitmachen, bevor sie nach Dänemark ins Lesben-Feriencamp fuhren. Ob ich nicht wenigstens mitkommen wollte zum Zelten? Womöglich mit Olga in einem Zelt? Vermutlich würde das tödlich enden, für mindestens eine von uns. Nein, das war auch nichts für mich. Diese Art von Urlaub war mir schon immer suspekt gewesen. Uns trennten Welten! Nein, das konnte ich abhaken.

»Überhaupt, was willst du dort, da kannst du ja keinen Mann kennen lernen«, gab Doris auch noch ungefragt ihren Senf dazu und stocherte damit in meiner Wunde.

»Sieht so aus, als ob wir beiden Süßen übrig bleiben würden«, meinte Susanne und knuddelte mich zum Trost einmal durch.

Lachend fielen wir vom Sofa auf den Teppichboden und kugelten dort ein bisschen herum. Wenn ich alleine war, grübelte ich darüber nach, welche Art von Urlaub wohl Burkhard in diesem Sommer machen würde. Und mit wem. Bei der Vorstellung, er könne mit einer anderen Frau Händchen haltend am Meer entlang spazieren, spürte ich Eifersucht. Wie es ihm wohl ging? Einerseits wünschte ich mir, es ginge ihm gut, andererseits hoffte ich, er würde mich zumindest vermissen.

Doris hatte Christoph, einen Freund von Burkhard, in einer Bar getroffen und von ihm erfahren, Burkhard ginge es glänzend. Was sie mir natürlich brühwarm weitererzählte.

»Aber ich glaube es nicht«, fügte sie hinzu. »Diesem Christoph trau ich keine Sekunde über den Weg. Der hat mir das doch nur erzählt, weil er will, dass ich es dir erzähle und du dich ärgerst.«

Sie konnte Christoph auch nicht leiden, hielt ihn für einen Angeber. Obwohl, oder gerade weil er ständig an ihr herumbaggerte. Ohne jemals auch nur den Hauch einer Chance gehabt zu haben. Doris spielte in einer anderen Liga. Wir hatten genügend traute Abende zu viert verbracht, ich mit meiner besten Freundin und Burkhard mit seinem besten Freund, um zu wissen, dass das mit den beiden nicht funktionierte. JEDER von uns wusste das, nur Christoph nicht. Aber seine miese Rechnung ging auf. Meine Fantasie galoppierte mit mir davon. Mir versetzte es einen Stich. Burkhard hatte mich schon vergessen. Er amüsierte sich prächtig mit irgendwelchen Törtchen. Die Bilder in meinem Kopf wurden immer deutlicher. Immer unangenehmer. Immer schmerzhafter – Burkhard mit einer anderen.

»Er hat dich so oft betrogen, was soll das jetzt.« Susanne wurde jedes Mal ganz unwillig, wenn sie mit diesem Thema konfrontiert wurde.

Ich musste weg, weit weg, an was anderes denken.

»Ich muss mal eine Zeitlang raus hier, brauche Tapetenwechsel, total.« Im Büro war es auch trist. Frauke war mit ihrem Freund und zukünftigen Vater ihrer Kinder für drei Wochen nach Malta gefahren.

»Ach Tina, wie schön, dich mal wieder am Telefon zu haben.«

Oma Hilde strahlte richtig durch die Leitung. Wir redeten eine Weile über dies und das (der Porsche war kaputt und Gregor reparierte ihn grade, der Obstgarten die reinste Oase, und Gregor schrubbte schon die Einmachgläser, und ganz nebenbei hatte er auch schon wieder das eine oder andere erfunden). Wir würden ja sicher bald mal wieder kommen und dann selbst sehen ... Sie plauderte munter drauflos.

»Was machst du im Urlaub, hast du schon Pläne?«, stellte sie die unvermeidliche Frage. Ich schilderte ihr das Dilemma: Ich wollte weg, hatte aber keine Begleiterin, Susanne hätte Lust, aber leider kein Geld und alle anderen hätten schon feste Pläne, feste Partnerinnen etc. Das Letztere – ich stand im Flur – mit gedämpfter Stimme, denn Susanne war in der Küche und wusste immer noch nicht, dass ich wusste, dass Oma Hilde wusste ...

Am anderen Ende war es eine Zeitlang still.

»Bist du noch dran?«, fragte ich nervös nach, nachdem die Stille doch sehr lange andauerte.

»Das geht doch nicht, dass meine Enkelin noch nicht einmal Urlaub machen kann«, meinte sie plötzlich. »Glaubst du, dass Susanne das Geld für eine Urlaubsreise von mir annehmen würde?«

Bevor ich mein Statement dazu abgeben konnte, sprach sie schon weiter.

»Oder, falls sie das nicht annehmen wollen würde«, – Susanne war eben eigen in einigen Dingen – »lass mich noch mal was anderes versuchen, ich habe da so eine Idee.«

Die Enkelin kam grade misstrauisch aus der Küche.

»Mit wem quatschst du denn so lange?«

»Oma Hilde ist dran«, ich streckte ihr den Hörer hin und verdrückte mich.

Wie sich ein paar Tage später herausstellte, war auf die alte Dame Verlass. Freudestrahlend teilte Susanne mir mit, ihre Oma habe einen alten Freund, ganz in Ehren und dieser ein schönes Feriendomizil auf einer kleinen griechischen Insel. Und dieses Häuschen wäre in 4 Wochen frei. Eigentlich habe er selbst hinfahren wollen, sei aber in diesem Jahr nicht so gut drauf, und die Hitze setze ihm dann so zu. Aber für uns beide, wenn wir uns sofort entscheiden würden ... und mietfrei würde er es uns auch überlassen.

»Du kommst doch mit?«, fragte sie ganz unnötigerweise.

Ich war Feuer und Flamme. Wir wälzten Landkarten, um die Insel zu finden und stellten fest, dass sie so klein gar nicht war. Mit den Flügen hatten wir Glück. Oma Hilde hatte ihrer Enkelin noch einen großzügigen Zuschuss zum Urlaub zukommen lassen. So großzügig, dass diese ihre finanziellen Bedenken verlor, aber nicht so viel, dass sie ihn nicht hätte annehmen können.

»Es reicht für den Flug und etliche Souflaki«, freute sie sich, als sie, die Tickets in der Hand wedelnd, eines Abends heimkam.

Susanne ahnte noch nicht, wie dankbar sie ihrer Oma auch in anderer Hinsicht noch sein würde!

Voller Vorfreude suchte ich schon mal für das entspannte Leben am Strand alle Bücher raus, die ich schon lange mal lesen wollte, und kramte ein paar Klamotten hervor, die ich immer nur im Sommerurlaub trug, wie kurze Hosen, T-Shirts mit Spaghettiträgern und tief ausgeschnittene Sommerkleider. Ich meldete mich beim Friseur an und beschloss, die nächsten Wochen nur noch Obst und Gemüse zu essen, damit ich im Badeanzug eine gute Figur machte. Susanne lachte.

»Du bist doch wirklich schlank, ich hätte es viel nötiger.« Sie klopfte auf ihre sanften Rundungen, die ich wiederum sehr weiblich fand. Martha meinte zu mir: »Lass die Diät. Du hast ein rasantes Gestell.« Und ausgerechnet mir wurde vorgeworfen, ich sei wie' n Kerl! Kopfschüttelnd und grinsend verließ ich die Küche, um im Bad nach den Überresten der Sonnencreme vom vergangenen Jahr zu suchen. Ich schraubte den Verschluss auf, um zu prüfen, ob sie noch gut war, und schnupperte daran. Sie roch noch gut, nicht ranzig. Der Duft war nicht nur angenehm, er weckte auch Erinnerungen an den letzten Sommerurlaub. Gefühle, die ich nicht mehr haben wollte.

»Du wolltest das nicht sehen. Vor lauter Harmoniesucht hast du alles ausgeblendet, was die Beziehung hätte gefährden können. Du hast dir selbst damit geschadet«, meinte Käthe ungefragt zu dem Thema meiner Trennung. Sie wusste mittlerweile über meine dubiose Vergangenheit mit einem Mann Bescheid.

»Komm in die Gruppe«, sagte sie streng. »Da kannst du das alles bearbeiten.«

Lilli und Claire waren die Ersten, die abflogen. Wir brachten sie alle zum Flughafen und verabschiedeten uns herzlich. Ich beneidete sie. Martinique! Wie sich das schon anhörte, ganz wundervoll. Eine Woche später verabschiedeten wir Martha und Andrea, allerdings nicht am Flughafen. Sie hatten einen Nachtflug gebucht, ganz preiswert, und ließen sich morgens um 3.00 Uhr von Astrid im Taxi abholen.

»Tausend Küsse, passt gut auf die Wohnung auf, und euch auch einen ganz tollen Urlaub!! Lesbian Power all over the world«, stand auf dem Zettel, der morgens auf dem Küchentisch lag. Noch zwei Wochen, dann würden Lilli und Claire zurück sein und Susanne und ich grade wegfahren.

»Jetzt haben wir die Wohnung für uns«, seufzte Susanne.

Vermutlich in der Hoffnung, endlich einmal ungestört alle ihre Lesben-Liebes-Schmonzetten auf DVD ansehen zu können, über die Martha normalerweise immer lästerte. Es kam anders.

Am nächsten Abend, es war ein Freitag, rief Gregor an. Mit schüchterner Stimme ließ er uns wissen, er habe kommende Woche wieder einen Termin beim Patentamt wahrzunehmen und Oma Hilde habe ihm gesagt, er solle doch nachfragen, ob er eventuell bei uns übernachten könne. Susanne und ich beratschlagten. Galt die Devise »Keine Männer« auch, wenn die anderen aus dem Haus waren? Unsere Loyalität einerseits innerhalb der WG und andererseits Oma Hilde gegenüber wurde auf eine harte Probe gestellt. Doris mochte ich nicht schon wieder fragen. Nach langer Debatte entschieden wir uns, Gregor aufzunehmen.

»Er muss halt im Wohnzimmer auf der Couch schlafen.«

Das war er ja schon gewohnt. Vorsichtshalber durchforsteten wir den Raum noch mal nach einschlägigen Hinweisen. Die Programme vom lesbischen Kulturhaus und eine von Susannes eindeutigen Liebeschmökern wurden aus dem Wohnzimmer verbannt. Marthas Katalog vom Sextoy Versand *Lucky Lips* verschwand ebenso wie die Broschüre von der Gay and Lesbian Aktionswoche.

»Das ist ja fast, als kämen die Eltern zu Besuch«, schnaufte ich. Susanne winkte ab. Das war kein beliebtes Thema in der WG. Auch in Küche und

Bad ließen wir unsere kritischen Blicke schweifen. Schließlich wollten wir Gregor nicht schockieren. Vor allem Susanne hatte Bedenken.

»Was, wenn er was merkt und es Oma erzählt?«

Ich konnte sie beruhigen.

»Keine Angst, so ist Gregor nicht«, meinte ich optimistisch.

Mitte der Woche stand er dann vor der Tür. Bepackt mit Tüten voller Obst und Gemüse, selbst gemachtem Beerenwein und Gläsern mit Mirabellenmarmelade, sah er aus wie der Vetter vom Land. Eine Flasche Pflaumenwein behielt er zurück.

»Die ist für Doris.«

Aha. Netter Mann, bedankte sich wenigstens für die Beherbergung. Wir kamen sofort ins Fachsimpeln über eingelegte Artischocken, Zucchini, Marmeladensorten und die Zubereitung von Likör. Es passierte ja so selten, dass ich meine Passion mit jemandem teilen konnte. Dann fingen wir an, gemeinsam zu kochen, wobei wir einstimmig bedauerten, keine größere Tafelrunde verköstigen zu können.

Während wir schnippelten und brutzelten, genehmigten wir uns ein Gläschen eiskalten Orvieto.

»Das liebe ich auch so.«

Gregor trank einen Schluck, bevor er die Zucchiniblüten in Teig tauchte, um sie später zu frittieren.

»Kochen, einen schönen Wein, gemütlich sitzen und essen.«

Er seufzte.

»Dazu komme ich viel zu selten. Leider ist mein Bekanntenkreis auch nicht sehr groß.«

Kein Wunder, so ruhig und schüchtern, wie er war.

Aber an diesem Abend ging er so richtig aus sich heraus. Ich schnippelte Gemüse klein für den pikanten Strudel, er bereitete den Teig. Kräutersoße, Salat, Beerenkompott mit Mascarpone-Creme, wir arbeiteten Hand in Hand, wie ein eingespieltes Team von Chefkoch und Souschef, mit ständig wechselnden Rollen.

Susanne kam zwischendurch mal rein, schnupperte, probierte die Beeren, verdrehte verzückt die Augen und fragte, wann denn alles fertig wäre.

»Du kannst schon mal den Tisch decken.«

Gehorsam legte sie alles auf. Das Essen war so angenehm, wie es das Kochen gewesen war. Gregor ist einer dieser Menschen, in dessen Nähe man sich einfach wohlfühlt, ohne dass er etwas Besonderes macht. An diesem Abend ging er so aus sich heraus, dass er richtig witzig wurde. Wir erfuhren von seiner neuen Erfindung, einem technischen Gerät, dessen Aufgabe und Bauweise ich nicht verstand, obwohl ich ja technisch nicht ganz unbegabt bin. Aber alles, was ich begriff war, dass es eine Filterfunktion beim Staubsauger hatte, die besonders für Allergiker ganz wichtig war und alles bisher da gewesene in den Schatten stellen würde. Er erzählte auch von den Freuden des Obstanbaus. Beim örtlichen Naturschutzbund hatte er einen Obstbaumschnittkurs mitgemacht, dabei hatte er sich dann prompt das Armgelenk ausgekugelt.

Wir waren gerade beim Dessert, als es draußen klingelte. Susanne ging zur Tür.

»Käthe«, hörte ich sie überrascht ausrufen. Und sehr laut. »Du hier?« Ich sah förmlich, wie ihre Gedanken ganz aufgeregt im Kopf herumsprangen, wie aufgescheuchte Mäuse. Was nun? Es war einfacher, den Mount Everest zu besteigen, als Käthe problemlos wieder loszuwerden. Sie war ja praktisch schon fast zu Hause bei uns.

»Na was wohl, dich besuchen«, hörte ich auch schon die misstrauische Stimme unseres ungebetenen Gastes. Was nun, wohin mit Gregor. Sie durfte ihn auf gar keinen Fall bei uns sehen. Ein Mann! Ein Mann in unserer WG!

Was, wenn sie es den anderen erzählte? Nicht auszudenken. Lillis und Marthas Reaktion konnte ich mir leider nur allzu gut vorstellen. Ich sah mich schon mit der Aldi-Tüte unter einer Parkbank nächtigen.

»Waren wir denn verabredet?«

Ein heldinnenhafter, aber zum Scheitern verurteilter Versuch von Susanne. Offensichtlich wollte sie Zeit schinden. Aber wozu? Ich konnte Gregor ja schlecht in den Kühlschrank sperren. Oder sollte ich versuchen, ihn zunächst ins Wohnzimmer zu bugsieren und dann, wenn Käthe in der Küche war, aus der Wohnung? Aber wohin? Und wie ihm das alles erklären? Ich hatte das Gefühl, Susanne beistehen zu müssen. Ich machte Gregor ein Zeichen, legte den Finger an die Lippen und ging zu den beiden auf den Flur hinaus. Gerade als Käthe Susanne mit einem resoluten »Seit wann müssen wir uns denn vorher verabreden, wenn ich kurz vorbeikomme?«, zur Seite schob.

»Wir haben keine Zeit«, versuchte ich sie aufzuhalten und ihren empörten Blick zu ignorieren.

»Das ist heute mein letzter Abend. Morgen habe ich Gruppe und am Freitag fahren wir nach Dänemark ins Les ...«

»Komm, lass uns in mein Zimmer gehen«, unterbrach Susanne sie schnell. Käthes Stimme war ja so unangenehm laut. Da konnte man in der Küche ja glatt jedes Wort verstehen. Susanne zog sie am Arm in Richtung ihres Zimmers.

»Warum, was ist denn hier los?«

Käthes Mausgesicht zuckte nervös und neugierig.

»Wo ist denn bitte bei euch das Badezimmer?«

Käthes Augen weiteten sich bei diesen Worten wie das Universum nach dem Urknall. Susanne blieb stehen, wie vermutlich einst Lots Weib, während ich versuchte, möglichst unauffällig im Boden zu versinken. Hinter uns stand Gregor an der Küchentür. Hätte er es nicht noch ein paar Minuten halten können? Männer und ihre schwache Blase, dachte ich, und wusste sofort, ich war ungerecht. Susanne regte sich wieder und winkte ihn matt in die richtige Richtung. Er verschwand im Gästeklo.

Käthe sah aus, als habe sie einen Knallfrosch verschluckt und würde gleich platzen.

»Ich fasse es nicht, ein Mann!«

Boshaft funkelten ihre Augen hinter den immer gefährlicher aussehenden eckigen Brillengläsern.

»Es ist nicht so, wie du denkst«, setzte ich an.

»So, es sieht mir aber ganz so aus. Kaum ist die Katze aus dem Haus ...«

»Du spinnst wohl, wir sind hier alle gleichberechtigt!«

»Keine Männer, das ist doch die Devise hier«, kreischte Käthe.

»Ich weiß nicht, warum du dich so aufregst, du wohnst doch gar nicht hier«, empörte sich die sonst so geduldige Susanne.

»Ich bin schließlich betroffen, wenn ich hierherkomme, nichts Böses ahnend und dann ...«

»Hör doch endlich auf damit!«

»Du«, sie drehte sich zu mir um und stach mit ihrem dürren Zeigefinger nach mir.

»Du warst das doch bestimmt, die ihn hierhergebracht hat!«

»Nein, war sie nicht!«

»Jetzt hör doch mal zu ...«

Alle redeten wir gleichzeitig. Als ich die Wasserspülung hörte, wurde ich nervös. Käthe schüttelte in stummer Empörung den Kopf. Ich versuchte zu retten, was noch zu retten war.

»Ich erkläre dir das. Aber nicht jetzt, das geht nicht. Und du musst versprechen, dass du den anderen nichts davon erzählst. Kein Sterbenswörtchen. Okay?«

Skeptisch schaute sie mich an. Sie war noch nicht überzeugt. Ich redete hastig weiter.

»Ich komm dann auch in deine Trennungsgruppe.«

Weiß der Geier, warum sie so scharf darauf war. Jetzt nutzte ich das einfach aus. Sie wägte ab. Die Klospülung versickerte gurgelnd. Gerade als der Schlüssel sich drehte, sagte sie gepresst »O.K.«

Aufatmend gab ich ihr die Hand und sie schlug ein. Susanne fuhr sich vor Erleichterung kreuz und quer durch die Haare. Gregor tänzelte auf uns zu und gab Käthe geziert die Hand.

»Hallo, ich bin der Gregor«, säuselte er.

Was war denn mit dem los? Susanne und ich tauschten einen verständnislosen Blick. Er machte einen solch tuntigen Eindruck, wie er da jetzt stand, mit geziert verdrehten Händen und seinem warmen Blick. Hätte uns das denn nicht schon vorher auffallen sollen?

»Das Gästeklo«, sagte Susanne tonlos.

Himmel! An alles hatten wir gedacht. Wohnzimmer, Küche, Bad. Aber nicht an das Gästeklo. Dort hing ein Riesenplakat vom Silvesterball der Lesben und dort lagen die gesammelten Comics der *Lesbian Sisters*. Aber was sollte das, Gregor war doch dort in den letzten fünf Minuten nicht einfach schwul geworden. Solch eine durchschlagende Wirkung konnte die Lektüre doch wirklich nicht haben, oder? Verwirrt folgten wir den beiden in die Küche, wo Gregor Käthe grade ein Dessert anbot. Sie lehnte ab. Ihr Blick war nach wie vor scharf auf ihn gerichtet. Sie starrte ihn mit ihrem Röntgenblick derartig an, dass schon zu befürchten stand, dass gleich etwas an ihm verdampfte. Wenn es nach Käthe ging, sicherlich ein ganz besonderes Teil seiner Anatomie! Tapfer lächelte er zuckersüß zurück.

»Nun, meine Liebe«, geziert legte er die Fingerspitzen aneinander und spitzte die Lippen etwas, »was ist denn angesagt in der Stadt im Moment? Ich komm so selten her.«

Käthes Misstrauen war noch nicht besänftigt. Ich stellte den Kaffee auf den Tisch, den ich grade noch gekocht hatte. Gregor trank mit abgespreiztem kleinen Finger. Ich schüttelte mich innerlich. Dann fing er mit Käthe ein Gespräch über schwule Kleinkunstbühnen-Darsteller an, warf mit Namen einschlägig bekannter Bars und Kneipen um sich. Machte »oh« und »ah«, wenn es die eine oder andere davon nicht mehr gab. Aber erst, als er von seiner ehrenamtlichen Arbeit bei der AIDS-Hilfe sprach und stundenlang mit ihr über den Sinn und Unsinn von homosexuellen Ehen diskutiert hatte, schien sie einigermaßen friedfertig. Über das Thema Safer Sex wollte sie jedoch nicht mehr mit ihm diskutieren.

»Sexualpraktiken von Männern interessieren mich grundsätzlich nicht«, war ihre knappe Antwort. Susanne und ich starrten nervös und verständnislos auf dieses Schauspiel. War er jetzt schwul oder nicht? Wenn nein, woher kannte er all die Namen und Orte, abgesehen davon, dass es einige schon lange nicht mehr gab, wie ich Käthes Worten entnehmen konnte. Käthe war müde geworden und verkündete, sie werde jetzt gehen, zum Glück. Es gäbe ja noch so viel zu tun, bevor sie zum Lesben-Camp fuhren.

Beim Rausgehen zischte sie mir zu: »Hättest mir ja gleich sagen können, dass er schwul ist. Das macht die Sache nicht ganz so schlimm. Ändert aber nichts an unserer Abmachung!«

Käthe mochte Männer überhaupt nicht, egal ob hetero oder schwul. Sie galt im Kulturverein als Rädelsführerin einer radikalen lesbischen Gruppe, die sogar gegen jede Art von politischer oder kultureller Zusammenarbeit mit den Schwulen war. Einmal, als sie sich bei den weniger radikalen Schwestern nicht hatte durchsetzen können, hatten sie eine geplante gemischte Theatervorführung dadurch verhindert, dass sie bei der Generalprobe den schwulen Hauptdarsteller im Klo eingeschlossen und den Schlüssel hinter einer Flasche Eierlikör im Büro versteckt hatten. Dort lag er gut, wäre sicher in den nächsten hundert Jahren nicht entdeckt worden. Der Hausmeister musste kommen und die Tür aufbrechen. Unglücklicherweise war nämlich auch noch die Toilettenschüssel mit Unmengen Klopapier verstopft gewesen und so kam es zu einer Überschwemmung. Aber dies hatte man Käthe und ihren Genossinnen nicht nachweisen können. Auf jeden Fall war der Abend vorbei, bevor er begonnen hatte, und die theaterbegeisterte Schwulengruppe zog beleidigt von dannen.

Es hatte lange gedauert, bis ihr das wieder verziehen war. Einige der Vereinsfrauen waren noch immer stinkesauer auf Käthe und die anderen. Die gesamte Angelegenheit wurde seither von allen noch heftiger und kontroverser diskutiert.

»Ich hab' s dir ja gesagt, es ist nicht, wie du denkst!«

»Egal, unsere Abmachung gilt«, sagte sie streng, bevor sie verschwand.

Susanne und Gregor saßen einträchtig in der Küche und kicherten.

»Was ist denn in dich gefahren?«, fragte ich so vorsichtig es ging.

»Du bist doch nicht wirklich schwul, oder?«

»Woher willst du das wissen?«, säuselte er schon wieder so zuckrig.

Ja, woher eigentlich? Ich dachte pro forma ein wenig darüber nach, aber es war schon längst entschieden, dass ich es im Gefühl hatte. Ein Glück, dass Käthe nichts gemerkt hatte!

»Ich wollte euch aus der Klemme helfen, habe sofort gemerkt, dass die Lady ziemlich schlecht darauf zu sprechen war, dass ich hier bin und dass ihr mit aller Macht versucht habt zu verhindern, dass wir beide uns über den Weg laufen.«

Beim Anblick der Plakate und Comics war ihm einiges klar geworden. WG, nur Frauen, offensichtlich alle lesbisch. Im Geiste hob ich leicht den Finger: *nicht alle!*

»Die Unterbringung bei Doris das letzte Mal, als ich hier war. Tja, ich konnte mir einiges zusammenreimen.«

Wie er uns weitererzählte, war eine seiner Schwestern ebenfalls lesbisch. Daher kannte er auch die Namen einiger Szenebars.

»Wie heißt deine Schwester?«, fragte Susanne hoffnungsvoll.

»Sie lebt inzwischen in Berlin«, musste Gregor sie enttäuschen.

Susanne war immer ganz erpicht darauf, neue Frauen kennenzulernen. Nicht nur wegen des Massageservice.

»Ich dachte mir, ein Schwuler wird eher akzeptiert. Manchmal ja sogar bei Radikallesben. Wollte ja nicht, dass ihr Ärger kriegt mit den anderen Frauen, die hier wohnen.«

Ein sehr sensibler Zug. Er wurde mir immer sympathischer. Auf den Schreck holte ich den original italienischen Grappa hervor, den besonders guten, und gab einen aus. Teils wegen des opulenten Mahls, teils auf Gregors gelungene Vorstellung.

»Du bist ein guter Schauspieler«, lobte ich ihn noch.

Das Kompliment freute ihn.

»Wäre ich gerne geworden. Theater hat mich immer fasziniert. Aber leider« – seufzend hob er die Schultern – »hab ich aus finanziellen Gründen einen technischen Beruf erlernen müssen.«

Anscheinend hatte er viele Begabungen.

Viel später richteten Susanne und ich ihm die Schlafcouch her, dann wünschten wir uns alle gegenseitig eine gute Nacht.

»Kann ich nochmal kurz telefonieren?«, fragte er.

Es dauerte aber wohl doch noch länger, denn als ich aus dem Bad kam, hörte ich aus dem Wohnzimmer immer noch ein leises Gemurmel.

Am nächsten Morgen rief mich Susanne im Büro an. Sie hatte mit Gregor gefrühstückt und ihn dann verabschiedet. Wie schon das letzte Mal wollte er direkt nach seinem Amtsgang wieder nach Hause fahren.

»Stell dir vor«, kam sie zum Grund ihres Anrufs, »als ich zu ihm sagte ›aber bitte verrate meiner Oma nichts, du weißt schon …‹, da antwortete er ›sie auch‹. Verstehst du?«

Ich verstand.

»Sie weiß, dass ich lesbisch bin und sie findet nichts dabei. Meine Oma!!«

7.

An einem der nächsten Abende kam mich Astrid besuchen. Zunächst war die Stimmung etwas verkrampft. Noch immer war ihr nicht ganz klar, was genau sich in meinem Inneren abspielte.

»Vermutlich brauche ich ein wenig Abstand und Ruhe«, erklärte ich ihr und hörte selbst, wie blöd das klang. Aber Astrid nickte.

»Auf gar keinen Fall will ich jetzt in dir das Gefühl erwecken, jede Sekunde auf eine Entscheidung zu warten. Dass ich dich mag, weißt du. Dass ich dich gerne näher kennen lernen möchte, ist mir in den vergangenen Tagen klar geworden.«

»Trotz meiner dubiosen Vergangenheit?«, grinste ich.

»Yepp!«, sie stupste mich spielerisch gegen die Schultern und lachte herzlich. Ich war ihr unendlich dankbar dafür, dass sie die Situation nicht verkomplizierte. Sie fand es allerdings ein bisschen schade, dass ich sie nicht gefragt hatte wegen der Urlaubsplanung.

»Ich wäre frei gewesen. Noch nichts Festes geplant«, sagte sie.

Zwar konnten wir wieder sehr unverkrampft miteinander umgehen, aber hätte sich das auch im Urlaub aufrecht erhalten lassen? Ich hatte überhaupt kein Bedürfnis, zwei Wochen über Gefühle zu diskutieren. Astrid bot sich dann an, den Briefkasten zu leeren und die Blumen zu gießen. Aber das war nicht nötig. Wir flogen am Vorabend von Lillis und Claires Rückkehr aus Martinique. Aber zum Flughafen konnte sie uns fahren, dieses Angebot nahm ich auch in Susannes Namen sehr gerne an.

Die Wohnung war etwas zu kurz gekommen in den letzten Wochen. So fing ich an, mal wieder gründlich sauber zu machen. Überraschenderweise hatte auch Susanne grade einen ihrer seltenen Momente, in denen sie einen regelrechten Putzfimmel bekam. Wir schrubbten das Bad, das Gästeklo, den Flur, sogar den Vorratsraum hinter der Küche. In der Küche selbst wuschen wir die Schubladen aus, tauten den Kühlschrank ab und führten eine Grundreinigung des Bodens durch.

»Mit dir macht das alles sogar Spaß«, meinte Susanne.

Am Vor-Vorabend unserer Reise gönnten wir uns eine Flasche Sekt. Einerseits auf die gelungene Putzaktion, andererseits in Vorfreude auf unseren Urlaub. So lagen wir in Susannes Zimmer rum, hörten K.D. Lang Platten und erzählten uns von unserem ersten Kuss.

»Alsooo ...« Susanne kicherte ganz doll. Ob' s am Sekt lag oder am Thema, konnte ich noch nicht sagen. »Er hieß Karl-Heinz. Wir waren beide 13 und in derselben Klasse. Er war der Schwarm aller Mädchen. Warum, weiß ich nicht. Ich jedenfalls schwärmte nicht für ihn. Und im Grunde sah er auch langweilig aus. Semmelblond, blasse Augen, blasse Haut. Seine Eltern hatten die Bäckerei, in der ich immer Mohrenköpfe und Zuckerstangen kaufte. Zum Spaß sagte Oma immer: ›Der sieht selbst aus wie so ein Milchweck.‹ Eines Abends, wir waren auf dem Rückweg vom Konfirmandenunterricht und hatten noch ein Stück gemeinsamen Weg zurückzulegen, fragte er mich, ob ich schon einmal einen Zungenkuss gekriegt hätte. ›Nein‹ antwortete ich. Ich wusste ja kaum, was das war. ›Willst du' s mal probieren?‹ Neugierig war ich ja schon immer, deshalb stimmte ich zu. Karl-Heinz zog mich in eine Toreinfahrt, drapierte sich umständlich um mich herum – das hatte er wahrscheinlich in einem Film gesehen – und steckte mir seine Zunge so tief in den Mund, dass ich dachte, ich müsse ersticken. Seine Zunge war ganz weich, alles war glibberig und überhaupt nicht schön. Vom Küssen hatte er keine Ahnung. Er steckte einfach seine Zunge rein, das war' s.

›Und, wie war' s?‹ fragte er mich. Was sollte ich antworten? Dass ich es nicht schön fand, wagte ich nicht zu sagen. Also zuckte ich mit den Schultern. ›Du musst es halt noch lernen‹, meinte er selbstgefällig.

Am nächsten Tag erzählte er in der Schule herum, er habe jetzt wieder eine Kerbe mehr am Pfosten seines Baumhauses. Dort nämlich hielt er die Zahl seiner Eroberungen fest.«

Wir giggelten und mutmaßten, was Karl-Heinz wohl ein paar Jahre später mit seinem Penis gemacht hatte.

»Was ist aus ihm geworden?«

»Soweit ich weiß, verkauft er jetzt Autos und ist schon das zweite Mal geschieden.«

Ich schenkte nach und gab meine Story zum Besten.

»Bei mir war' s ein älterer Junge, Herbert. Sein Vater hatte die Tankstelle bei uns im Ort. Ich bin immer mitgefahren, wenn Papa tanken musste. Den Geruch von frischem Benzin habe ich schon immer sehr gemocht.«

Susanne verdrehte die Augen und mimte eine Schnüfflerin.

»Also, immer wenn wir dort tankten ...«

»Wie alt warst du?«, unterbrach sie mich.

»Sechzehn.«

»Sweet little sixteen«, trällerte sie.

»Soll ich jetzt weitererzählen? Also, wo war ich ...«

»An der Tankstelle.«

»Ja, genau. Immer wenn wir tankten, lungerte Herbert dort herum. Er lief dauernd mit ölverschmierten Sachen und Händen durch die Gegend, lag unter Autos herum oder trug Reifen durch die Gegend. Als es passierte, war es Sommer. Er trug dann nur ein Unterhemd und seine graue Mechanikerhose. Er war recht muskulös, also, nicht zu sehr, aber mit breiten Schultern und starken Armen. Und er hatte so einen melancholischen Blick. Ganz dunkle Augen.«

Ich rief mir Herbert wieder ins Gedächtnis. Die dunklen Strähnen, die ihm immer ins Gesicht fielen, sooft er sie auch zurückstrich, der Blick, seine immer etwas eckigen Bewegungen. Und der Geruch. Nach Öl und Benzin. In diesem Sommer war etwas anders, ich war anders. Mein Blick hatte sich verändert und plötzlich sah ich nicht mehr nur Herbert, der Autos reparierte und Ölwechsel vornahm, den Sohn des Tankstellenbesitzers, sondern ich sah einen Mann. Denn das war er. Die paar Jahre Altersunterschied machten sich ganz kräftig bemerkbar. Meine Klassenkameraden kamen mir wie kleine Kinder vor, unreif und uninteressant. Das, was ich fühlte, konnte ich auf sie nicht projizieren. Wohl aber auf den gut gebauten Herbert. In diesem Sommer war ich oft an der Tankstelle. Ich kaufte Landkarten und Eis, das ich auch woanders bekommen hätte und ich fing an, mich für Autoreifen zu interessieren. Eines Tages, wir standen gerade in einer Lagerhalle und Herbert erklärte mir, wie das mit der Runderneuerung funktionierte – er muss wunderweißwas gedacht haben, dass ich mich für so was interessiere – sprang der Funke über. Wir schauten uns an und er legte eine Hand an meine

Wange, mit der anderen zog er mich zu sich. Forschend betrachtete er mich und als ich keine Anstalten machte, mich zu wehren, küsste er mich.

»Er war ganz sanft und er konnte küssen. Aber ich fand es ziemlich feucht und musste mich erst daran gewöhnen. Wir haben es dann noch ein paar Mal probiert. Einmal bin ich dabei liegend in einen LKW-Reifen gerutscht und fast nicht mehr herausgekommen.«

Wir prusteten los bei der Vorstellung, wie ich in dem Reifen herumgezappelt hatte.

»Und deine Eltern? Haben sie was gemerkt?«

»Ach was, keine Rede davon. Sie haben sich nur gewundert, dass ich den ganzen Sommer über in schwarzen Klamotten herumlief. Das habe ich gemacht, damit man keine Ölflecken sieht. Sicher ist sicher.«

Susanne fand das sehr komisch.

»Wie ging es weiter mit euch?«

»Leider gar nicht. Wir waren ja nicht richtig zusammen, haben uns immer nur geküsst und dann tschüss. Er hatte irgendwann eine feste Freundin, das war' s dann. Ich trug wieder helle Sommersachen und bezähmte meine Vorliebe für Benzingeruch.«

Susanne kicherte und blinzelte mich an.

»Wenn dich die Lust auf Benzingeruch mal wieder überkommt, du weißt ja, wo ich arbeite.«

Am Vorabend unserer Reise kam Doris vorbei. Total verheult und am Boden zerstört.

»Dieser Mistkerl, diese miesen Touren. Immer wieder falle ich darauf rein.«

Susanne verzog sich sofort in ihr Zimmer. Gruselgeschichten über Männer mochte sie sich nicht anhören. Ich lotste die arme Doris in mein Zimmer. Wie sich herausstellte, hatte meine Freundin mal wieder einen verheirateten Mann kennen gelernt.

»Ach so, deswegen so euphorisch und geheimnisvoll neulich.«

Sie nickte verkrampft.

Und natürlich nahm die Verabredung ihren gewohnten Verlauf:

Erst rote Rosen und Abendessen bei Kerzenschein in noblen Restaurants. Dann Champagner und Abendessen bei Doris. Dann das Bett.

»Er war aber wirklich ein guter Liebhaber«, murmelte sie. »Die Angelegenheit blieb an diesem Punkt stehen, es war ja doch so schön und bequem, und bei mir zu Hause sah uns ja auch niemand. Dann wurden die Besuche seltener, auch die Anrufe. Schließlich blieben sie ganz aus und der tolle Mann war wieder zum Mistkerl mutiert, der sich noch nicht einmal zu einer Aussprache bereitfand. Da sitze ich nun und weiß auch nicht, was los ist. Liegt ihm denn gar nichts an mir? War ich nur fürs Bett und fürs Vergnügen gut?«

Die Frage konnte ich ihr auch nicht beantworten. Zumindest nicht aus der Sicht der Männer. Mit meinem neu geschärften Blick für Frauen hätte ich Doris aber beruhigen können. Sie war einfach eine ganz tolle Frau. Aber eine, die sich leider immer in die falschen Leute verguckte. Sie schniefte so herzzerreißend, dass ich ihr einen Schlaftee kochte und sie einfach in mein Bett packte.

»Du bleibst heute Nacht hier«, befahl ich.

Auch ich folgte ihr kurze Zeit später. Das Kofferpacken hatte mich ganz schön angestrengt. Doris schlief gottseidank schon tief und fest. Der Tee ist ein echtes Wundermittel. Ich lag noch eine Weile mit offenen Augen da und dachte über die Männer nach. Einige meiner Verflossenen tauchten auf. Die waren alle so zuverlässig und pflegeleicht gewesen und ich fragte mich, ob Doris wohl mit einem von ihnen glücklich geworden wäre. Aber vermutlich waren ihr solche Männer ein wenig zu langweilig. Doris brauchte wohl etwas anderes. Etwas, was sie veranlasste, sich immer zielsicher solche Schufte zu angeln. Über diese Gedanken schlief ich ein. Leider hatte ich vergessen, den Wecker zu stellen.

Ich musste zum Flughafen und war spät dran. Ich wusste, irgendwo in der Nähe war ein Taxistand. Aber ich fand ihn nicht und irrte ziellos durch die Gegend. Am Straßenrand stand ein Porsche Cabrio, funkelnagelneu und tiefdunkelblau. Es war meine einzige Chance, noch rechtzeitig zum Flughafen zu kommen. Ich wuchtete mein Gepäck, welches seltsamerweise aus einem LKW-Reifen bestand, in das Auto und fuhr los. Ein herrliches Gefühl, dahinzufliegen, die Straße unter mir schien immer weiter wegzurücken ... Wir hatten doch tatsächlich abgehoben und flogen durch die Lüfte. Mit Entsetzen wurde mir klar, dass ich weder wusste, wie man landet und ich zudem offensichtlich kein normales Auto geklaut hatte. Dies war eine Superwaffe, ein Geheimprojekt. Ich würde Ärger bekommen, das war schon mal klar. Mit kräftigen Bewegungen riss ich das Steuer herum und wendete elegant in der Luft. Nur der LKW-Reifen ruckelte auf dem hinteren Sitz. Im Tiefflug setzte ich zur Landung an. Wo war ich bloß? Jetzt konnte ich es sehen, es war die Straße vor unserem Haus. Auf dem Gehsteig standen die Menschen mit offenen Mündern und starrten nach oben, von wo ich angeflogen kam. Kurz vor dem Aufsetzen erkannte ich Olga und Käthe mit noch einer Frau, die ich nicht genau erkennen konnte. Warum waren die denn nicht in Dänemark? Beim Vorbeifliegen hörte ich eine Stimme sagen »Du, die ist voll im Coming-out.« Dann krachte es fürchterlich, jemand schrie »Tina« und ich wurde durchgerüttelt, bis ich wach war.

»Tina, aufstehen!«

Susanne rüttelte mich wach, Verzweiflung im Blick.

»Unser Flug.« Sie rannte wieder aus dem Zimmer. »Ich mach schon alles fertig, steh auf und zieh dich an.«

Das fing ja gut an. Völlig benommen versuchte ich mich aus dem Laken zu schälen, als mein Blick zur Tür fiel. Dort stand, leichenblass, Astrid und schaute angestrengt auf einen Punkt neben mir. Ich drehte mich um und schaute nach. Doris! Die hatte ich ja ganz vergessen.

»Hör zu, es ist nicht so, wie es aussieht«, sagte ich hastig zu Astrid.

»Schon gut, du bist mir keine Rechenschaft schuldig«, erwiderte sie gepresst und mit schmalen Lippen.

»Was machst du überhaupt hier?«

»Euch abholen, zum Flughafen bringen, schon vergessen?«

Astrid drehte sich abrupt um und ging, um Susanne mit den Koffern zu helfen. Die Fahrt zum Flughafen verlief nicht sehr angenehm. Susanne war nervös und ging ständig laut noch mal alles durch, was sie brauchte:

»Pass – habe ich. Ticket – habe ich. Geld – habe ich.«

Sie war beruhigt. Astrid sprach kein Wort und fuhr angestrengt mit zusammengepressten Lippen. Doris hatte ich einfach liegen lassen. Ich hatte sie kurz instruiert, ihr den WG-Reserveschlüssel dagelassen und ihr eindringlich gesagt, sie solle sich krankmelden und auf jeden Fall die Tür gut abschließen, wenn sie ginge. Nicht ohne vorher kontrolliert zu haben, dass der Herd auch ja aus war. Das ist nämlich ein Tick von mir. Glühende Herdplatten verfolgen mich im Geist oft bis in den Schlaf.

Am Flughafen checkten wir ein und stellten fest, dass wir auf einmal noch sehr viel Zeit hatten, weil sich der Flug verspätete. So konnten wir uns von Astrid noch ganz in Ruhe verabschieden. Ich hatte sogar die Möglichkeit, mit ihr noch ein paar persönliche Worte zu reden, als Susanne auf dem Klo war.

»Astrid, bitte denk nichts Verkehrtes«, begann ich das Gespräch und erklärte ihr die Geschichte mit Doris.

»Die letzte Frau, die mit mir etwas anfangen wollen würde, wäre sie. Ich liebe Doris, aber auf eine ganz andere Art. Glaub mir das.«

»Und mit wem würdest du etwas anfangen, oder auch nicht?« fragte die immer noch blasse Astrid.

»Wenn ich selbst nicht so durcheinander wäre, könnte ich es dir vielleicht sogar sagen.«

Ich drehte mich zu ihr und ergriff ihre Hände, die schmal und blass in meinen lagen.

»Wenn überhaupt, dann bist du die Frau, die mich interessiert.«

Was ich sagte, klang fremd und war doch das Ergebnis meiner geheimen Forschungen der letzten Zeit in meinem Inneren.

»Aber ich bin noch nicht richtig aus meiner letzten Beziehung raus und will einfach nichts überstürzen.«

Astrid schenkte mir einen Blick, der mir mehr als einen Schauer über den Rücken trieb. Sie lenkte sofort ein. Sie habe überreagiert, als sie Doris neben mir im Bett sah, es täte ihr leid, aber sie käme noch nicht ganz klar mit ihren Gefühlen. Sie seufzte und sah mich an, als wolle sie mir etwas Wichtiges sagen. In diesem Moment kam Susanne zurück und unser Flug wurde aufgerufen. Wir umarmten uns alle noch herzlich, dann ging' s schon los.

Doris sah aus wie das blühende Leben, als wir zwei Wochen später aus Griechenland zurückkamen. In Anbetracht der Tatsache, dass sie total am Boden zerstört war, als wir uns das letzte Mal sahen, freute mich das besonders.

»Ich konnte zwar nicht wegfahren, aber ich hab' s mir hier sehr schön gemacht. Schwimmbad, Radfahren, Gartenlokale, schön essen und trinken. Für das eingesparte Geld habe ich mir ein paar wirklich schöne Klamotten gekauft.«

Sie wollte alles über meinen Urlaub wissen.

»Wirklich alles!«

Das, was sie wirklich hören wollte, konnte ich ihr zu ihrem Leidwesen nicht berichten.

»Keine Männer kennen gelernt?«

Sprachlos staunend sah sie mich an.

»Doch, aber was für welche.«

Ich betrachtete lange meine zweifellos fantastisch gebräunten Arme, bevor ich seufzend ihre Fragen beantwortete.

Der Urlaub an sich war wirklich toll gewesen. Das Haus – ein kleiner, aber feiner Traum, fast direkt am Meer. Mit Susanne hatte ich mich absolut gut verstanden. Wir beide wussten jetzt, dass uns eine Freundschaft fürs Leben verbinden würde. Die im Alltag oft so nervige Zippeligkeit war während der vergangenen zwei Wochen fast ganz von ihr abgefallen und ich hatte ihre anderen, nachdenklichen Seiten besser kennen gelernt.

Mal abgesehen davon, dass wir zwei fesche Österreicherinnen, Anne und Monika, kennen gelernt hatten. In Anne hatte Susanne sich unsterblich verliebt, was ihre Ruhe dann doch etwas beeinträchtigte. Und meine auch, jedenfalls die Nächtliche ...

Aber das, worauf Doris so lauerte, während wir im Straßencafé saßen und noch ein paar warme Sonnenstrahlen mitnahmen, das konnte ich ihr nicht bieten. Und mit einer leichten Verwunderung stellte ich fest, dass ich das auch gar nicht wollte. Im Urlaub hatte ich viel mehr an Astrid und die Frauen gedacht als an Männer. Aber das konnte ich Doris noch nicht erzählen. Etwas hielt mich davon ab, bevor ich mir selber ganz sicher war.

»Was ist denn nun mit dir und Astrid«, hatte auch Susanne von mir wissen wollen.

»Kennst du das Gefühl, hin- und hergerissen zu sein?«, fragte ich sie.

Nach kurzem Überlegen schüttelte sie den Kopf.

»Nö, bei mir war immer alles klar.«

Wir beratschlagten die Sache.

»Ich glaube, du hast einfach Angst«, meinte Susanne dann. »Angst vor ungewohnten Gefühlen.«

Nicht nur das. Wie sollte ich ihr klar machen, dass es auch die Sexualität war, die mich ratlos machte. Was trieben Frauen miteinander im Bett? Jetzt hatte ich so unterschiedliche Frauen kennen gelernt, ich wusste gar nicht, wo ich mich hätte einordnen sollen. Vermutlich war ich so romantisch wie Susanne auch. Aber war Astrid das auch? Oder würde sie mich irgendwann mit Lederhosen und ähnlichen Dingen überraschen? Und wer war der aktive Part und wer der passive? Wenn ich an so unterschiedliche Frauen wie Olga, die Stewardess, Lilli und Käthe dachte, was wäre dann richtig und was nicht?

Susanne kriegte sich vor Lachen nicht mehr ein, als ich ihr von meinen Sorgen und Nöten erzählte.

»Süße, das ist doch wie bei den Heteros auch. Da mag einer mehr Blümchensex, der andere die harte Spielart und der Dritte ist wieder ganz anders.«

Anfänglich hatte mich ihre Reaktion gewurmt, aber dann musste ich ihr Recht geben.

»Wie ist denn Astrid?«, fragte ich vorsichtig nach.

»Probier' s aus«, war die lapidare Antwort.

Ich erzählte Doris dafür von einem – wenn auch unfreiwillig – komischen Abend mit zwei männlichen Touristen.

Susanne und ich waren grade mitten in unserem Abendessen, als sich zwei Fremde an unseren Tisch zwängten. Der war zwar groß genug für vier, aber es gab noch andere freie Tische und wir wären lieber unter uns geblieben. Die beiden waren Deutsche, ziemlich korpulent und ganz offensichtlich auf Brautschau für einen Urlaubsflirt. Der eine hatte seinen Hintern noch nicht richtig auf dem Stuhl, da fing er schon an, uns zuzulabern. Woher, wie lange, wie gefällt' s, an welchem Strand seid ihr und so weiter. Dass wir beide extrem mundfaul waren, schien ihm gar nicht aufzufallen.

»Wie heißt ihr beiden Schönen denn?«, fragte der Ältere der beiden nochmal nach. Wir saßen da, mit vollen Backen kauend und starrten stumm zurück. Die beiden merkten nichts. Der eine sah mit seiner aufgeworfenen Nase und den dicken Lippen ein wenig wie ein Schweinchen aus. Ich kaute zu Ende, und weil sie nicht aufhörten, uns anzulabern, antwortete ich dann doch: »Isolde und Elvira.«

Susanne verschluckte sich fast an ihrem Moussaka. Ihr Blick sagte »Muss das sein?«

»Isolde und Elvira. Aha.«

Gottseidank kam der Kellner und die beiden bestellten. Kaum war der Kellner weg, schauten die beiden wieder ganz erwartungsvoll zu uns rüber.

»Welche von euch beiden ist Isolde?«, fragte der eine.

»Die holde Isolde«, reimte der andere gackernd.

Susanne und ich schauten uns unschlüssig an, dann deutete sie auf mich und ich auf sie. So saßen wir da und fingen an zu kichern.

»Wie nun, was nun«, stammelte der, der aussah wie ein Schweinchen.

»Sie heißt Elvira«, sagte ich.

»Elvira, Elvira, sie trägt so gern Trevira.«

Das war wieder der Dichter.

Ihr Essen kam und wir hofften, sie würden wenigstens jetzt still sein. Aber Pustekuchen! Mit vollen Backen kauend wies der Dichter mit seiner Gabel auf Susanne mit ihren inzwischen violett-roten Haaren.

»Ist die Haarfarbe echt?«

Wir beide starrten uns ungläubig an.

»Total echt«, sagte Susanne todernst.

»Überall?«

Jetzt wurden sie auch noch frivol.

»Nein, die auf den Zähnen sind schwarz.«

Ich wischte mir heimlich das Wasser aus den Augen. Aber es half nichts, die beiden waren unermüdlich.

»Seid ihr verheiratet?«, fragte einer.

»Oh, und wie glücklich.« Susanne legte ihre Hand auf meine und warf mir Luftküsschen zu.

»Ihr seid ja richtige Komikerinnen.« Jetzt äugten sie doch misstrauisch über den Tisch.

»Na klar«, ich war jetzt bereit, es auf die Spitze zu treiben. »Habt ihr noch nie von uns gehört?«

Gespannt kauten sie uns an.

»Wir sind ein Frauenkabarett. Das Frauenkabarett Intimspray.«

Susanne sah aus, als ob sie gleich abheben würde.

»Intimspray? Kommt mir irgendwie bekannt vor.«

Unhaltbar lachend standen wir auf und zahlten an der Bar.

»Männer können ja so blöd sein«, meinte Susanne.

Doris grinste lange in Richtung Tisch, dann wurde sie wieder ernst.

»Ach Tina, ist das denn alles gewesen? Keine schönen Griechen getroffen?«

Getroffen schon.

»War da nichts für dich dabei?«

Sie fragte, als habe ich auf dem Markt nach passenden Schuhen gesucht. Aber ich war, was das betrifft, nicht mehr mit ihr auf derselben Wellenlänge. Denn inzwischen war noch etwas anderes hinzugekommen. Etwas, das mit Astrid zu tun hatte und das ich trotz aller Anstrengungen noch nicht in die richtigen Bahnen lenken konnte. Die Gedanken wischte ich immer schnell weg, doch es half nichts. Ihre Augen tauchten immer wieder vor mir auf. Wie sie mich angesehen hatte, bei der Party ... und wie schmal sie am

Flughafen vor mir gestanden hatte. Ihr melancholischer Blick ging mir nicht mehr aus dem Sinn. Aber das konnte ich Doris ja schlecht erzählen.

Am nächsten Tag lud Doris mich in die Tiger-Bar ein. Es war Samstag und der Laden gerammelt voll. Wir saßen am Tresen und beobachteten die Paradiesvögel der Stadt. Anfangs die Gezähmten, die mit Haus und Kind, die um zehn heimmüssen. Die anderen würden erst viel später kommen.

Ich schaute unglücklich in meine Margarita. Der Barkeeper hatte den Salzrand am Glas vergessen. Das fand ich nicht so gut, denn der gehört absolut dazu. Aber nachträglich ging ja nicht mehr.

Doris kämpfte mit ihrem Planter' s Punch. An und auf dem Rand befanden sich Unmengen von Ananasstückchen und Cocktailkirschen, die ihre gesamte Koordination benötigten. Vorsichtig nippte sie ein wenig an ihrem Strohhalm. Neben uns versuchte ein verzweifelt jung gebliebener, grauhaariger Lockenkopf, seine Begleiterin mit diversen Kartentricks zu beeindrucken. Mit halbem Ohr hörte ich, wie er erzählte, er sei früher mal als Kartenkünstler im Varieté aufgetreten. Die Begleiterin lächelte tapfer und durchforschte mit ihren Augen den Raum.

»Jetzt blas doch nicht so Trübsal.«

Doris gönnt einem auch nix, nicht mal die schlechte Laune.

»Mir geht' s aber nicht gut.«

»Du wirst schon wieder jemanden kennen lernen.«

Ging das schon wieder los.

»Ich will nicht, ich bin noch nicht so weit.«

»Nur für den Übergang.«

Übergang. Da dachte ich an Übergangsmäntel. Die gab es früher. Für Frühjahr und Herbst. Sollte ich mir jetzt für den Herbst jemanden für den Übergang zulegen? Wenn ja, wen?

Es war schwer, meine Gefühle zu definieren. Nicht mal ich selbst konnte klarkriegen, was mit mir los war. Wie sollte ich es da jemand anderem erzählen?

Doris wurde auf einmal putzmunter. »Huhu!«, winkte sie hektisch.

Ein großer, dunkelhaariger Mann trat neben uns. Neugierig sah er mich von oben bis unten an.

Aha. Ein absichtlich herbeigeführtes zufälliges Treffen.

»So ein Zufall.«

Mit roten Flecken auf den Wangen und hektischem Blick stellte Doris uns gegenseitig vor. Ich erfuhr, dass der Neuankömmling Rüdiger hieß.

»Wir kennen uns vom VHS-Kurs Spanisch«, vertraute Doris mir an.

»Ich wusste ja gar nicht, dass du Spanisch lernst.«

»Seit Kurzem.«

Rüdiger sah ganz gut aus und war nicht dumm. Warum hatte sie den denn nicht für sich behalten wollen? Locker und leicht hatte er uns sogleich in ein nettes Gespräch verwickelt. Doris lachte ein wenig zu laut und schaute dabei ein wenig zu oft zu mir herüber. Sie war keine gute Kupplerin. Seufzend spielte ich das Spiel trotzdem mit. Schließlich hat sie es ja nur gut gemeint. Rüdiger erzählte von seiner letzten Urlaubsreise. Das war ein gutes Thema. Da konnte ich gelegentlich »aha«, »oho« oder »interessant« einflechten, während Doris hoch auflachte und er mich forschend ansah. Er erzählte von einem Thailänder, bei dem das Essen absolut toll sei. Ob wir nicht ...

»Na klar«, rief Doris enthusiasmiert und tätschelte meine Hand, als wäre ich ein krankes Pferd, dem man gut zuredete.

»Nächste Woche.«

Na, das konnte ja heiter werden.

Rüdiger trank etwas von seinem Bier und ließ den Blick schweifen. Endlich eine Verschnaufpause. Es konnte so anstrengend sein, verkuppelt zu werden.

Der grauhaarige Dandy neben mir hatte die Kartenkunststückchen jetzt aufgegeben. Er spülte sein Gebiss mit einem teuren Whisky durch und ging dann zu Phase Zwei über: Haus in der Toskana. Die Begleiterin warf ihre Haarpracht nach hinten und schaute schon interessierter.

»... mit dem Porsche in acht Stunden«, vertraute er ihr an, worauf ihre Augen anfingen zu glänzen. Hoffentlich ist seine Karosse nicht so oft kaputt wie die von Oma Hilde, sonst wäre womöglich der Glanz ganz schnell wieder weg.

Auf Doris' Seite wechselte die Besetzung. Auf zwei ziemlich junge Frauen folgte ein nicht ganz so junges Paar.

Rüdiger und Doris redeten jetzt über Fitnesstraining und gesunde Ernährung. Beide schauten mich auffallend oft auffordernd an. Bei dem Thema reichten keine »Ohs« und »Ahs«, ich musste schon ein bisschen mitreden.

»Ich bin total unsportlich.«

Ob das der geeignete Einstieg war? Rüdiger schien etwas irritiert. Schnell suchte Doris nach einem anderen Thema.

»Tina kocht sehr gut.«

Liebe Güte, jetzt wurde ich gefordert.

»Vollwertig?«, fragte unser Begleiter interessiert.

Ich bestellte vorsichtshalber noch eine Margarita.

Das Paar auf Doris' Seite diskutierte die Wahl des Weines.

Der grauhaarige Toskanafreak belebte den inzwischen wieder leicht abgestumpften Glanz in den Augen seiner Begleiterin, indem er davon sprach, sehr gut mit einem bekannten Filmschaffenden befreundet zu sein. Dann durfte er ihr noch eine Caipirinha bestellen.

Rüdiger und ich unterhielten uns über Rhabarberkompott und Kürbisgemüse. Er verstand mehr vom Kochen, als ich angenommen hatte.

Der Besitzer der Tiger-Bar kam herangeschlendert, blieb hie und da an einem Tisch oder an der Bar stehen, um mit einigen Gästen ein paar Worte zu wechseln. Auch bei dem Paar neben Doris blieb er stehen. Er begrüßte die beiden herzlich. Sie sprachen über Kunst und den Immobilienmarkt. Ich bemerkte, dass sie immer wieder an ihrem Wein nippte und er sorgenvoll auf das Glas blickte.

»Schnuppel, trink langsamer«, ermahnte er sie sanft.

Der Grauhaarige und seine Begleiterin erhoben sich. Vielleicht hoffte sie, dass er sie jetzt in seinem Porsche in die Toskana fuhr, wo der Filmfreund wartete. Wahrscheinlicher schleppte er sie einfach nur ab.

Einer von beiden würde am nächsten Morgen den Abend verfluchen.

Doris versuchte verzweifelt das Gespräch in Gang zu halten.

»Weißt du denn schon, wohin du nächstes Jahr fahren wirst?«, fragte sie mich doch allen Ernstes.

»Aber Doris, ich bin doch gerade erst aus Griechenland zurück.«

»Ah, Hellas.« Rüdiger strahlte. »Die Ausgrabungsstätten!«

»Ich wollte mich nur erholen, am Strand liegen, faulenzen« dämpfte ich seinen Enthusiasmus. Jetzt fragte er mich, ob ich alleine dort gewesen sei und ich antwortete »Nein, mit einer Freundin aus meiner WG«.

Als Doris das Wort WG hörte, wurde sie gleich wieder blass.

»WG?«, fragte Rüdiger zweifelnd.

»Wohngemeinschaft.«

»Nun ja, ich weiß ...«

Er schien leicht überfordert.

»Studierst du denn noch?«

Anscheinend wohnten in seiner Welt nur Studenten in WGs. Vielleicht hatte er auch einfach noch nie von den horrenden Mieten der Großstadt gehört.

»Höchstens das Leben«, gab Doris ungewohnt trocken ihren Kommentar zu seiner letzten Frage.

»Und was sind da so für Leute, mit denen du da zusammenwohnst?«

Jetzt wurde es kritisch, zumindest für Doris. Ungeschickt versuchte sie, vom Thema abzulenken.

»Ich habe mir eine neue Kommode gekauft, Tina, die musst du dir unbedingt mal ansehen.«

Fast tat sie mir leid, aber die Suppe hatte sie sich wirklich selbst eingebrockt, auch wenn sie nur mein Bestes wollte. Statt auf ihre Kommode einzugehen, antwortete ich Rüdiger.

»Es ist eine reine Frauen-WG.«

»Aha.«

Ich weiß nicht, wie oft ich dieses Wort an diesem Abend schon gehört oder gesagt hatte. Rüdiger schaute unsicher von mir zu Doris und wieder zurück.

Schnuppel nebenan lachte ausgelassen. Ihr Gatte legte besorgt seine Stirn in Falten. Doris drehte sich um und sie und die Frau lächelten sich kurz zu. Doch dann besann sich meine Freundin. Immerhin drohte meine befremdliche Wohnsituation ihre Kuppelpläne durcheinanderzubringen.

»Tina wohnt dort nur vorübergehend«, erklärte sie resolut.

»So ...«

»Bis sie was anderes gefunden hat.«

Ich kam nicht mehr zu Wort. Sie sprach jetzt von den Schwierigkeiten, eine bezahlbare Wohnung zu finden. Und den Maklern, diesen Schweinen. Stirnrunzelnd sah unser Nachbar von seinem Glas auf, während sein Schnuppel giggelnd zu Doris sagte:

»Recht haben Sie. Sind alle gleich. Alle schlecht.«

»Also Schnuppel, bitte.«

»War doch nur ein Scherz.«

Er stirnrunzelte weiter in sein Glas.

Sie zückte elegant eine dieser überlangen Zigaretten, bei deren Anblick man immer den dazugehörigen Stabhochspringer sucht. Ich grinste vor mich hin. Doris und Rüdiger wandten sich ihren Drinks zu.

»Salud.« Das hatten sie wohl im Spanischunterricht gelernt.

Schnuppel drückte ihre Zigarette aus und kraulte ihren Stirnrunzler am Kinn.

»Kille, kille.«

Er sah sie mit dumpfer Verzweiflung an.

»Hab doch auch ein wenig Spaß«, sagte sie.

Er sah nicht so aus.

Doris hatte jetzt wohl den eigentlichen Zweck dieses Treffens vergessen und plauderte mit Rüdiger über den Kurs, die Lehrerin und einen zweiwöchigen Sprachurlaub in Malaga, von dem sie gelesen hatte.

Ich musste aufs Klo. Als Schnuppel von ihrem Barhocker rutschte und davonstöckelte, schloss ich mich ihr einfach an. Die Toilette der Tiger-Bar war etwas ganz Besonderes. Der Vorraum war riesig, eher wie ein klassischer Powder-Room der dreißiger Jahre. Groß, fast rund, mit hohen Spiegeln, einem runden Samtsofa, Tischen etc. Warmes Licht machte es uns Frauen etwas einfacher, den Spuren des Alters und des Alltags im Spiegel ins Auge zu blicken.

Nachdem das Dringendste erledigt war, stand ich am Waschbecken, um mich etwas herzurichten. Die Urlaubsbräune machte aus mir einen sehr südländischen Typ. Entgegen meinen sonstigen Gepflogenheiten hatte ich etwas dunkelroten Lippenstift aufgelegt, wie ihn die Frauen im Mittelmeerraum gern tragen. Er stand mir hervorragend. Kaum zu glauben, welche Wirkung so ein bisschen Farbe haben kann. Als ich gerade ein wenig von meinem Parfum auftupfte – dass, was ich vor dem Treffen mit Burkhard gekauft hatte, und das ich nur zu seltenen Anlässen trug – hörte ich hinter mir ein leichtes Stöhnen.

Vorsichtig blickte ich mich um. Schnuppel saß auf dem eleganten, roten Samtsofa. Es wurde ihr doch nicht etwa übel? Für mein Empfinden hatte sie allerdings nicht so viel getrunken. Aber manche vertragen halt nichts.

»Kann ich Ihnen helfen?«, fragte ich höflich.

Sie lächelte und sagte mit erstaunlich fester Stimme:

»Danke, Schätzchen. Ich frage mich nur grade, ob ich die Herdplatte ausgeschaltet habe. Das ist nämlich so ein Tick von mir. Ich gehe nie aus dem Haus, ohne noch ein paar Mal nachgesehen zu haben. Manchmal fahre ich sogar nochmal zurück. Na ja, Sie können das sicher nicht verstehen«

– Oh doch, ich konnte! –

»Jedenfalls, trotz all der Vorsichtsmaßnahmen überfällt mich oftmals am Abend in Gesellschaft oder in Restaurants die Panik.«

Sie zog hastig an ihrer Zigarette, drückte sie aus und zündete sich sofort eine neue an.

»Das geht dann direkt nach hier«, sie hielt sich den Magen, »dann nach da«, sie zeigte auf den Kehlkopf »und schließlich wird mir ganz schwindelig und übel vor Angst. In meiner Fantasie steht das ganze Haus schon in Flammen, alles weg, alles verbrannt. Nur weil ich vergessen habe, den Herd auszuschalten.«

Ich war langsam nähergekommen und sank nun neben ihr auf den roten Samt.

»Meine ganzen schönen Bücher«, fuhr sie fort »überhaupt alles – futsch, ein Opfer der Flammen.«

Sie seufzte tief. Fasziniert saß ich neben ihr. Ich war nicht allein. Es gab noch jemanden, dem es genauso ging. Ich muss sie mit riesengroßen Augen angesehen haben.

»Ich bin kein UFO, Schätzchen, ich hab nur ein Problem mit glühenden Herdplatten.«

»Ich auch«, hauchte ich.

Es tat so gut.

»Was, wirklich, Sie auch?« Sie war begeistert.

»Was für ein Rezept haben Sie denn dagegen?«

»Keines«, musste ich gestehen.

Sie schilderte mir mehrere Strategien, die sie einsetzte, vertraute mir aber an, dass keine wirklich half. Wir redeten schon eine ganze Weile, bis mir etwas auffiel.

»Sie sind ja gar nicht betrunken«, entfuhr es mir taktlos.

Sie lachte voll und warm.

»Aber nein, Schätzchen«, sie tätschelte meinen Arm.

»Wollen wir uns nicht duzen? Ich heiße Vera.«

»Ich bin Tina.«

»Moment, Tina.«

Vera winkte das Faktotum dieses Luxus-Etablissements heran und flüsterte ein paar Worte mit ihr.

»Das ist Hermine«, erklärte sie dann, zu mir gewandt.

»Sie ist seit zwanzig Jahren Klofrau. Mit Leib und Seele. Wir beide kennen uns schon eine ganze Weile, da ich recht oft hierher komme. Ich mag sie und wollte sie mal abwerben. Aber sie hat ihren Stolz.

›Putzfrau in einer Villa?‹, sagte sie, ›Liebe Frau Klingbeil,‹ – so heiße ich – ›nie und nimmer werde ich die Tiger-Bar freiwillig verlassen‹.

Vorher war sie im Kempinski. Auch nicht schlecht. Dann habe ich ihr das »Du« angeboten. Daraufhin meinte sie ›Sagen Sie bitte Hermine zu mir. Ich werde Sie weiterhin Frau Klingbeil nennen, das gehört sich so.‹«

Die eigenwillige Hermine kam zurück, mit einer halben Flasche echtem Champagner und zwei Gläsern. Ein größerer Schein wechselte diskret die Besitzerin. Vera entkorkte die Witwe gekonnt.

»Wir trinken jetzt Schwesternschaft. Prost.«

Wir hoben die schäumenden Gläser.

Ich sprach noch mal die Frage von vorhin an.

»Natürlich bin ich nicht beschwipst. Woher auch, hab ja kaum mehr als ein Viertel getrunken.«

Hatte ich doch recht gehabt.

»Aber Hans-Dietrich, mein Mann, ist immer der Meinung, mehr als ein Glas würde mich umhauen. Weil ich so zierlich bin.«

Das war sie wohl. Klasse Figur und trotzdem ganz schmal. Auch das Gesicht, von einem fransig geschnittenen Pagenkopf eingerahmt, war unglaublich zart.

»Also argwöhnt er ständig, dass ich ihm was vormache, wenn ich sage, dass ich eben nicht betrunken bin. Das ist absolut anstrengend, ihm das dauernd zu erklären.«

Sie schüttelte ihren supergepflegten, honigfarbenen Schopf und trank noch etwas Champagner.

»Da lach ich halt ein wenig lauter und ein wenig öfter als sonst, dann hat er seine Bestätigung und ich kann noch ein, zwei Gläser mehr trinken. Das macht dann auch nichts mehr, in seinen Augen.«

So eine Geschichte hatte ich wirklich noch nie gehört. Aber ich hatte Hans-Dietrich gesehen und seine Dackelfalten. Ich glaubte Vera aufs Wort. Beim Erzählen hatte ich sie ununterbrochen ansehen müssen. Ihre lebhaften Gesten und ihre feine Mimik – die ganze Frau gefiel mir sehr. Obwohl sie etwas an sich hatte, das es mir sehr schwer gemacht hätte, sie unter anderen Umständen anzusprechen. Wir tranken unsere Gläser aus.

»Ich glaube, wir müssen. Hans-Dietrich wollte schon vor einer halben Stunde gehen. Er hat morgen einen harten Tag.«

»Morgen ist Sonntag« erinnerte ich.

»Genau. Er macht in Immobilien, da ist am Wochenende immer Hochbetrieb. Im Moment hat er eine Stadtvilla«, sie schnalzte genießerisch mit der Zunge, »Das Objekt schauen sich nur handverlesene Interessenten an. Immer einer nach dem anderen. In sicherem Abstand. Könnte ja Schwarzgeld sein, das da angelegt wird.«

Sie kramte kichernd in ihrer Tasche herum.

»Treffen wir uns bald mal wieder?«

Zögernd hielt sie inne.

»Magst du?«

Und ob ich wollte. Ich war ganz happy, dass sie sich mit mir treffen wollte. Sie gab mir ihre Visitenkarte, auf der der Name eines Geschäftes stand. Sie handelte mit Antiquitäten. Die zweite Anschrift war die Privatadresse.

»Ruf' mich an«, wiederholte sie.

Spontan nahmen wir uns in die Arme. Sie roch ganz leicht nach Rosen. Ein zarter und doch eindeutiger Duft. Er passte zu ihr. In diesem Moment flog die Tür auf und Doris kam hereingestürzt. Als sie uns sah, blieb sie wie von Geisterhand gestoppt mitten im Raum stehen. Ihr Blick erfasste Vera und mich, einander umarmend, die leere Champagnerflasche, die zwei Gläser. Ihre Augen wurden so groß und so rund wie Billardkugeln.

»Mir fehlen die Worte«, strafte sie sich selbst Lügen. »Ich traue meinen Augen nicht! Ich mache mir Sorgen, denke gottweißwas ist los, und jetzt« – anklagend zeigte sie auf Vera.

Hermine kam aus dem unsichtbaren Hintergrund.

»Haben Madame ein Problem?«, fragte sie Doris fest, aber nicht unfreundlich.

Die sah aus, als würde sie gleich durch die Decke gehen. Doch stattdessen drehte sie sich auf dem Absatz um und ging zur Tür. Kurz bevor sie den Raum verließ, drehte sie sich noch mal zu mir um.

»Reichen dir eigentlich deine anderen Weiber nicht? Nein? Was mühe ich mich eigentlich so ab mit dir.«

Beleidigt zog sie davon.

»Es ist nicht so, wie du denkst«, rief ich vorsichtshalber hinter ihr her.

Vera war völlig entgeistert.

»Wer war das denn?«

»Meine Freundin.«

»Ach so«, sie überlegte kurz »du bist lesbisch?«

Mir trieb es die Röte ins Gesicht.

»Himmel, nein!«, rief ich verzweifelt.

»Wäre doch nicht schlimm«, meinte Vera.

»Nun gut, ruf' mich auf jeden Fall an.«

Wir verließen die Örtlichkeit, nicht ohne ein großzügiges Trinkgeld für Hermine zu hinterlassen.

Hans-Dietrich stand mit besorgt gerunzelter Stirn im Vorraum. Die leichte Jacke seiner Frau schon über dem Arm.

»Wo bleibst du denn so lange, Schnuppel. War dir nicht gut?«

Vera winkte ein wenig ungeduldig ab, bevor sie sich in das edle Stück Seide helfen ließ. Sie winkte mir nochmal zu, bevor ich an die Theke zurückging.

»Wer war das?«, fragte ihr Mann.

»Eine Freundin«, hörte ich sie antworten.

Und das freute mich. Das freute mich sehr.

Doris war stinksauer, das sah ich schon von Weitem. Der arme Rüdiger, der ja keine Ahnung hatte, was vorgefallen war, versuchte tapfer, Konversation zu machen. Aber jeder Gesprächsansatz versickerte. So standen wir eine Weile an der Theke. Doris starrte finster vor sich hin, ich war mit meinen Gedanken ganz woanders und versuchte aus schlechtem Gewissen heraus noch ein wenig zu reden, was aber kein Echo mehr fand. Rüdiger blickte nervös auf seine Uhr, um dann übertrieben fröhlich zu verkünden, er wolle jetzt aufbrechen. Wie sich herausstellte, hatte er Karten für das Sonntagskonzert in der alten Oper. Es tat mir jetzt fast leid, dass ich so wenig kommunikativ gewesen war. Die Begegnung mit Vera hatte mich milde gestimmt. Eigentlich war Rüdiger ja ein ganz netter Kerl.

»Tut mir leid«, hörte ich mich denn auch zu meiner eigenen Überraschung sagen. »War nicht gut drauf heute Abend vielleicht ein anderes Mal?«

Er nickte unverbindlich, bevor er eilig verschwand. Unsicher schaute ich zu meiner Freundin. Sie ertränkte ihren Frust grade in einem doppelten Tequila Gold und heulte dabei fast in ihr Glas. »Wie konntest du nur?«, warf sie mir vor, kaum dass wir allein waren. »Ich gebe mir so viel Mühe, lotse Rüdiger hierher – nach dem im Übrigen alle normalen Frauen ganz verrückt sind – und du –«

Jetzt wurde ich auch sauer.

»Ach, sag bloß, das war kein Zufall, dass wir Rüdiger hier heute getroffen haben? Nein? Und überhaupt, was heißt das denn, normale Frauen. Bin ich etwa unnormal?«

»Wie würdest du das denn bezeichnen? Gehst aufs Klo, kommst stundenlang nicht zurück, ich mach mir Sorgen und was finde ich vor? Du poussierst mit so einer Tussi auf rotem Samt herum, trinkst Champagner – auf der Damentoilette!«

Ihre Stimme hob sich schrill an und ich bekam schon Angst, sie würde die gesamte Bar über mein Tun unterrichten. Einige Leute schauten schon zu uns herüber.

»Bist du denn völlig daneben?«, fuhr sie dann fort, schon etwas gedämpfter. Ich war unruhig, weil ich mich schon an den fatalen Abend im Traviata erinnert gefühlt hatte. Bloß jetzt kein Geschrei. Ich mochte nicht auffallen. Ich versuchte nun, Doris zu erklären, dass ich keinesfalls mit Vera »poussiert« hatte.

»Wir haben uns einfach nur kennen gelernt, das ist alles. Sie ist sehr nett.«

Doris sah mich an, als wäre ich total bescheuert.

»Kennen gelernt, aha. Auf dem Klo.«

Kopfschüttelnd vertiefte sie sich wieder in ihren Tequila.

»Warum komme ich mir nur so blöd vor«, fragte sie in ihr Glas hinein.

»Musst du nicht«, versuchte ich sie zu beruhigen. »Sie hat eben auch ein Problem mit glühenden Herdplatten, genau wie ich.«

Ihr Blick sagte alles. Es hatte wohl keinen Sinn mehr. Seufzend verlangten wir die Rechnung.

8.

Seit wir aus Griechenland zurück waren, stresste uns Susanne alle mit ihrer Verliebtheit. Ich konnte mich noch gut an den Abend erinnern, als wir Anne und Monika das erste Mal gesehen hatten. Auf den ersten Blick war Susanne Feuer und Flamme gewesen. Und erst, als wir mit den beiden ins Gespräch kamen und sie näher kennen lernten, war' s dann total um sie geschehen. Gottseidank beruhte das Ganze diesmal auf Gegenseitigkeit. Und jetzt war sie völlig aus dem Häuschen. Anne hier und Anne dort, ständig sprach sie von ihrer neuen Loverin. Martha machte als Erste die Schotten dicht. Sie hatte wieder Stress mit Andrea, die immer verwegener wurde. Vor kurzem war sie irgendeinem obskuren Leder-Club beigetreten und bereits zweimal an Wochenenden zu einem Treffen gefahren.

»Das konnte ja nicht gut gehen«, meinte Susanne mit Genugtuung. »Hart und soft, das passt eben nicht.«

Ich fragte lieber nicht, was sie damit meinte, ich hatte schon genug Probleme. Die anderen sah ich im Moment selten. Claire flog wieder und rief zwischendurch aus Paris an. Lilli trainierte für einen Wettbewerb. Ich selbst kam mir vor wie eine kleine graue Maus. Ich hatte nichts Besonderes zu tun, und wenn nicht von außen etwas auf mein Leben einwirkte, passierte nichts. Ich hatte wieder eine Phase, in der ich mich absolut passiv fühlte und unzufrieden mit mir war. Im Büro war auch alles blöd. Frauke war befristet in eine andere Abteilung versetzt worden und ich musste mich nun mit einer etwas unwilligen und begriffsstutzigen Azubine herumplagen. Frauke und ich trafen uns aber ab und zu in der Mittagspause.

»Ach Tina«, sagte sie mitfühlend, aber auch ein wenig streng auf meine Quengelei, »sei doch nicht gleich so pessimistisch. Das ist der Job, mehr nicht. Das Leben findet woanders statt. Es sei denn, du bist Künstlerin und hast einen Beruf, der dir Berufung ist.«

Das waren ja ganz neue Töne von ihr. Ich dachte, sie liebte ihren Beruf über alles, war das nicht so?

»Natürlich mag ich meine Arbeit, hab ja auch viel Freiraum. Aber ich wüsste, wenn das nicht so wäre, würde ich meine Arbeit zwar trotzdem ordentlich machen, ganz klar, aber ohne Stress. Und meinen Lebensschwerpunkt setze ich sowieso woanders.«

Ich konnte mir schon denken, wo. Schließlich hatte ich sie oft genug mit ihrem Reimund erlebt. Die beiden waren das geborene Paar. Sie lächelten mir auf einem Foto ihrer Hochzeitseinladung entgegen, als gäbe es nur sie beide auf der Welt. Da mir meine Arbeit eigentlich keinen rechten Spaß machte, würde ich meinen Schwerpunkt auch gerne woanders suchen. Aber im Moment fiel mir dazu nicht viel ein. Ein dafür geeignetes Privatleben hatte ich jedenfalls nicht. Vor meinen Augen tauchte Astrid auf. Astrid, die meine Gefühle derart in Wallung bringen konnte, dass ich an nichts anderes mehr dachte. Aber das waren im Moment noch Fantasien, nicht mehr.

Käthe rief an und erinnerte mich an unsere Abmachung. »Die Trennungsgruppe trifft sich wieder«, schallte ihr Wort in meinem Gehörgang.

Zwei Tage später eilte ich daher schreckensbleich ins Kulturhaus. Was mich dort wohl erwartete? Ob ich alles haarklein erzählen musste? Von Selbsterfahrungsgruppen hatte ich bisher die Meinung, dass man dort gezwungen wurde, fremden Menschen alles Intime zu erzählen, was man von sich aus niemals fremden Menschen erzählen würde und dass dann alle anderen ihren Senf dazugeben. Gefragt oder ungefragt, sozusagen. Und würden die Lesben eine heterosexuelle Trennung überhaupt als schlimm empfinden?

Womöglich fanden sie das absolut korrekt und klatschten Beifall. Vor der Tür des Raumes hörte ich schon heftiges Stimmengemurmel. Ich atmete dreimal tief durch, dann ging ich hinein. Circa ein Dutzend Frauen sahen mich erwartungsvoll an. Zwei von ihnen hatte ich schon auf Susannes Geburtstagsfest kurz gesehen.

»Wir fangen an.«

Käthe klopfte kurz und energisch mit den Handknöcheln auf den Tisch. Sie stellte mich den Frauen als neue Teilnehmerin in der Runde vor. Dann starteten wir mit einem *Blitzlicht.* Jede musste ganz kurz was über sich sagen und wie sie sich momentan fühlte. Ich kam als letzte dran und sagte, ich sei sehr nervös und gespannt, was mich erwarte. Dann stiegen wir in das Thema ein. Dabei stellte ich fest, dass auch bisexuelle Frauen in der Gruppe waren, sodass ich mit meiner obskuren Trennung von einem Mann nur einigen Frauen unangenehm auffiel. Ich erzählte einfach, dass ich mich in meiner Beziehung sehr wohl gefühlt und daher lange versucht hätte, Burkhards Untreue zu ignorieren, dass ich mich dann blitzschnell zur Trennung entschlossen hätte, wie lange ich jetzt schon daran knabberte und wie weh es immer noch täte.

»Trotz allem würde ich manchmal am liebsten wieder zurückgehen. Aber ich weiß, es würde alles wieder von vorne anfangen.«

Aufmerksam hörten die anderen Frauen zu, gaben mir Rückmeldungen, erzählten von ähnlichen Erfahrungen, aber auch von Wut, Gewalt und unversöhnlichem Schmerz. Meine frisch erwachten Gefühle für eine Frau wollte ich an diesem Abend noch nicht preisgeben. Vielleicht, weil ich Angst hatte, dann allzu schnell in eine Ecke gedrängt zu werden.

Käthe moderierte die Gespräche erstaunlich souverän. Sie würgte niemanden ab, verstand es aber dennoch, die Frauen im Gespräch auf den Punkt zu bringen. Die mir hinlänglich bekannte strenge Art zeigte sie hier nur sehr selten. Die Frauen konnten sich aufgehoben fühlen. Ich war angenehm überrascht und fühlte mich nach meiner ersten Gruppensitzung viel besser, als ich erwartet hatte. Anschließend gingen wir sogar alle noch einen trinken und ich fühlte mich sehr wohl in der Gemeinschaft. Als ich nach diesem ersten Gruppenabend nach Hause kam, stand Martha in der Küche und zippelte an einem Kopfsalat herum. Mitten in der Nacht. Andrea war nirgends zu sehen.

»Na, Käthes Gruppe besucht?«

Sie lächelte wissender, als sie war.

»Hat mir gut getan. Käthe macht das besser, als ich dachte.«

Ihr süffisantes Lächeln sagte alles.

»Wird wohl so ein Betroffenheitsverein sein.«

Es gefiel mir nicht, dass wir anderen immer Marthas Launen ertragen mussten. Vielleicht reagierte ich deshalb ein wenig boshafter, als ich das normalerweise getan hätte.

»Nun, du kannst es dir ja auf jeden Fall mal merken. Falls es mit Andrea und dir nicht mehr so klappt, kann ich dir die Gruppe jedenfalls wärmstens empfehlen.«

Ich drehte mich in Richtung Flur, um in mein Zimmer zu gehen. Als ich die Küche verlassen hatte, hörte ich noch, wie sie »Was ist denn mit der los« in ihren Kopfsalat murmelte.

Gruppe schön und gut. Aber die Voraussetzung für eine gelungene Trennung war doch wohl, dass man sicher war, den anderen überhaupt verlassen zu wollen. Wollte ich das? Hatte ich wirklich abgeschlossen, wie es so schön formulierte wurde? Fragen über Fragen. So konnte es nicht weitergehen. Ich fuhr zu Burkhard, in unsere alte Wohnung. Ohne darüber lange nachzudenken, ohne vorher anzurufen. So hatte ich auch gar keine Gelegenheit, unsicher zu werden. Trotzdem – etwas beklommen war mir schon zumute, als ich den Finger auf den Klingelknopf legte.

Er war da. Und offensichtlich alleine. Wie gut er aussah! Völlig überrascht von meinem Besuch, fuhr er sich verlegen durch die Haare. Das Hemd, das er trug, war etwas zerknittert, unter der Jeans war er barfuß. So, wie es aussah, hatte er sich wohl gerade auf der Couch gelümmelt. Aus dem Wohnzimmer hörte ich Musik. Burkhard wirkte unsicher, aber ich merkte auch, dass er sich über meinen Besuch freute.

Fast schüchtern betrat ich mein früheres Heim. Seit meinem überstürzten Auszug war ich nicht mehr hier gewesen. Mein Herz machte einen kleinen Sprung, als ich im Vorbeigehen in sein Arbeitszimmer sehen konnte. Über dem Schreibtisch hing noch immer mein Foto. Auch im Wohnzimmer hatte sich kaum etwas verändert. Einige Pflanzen waren verschwunden und ich vermutete, dass sie wohl eingegangen waren. Die Couch stand ein Stück weiter ins Zimmer gerückt, darauf und halb auf dem Boden eine helle, leichte Decke. Es roch nach Kaffee. Die CD, die lief, kannte ich noch. Oleta Adams. Hatte mir schon immer recht gut gefallen. Wie sollte ich anfangen, den Zweck meines Kommens erklären?

Verlegen standen wir zunächst da und betrachteten interessiert den uns beiden hinlänglich bekannten blaugrauen Teppichboden.

Während Burkhard dann in die Küche verschwand, um Kaffee zu holen, ließ ich mich in einen der Sessel sinken. Durch die halb offene Balkontür drang eine allzu bekannte Geräuschkulisse: Kinder, die auf den Grünflächen im Innenhof Ball spielten, Vogelgezwitscher, das gedämpfte Hämmern aus der Werkstatt zwei Häuser weiter. Mein Herz zog sich schmerzhaft zusammen.

Die Tasse klapperte gefährlich auf dem Unterteller, als Burkhard sie vor mir abstellte.

»Ich musste einfach herkommen.«

Wieso klang meine Stimme so tonlos? Da saß er vor mir. So schön und so traurig. Ich sog heimlich seinen Duft ein, lange so vertraut. In seinen Augen keimte etwas wie Hoffnung.

»Kommst Du zu mir zurück?«

»Wir müssen etwas klären«, erwiderte ich etwas lahm.

»Ja. Komm zurück!«

Seine Hand kam zu mir rüber, strich über meine Haare. Seine Augen waren ganz nah. Hatte er schon immer so viele blonde kleine Stoppeln im Dreitagebart gehabt? Allerdings – das ging mir jetzt doch zu schnell. Ich versuchte, ihm auszuweichen und spürte, wie ich mich stattdessen auf ihn zu bewegte. Er zitterte, oder war ich das? Ich fragte mich nur kurz, was wir hier taten und wohin das führen sollte. Vor oder zurück. Egal was ich tat, ein Teil von mir würde es hinterher bereuen.

»Benehmen wir uns doch wie Erwachsene«, schlug ich dann auch wenig überzeugend vor.

»In Ordnung. Sehr erwachsen«, grinste er, ohne seine Liebkosungen zu unterbrechen, die sich gerade mit meinen Haaren und meinem Hals beschäftigten. Ich schloss die Augen und versuchte, meinen Kopf abzustellen. Müsste ich mich jetzt nicht energisch zurückziehen? Ich war kurz davor, in ein unheilvolles Delirium zu fallen, als es klingelte.

»Verdammt, nicht jetzt.«

Er hatte es also auch gehört. Ignoriere es einfach, dachte ich. Ob Zeugen Jehovas oder Zeitschriftenwerber, alles konnte warten. Jetzt, wo wir endlich kurz davor waren, unsere Geschichte mit einem klärenden Gespräch zu beenden. Oder eventuell auch nicht. Ein wenig warm war mir hier auf der Couch inzwischen schon geworden. Es klingelte wieder. Heftiger. Lauter. Geben diese Leute denn niemals Ruhe?

Burkhard setzte sich auf. Wie erhitzt er war! Und wie verärgert. Standen ihm eigentlich ganz gut, diese blitzenden Augen ... – Frechheit, von diesen Leuten. Er ließ zögerlich von mir ab und erhob sich von der Couch.

»Will nur mal nachsehen«, murmelte er.

Während ich endlich an meinem Kaffee nippte, hörte ich gedämpftes Gemurmel durch die geschlossene Wohnzimmertür. Hoffentlich wurde er den Störenfried bald los, egal, wer es war. Ein kleines Ziehen in der Blasengegend beeinträchtigte meine Ruhe. War das der Kaffee oder die Nervosität? Egal, bevor Burkhard zurückkam, würde ich noch einmal kurz ins Bad verschwinden.

Leise öffnete ich die Wohnzimmertür, um schnell ins Badezimmer zu huschen. Burkhard war mit seinem Besucher offensichtlich ins Arbeitszimmer gegangen. Die Tür stand einen Spalt weit offen.

»... ich freue mich schon so wahnsinnig«, hörte ich ihn gerade sagen.

Er wollte doch wohl kein Zeuge Jehovas werden? Das sähe ihm gar nicht ähnlich! Ich war grade an der Tür vorbei, da antwortete eine Frauenstimme.

»Und ich erst. Wenn ich mir das vorstelle: Sonnenuntergang und Wein mit Dir am Meer.«

Sonnenuntergang? Ich dachte, die reden immer nur vom Weltuntergang und von Wein schon gleich gar nicht. Ich blieb stehen und lauschte.

»Hör zu, Maus«, das war Burkhard. Und er sprach nicht mit dem Ding neben seinem PC!

»Ich freu' mich auch wahnsinnig. Aber im Moment habe ich noch ein paar Dinge zu klären.«

Ach so, das war ich – etwas zu klären. Und wer war diese Maus? Grau war sie sicherlich nicht. Ich versuchte, unauffällig durch die Tür zu linsen. Etwas Blondes konnte ich erkennen. Etwas Blondes, das grade herumnölte

»Warum hängt eigentlich dieses Foto noch hier? Irgendwie finde ich das komisch.«

Irgendwie fand ich das Scheiße. Was ging die Pissnelke mein Foto an? Ich hatte die älteren Rechte. Gerade wollte ich wutentbrannt ins Arbeitszimmer stürzen, um die Verhältnisse zu klären, da hörte ich Burkhard Stimme. Die, die mir gerade noch so sinnliche Sachen ins Ohr geflüstert hatte und mich beschwor, zurückzukommen.

»O.k., Maus, ich nehm das Foto ab. Aber jetzt muss ich meine Sachen klären, sonst schaffe ich' s nicht mehr bis übermorgen und verpasse womöglich noch unseren Flug.«

Beide lachten. Ich hätte sie am liebsten erwürgt. Alle beide auf einmal. Ich kriegte noch was mit von wegen Bahamas und Koffer packen und Christoph, der wohl als Fahrer zum Flughafen auserkoren war.

Ich kochte. Dieser elende Schuft, dieser Dreckskerl. Zum Teufel mit ihm. Als ich aus der Wohnung stürmte, fiel ich fast über eine Nachbarin, die gerade mit vollen Einkaufstüten aus dem Lift kam.

»Ach, Fräulein Tina, wie schön, Sie einmal wiederzusehen ...«, setzte sie grade an, und ich sah die unverhohlene Neugier in ihren Augen. Mir war beileibe nicht nach Small Talk. Ich rannte die Treppen runter, wie von Hunden gehetzt. Das reichte. Endgültig.

Keuchend kam ich zu Hause an.

»Was ist denn mit Dir los?« Susanne kam gerade mit den anderen aus dem Haus. Sie wollten alle zum Inder, dann noch ein wenig um die Häuser ziehen.

»Komm mit!«, meinte Susanne.

Ich überlegte, was ich stattdessen hätte tun sollen: Trübsal blasen, die Tapete von meinen Wänden kratzen oder einen Killer anheuern? Besser, ich schloss mich den Mädels an.

Wir stiegen gerade in die Tram, als ich glaubte, jemanden nach mir rufen zu hören.

»War da was?«

»Nein«, meinte Susanne desinteressiert. »Nur ein Radfahrer, der gerade im Affentempo über die Bordsteinkante gefahren, oder besser geflogen ist. Übt vermutlich dafür, ungedopt die Tour die France zu gewinnen. Wird sich schon wieder erholen.« Ich ahnte, wer es war. Ich schaute nicht zurück. Tempi passati.

»Oma Hilde hat uns eingeladen. Du kommst doch mit?« Erwartungsvoll schwenkte Susanne unsere Urlaubsfotos. »Sie will genau wissen, wie es in Griechenland war.«

Als wir im Zug saßen, klagte mir Susanne ihr Leid. Sie war unruhig, weil sie so lange von Anne nichts gehört hatte.

»Die Post«, meinte ich beruhigend.

»Ob ich nur ein Urlaubsflirt war ...?«

»Ich denke, zwischen euch hat' s mächtig gefunkt? Vielleicht wartet sie ja auf ein Zeichen von dir.«

Wie ich erfuhr, hatte Suse schon drei Briefe und mehrere SMS geschrieben.

»Mich zerreißt es fast, wenn ich an sie denke. Ich bin total hin und weg.«

Wäre ich auch mal gern wieder gewesen. Ich hatte nur Stress mit der Liebe.

»Weißt du, was ich meine? Keine Minute des Tages, die ich nicht an sie denke. Morgens ist sie das Erste, was mir einfällt, abends der letzte Gedanke vor dem Einschlafen. Jede Sekunde, die wir miteinander verbracht haben, rufe ich mir immer und immer wieder ins Gedächtnis zurück.« Sie hielt mit glühendem Gesicht inne.

Wenn ich an das dachte, was ich mitbekommen hatte, glühte ich auch.

Hilde strahlte, als wir ihr von dem schönen Haus und der schönen Bucht erzählten. Am meisten aber freute sie sich über Susannes gutes Aussehen und über ihren Flirt. Dass da sofort wesentlich mehr daraus geworden war, hatte Susanne wohlweislich verschwiegen. So frei fühlte sie sich bei Oma Hilde doch nicht. Wir saßen im Garten, in der Nähe eines kleinen Tümpels, als plötzlich ein Frosch anfing zu quaken.

»Er hockt da schon seit Wochen. Ein Riesenvieh.«

Gregor kam zu uns und brachte eine super Quark-Kirschtorte mit, die wir uns dann schmecken ließen. Er schriebe jetzt an einem Kochbuch, erzählte er, falls es mit der Erfinderei mal nicht mehr so klappte. Dann berichtete er schnell von den neuesten Ereignissen: Jemand habe versucht, ins Haus einzubrechen.

»Wahrscheinlich haben sie den Porsche gesehen und sich gedacht, hier wäre was zu holen.«

Dank einer seiner Konstruktionen wurden die Diebe aber in die Flucht geschlagen.

»Wir denken trotzdem darüber nach, ob wir uns nicht einen Hund anschaffen sollten.«

Für den Garten hatte Gregor eine Wasserauffanganlage konstruiert. Hilde, Susanne und er schienen allesamt mehr davon zu verstehen als ich. Sie gerieten ins Fachsimpeln und gingen dann ans andere Ende des Gartens, um die Konstruktion zu besichtigen. Ich war zu träge und blieb unterm Kirschbaum sitzen. Verträumt schaute ich in die Luft. Es war jetzt nur noch um die Mittagszeit richtig schön warm, an den Abenden roch man schon fast den Herbst. Die ersten Blätter fielen auch schon zu Boden und im Kirschbaum lärmten ein paar Vögel.

Oma Hildes pinkfarbenes Handy klingelte. Unsicher blickte ich zu den Dreien, die angestrengt in ein paar Löcher in der Erde schauten. Gregor rieb sich angestrengt den Nacken, während Hilde immer wieder hierhin und dorthin deutete. Ich zuckte mit den Schultern und hob ab. Wenn es ganz wichtig wäre, könnte ich noch immer durch den Garten marschieren und Hilde das Handy bringen ...

»Hallloo«, eine weibliche Stimme, dem Alter nach die Kirschlikör-Fraktion und schon nicht mehr ganz aufrecht. Ich schaute auf die Uhr. Kurz nach zwei. Die war ja früh dran.

»Ja, bitte?« Das war ich, höflich, aber distanziert.

»Habt ihr einen Frosch?«, quakte sie.

»Ja«, strahlte ich, »ist das nicht toll?«

»Finde ich nicht. Der quakt ja so laut.«

»Nun ja, wir sind auf dem Land.«

»Könnt ihr das nicht abstellen?«, verlangte die Stimme.

Einen Frosch abstellen? Unsicher schaute ich nach der Hausherrin. Aber die war mit Gregor und Susanne schon ans andere Ende des Grundstücks gegangen und rüttelte dort an irgendwelchen Zaunpfählen.

»Der quakt ja so laut«, wiederholte sie. Wie zur Bestätigung fing er gerade damit an.

»Nun, es ist halt ein Frosch«, meinte ich etwas hilflos.

»Wozu habt ihr denn den?«

»Wen?«

»Den Frosch.«

Was für eine Frage. Aber ich war auf dem Land, jeder kannte jeden, Oma Hilde vermutlich auch. Ich musste höflich bleiben.

»Der ist uns zugehüpft, ganz von allein.«

»Aha.« Sie überlegte. »Oder ist das ein Band?«

»Ein Band?« Die Sache wurde immer verworrener.

»Vielleicht ein Tonband mit Froschlärm.«

Ein Tonband mit Froschlärm? Wozu sollte das denn gut sein? Auf Ideen kommen manchen Leute. Aber vielleicht verwechselte sie das mit der akustischen Einbrechermeldeanlage, die Gregor installiert hatte.

»Alles Natur«, versicherte ich ihr. Gottseidank kamen die anderen drei wieder zurück.

»Oder habt ihr den, um Einbrecher abzuschrecken?«

»Das ist doch kein Hund.« Jetzt wurde ich aber langsam böse.

»Aber gegen das Gequake müsst ihr was tun, das geht so nicht.«

Ich hätte sie ja gerne noch gefragt, wie sie sich das denn vorstelle, aber da waren die anderen drei schon wieder angekommen.

Erleichtert, dass sie da war, reichte ich Hilde das Telefon. Ich tippte mit dem Finger gegen die Stirn.

»Da meint jemand, wir müssten den Frosch abstellen, er quake so laut«, flüsterte ich.

»Ach so, Mathilde«, seufzte sie, »eine Nachbarin« Sie deutete nach schräg gegenüber, wo wir hinter den Obstbaumwipfeln das Dach eines anderen Hauses über der Straße sehen konnten.

Sie sprach sanft auf die Anruferin ein. »Nein, Mathilde, das geht nicht. Wir können einem Frosch doch keinen Maulkorb umhängen – warum sollte ich ihn denn vertreiben, er gefällt mir ja – so laut ist der gar nicht, das kommt dir nur so vor.«

Dabei schüttelte sie den Kopf, hob die Augen gen Himmel und zuckte die Schultern. »Ich komm mal rüber und wir bereden das in Ruhe.«

Seufzend legte sie auf.

»Sie lebt schon seit vielen Jahren allein, schluckt ganz gern (das hatte ich gemerkt) und beschwert sich laufend über dies und das. Dabei will sie nur mit jemandem reden. Also …«, sie wuchtete sich aus ihrem Sessel, »dann werde ich mal rübergehen.«

Fünf Minuten später schob sie, bewaffnet mit zwei Flaschen von Gregors Brombeerwein, ab.

»Wartet nicht auf mich, es kann spät werden.«

Oma Hildes Küche war ja noch größer und komfortabler als unsere WG-Küche. Gregor und ich hatten nicht lange gebraucht, um uns auf eine weitere gemeinsame Kochorgie zu verständigen. Wir einigten uns auf was Einfaches: Gemüsequiche und eine Riesenportion Salat. Susanne hatte sich verkrümelt, mit dem Handy. Wahrscheinlich hatte Hilde am Ende des Monats eine etwas erhöhte Telefonrechnung. Auch Abendgespräche nach Österreich sind teuer.

Zwischendrin zeigte ich Gregor nochmal die Urlaubsbilder.

»Hätte mir auch gefallen. Ich war schon seit Jahren nicht mehr im Urlaub.«

»Wieso denn nicht?«

»Na ja, sozusagen als Freiberufler, da fehlt einem halt jeder Tag. Und mit meinen Erfindungen mache ich ja nun noch nicht gerade die tolle Kohle.«

Immerhin, der Eierbecher sagte jetzt auf japanisch »Guten Morgen«. Er hatte das Patent tatsächlich für ein ganz schönes Sümmchen verkauft.

»Muss demnächst noch die ganzen Formalitäten beim Amt und bei einem Rechtsanwalt regeln.«

Ob er wieder bei uns übernachten wollte? Das ging nun wirklich nicht mehr. Aber er sagte nichts vom Übernachten, sondern fragte bei den Bildern nach. Wo dies und wo jenes und wer diese.

Auch Anne und Monika waren auf den Bildern zu sehen.

»Ich hoffe, Susanne wird glücklich mit ihr.«

Er meinte es ehrlich, das merkte man.

»Bist du eigentlich ... liiert?« fragte ich vorsichtig.

Nach seiner Schwulennummer bei uns in der Wohnung hatte ich mich schon mal gefragt, wie es denn um sein Privatleben bestellt sei. Bei unserer ersten Begegnung, hier, war er mir nicht weiter aufgefallen. Erst bei seinem zweiten Besuch, als ich ein bisschen mehr von ihm als Menschen erfuhr, merkte ich, wie sympathisch er mir war. Und wenn ein Mann auch noch gerne und gut kocht, kriegt er gleich von mir noch einige Bonuspunkte.

Jetzt betrachtete ich ihn als Mann, fragte mich, ob ihn andere Frauen attraktiv fänden. Mir wurde jetzt erst bewusst, dass er' s war. Die welligen dunkelblonden Haare, die seelenvollen braunen Augen. Groß war er, und breitschultrig, und schlank. Manchmal schaute er wie ein kleiner Junge. Ein anderes Mal war er so in sich gekehrt, dass man annehmen musste, er erfinde gerade was ganz Kompliziertes und Wichtiges. Ich entschied, dass Frauen ihn attraktiv fanden. Aber er zuckte auf meine Frage hin nur mit den Schultern.

»Nein, bin ich nicht«, antwortete er. »Leider habe ich ziemlich konkrete Vorstellungen von der Frau, mit der ich mein Leben teilen möchte. Und irgendwelche ... Zwischenstationen oder ... oberflächlichen Geschichten ... kommen für mich nicht in Frage.«

Es war ihm anzumerken, dass er über dieses Thema selten sprach.

»Du meinst, du wartest auf deine Traumfrau und lässt dich auf nichts anderes ein, bis sie dir über den Weg läuft?«

»So in der Art.«

»Aber du hast doch sicherlich schon einmal eine Freundin gehabt?«, fragte ich neugierig. Er würde doch keine männliche Jungfrau sein?

»Ja, schon. Aber ich wusste immer, die große Liebe ist es nicht. Das spüre ich nämlich sofort, ob es das ist oder nicht. Und es war unbefriedigend für mich und für meine Freundinnen. Entweder einer von beiden will dann doch irgendwann mehr als eine unverbindliche Freundschaft oder eine lockere ... äh, körperliche Beziehung, und dann wird es kompliziert. Oder keiner will eigentlich irgendetwas über den Tag Hinausgehendes vom anderen, dann wird es sehr kurz. Die komplizierten Sachen wurden mir zu kompliziert, die kurzen zu kurz und so warte ich jetzt einfach auf den Tag«, er stockte, »Bis auch sie merkt, dass es mich gibt.«

Das hörte sich jetzt aber geheimnisvoll an.

Er hatte beim Sprechen ein paar Paprika in Streifen geschnitten und dünstete sie jetzt ganz kurz. Ich nahm die große Schüssel aus dem Schrank, um Sahne und Eigelb zu verquirlen.

»Hast du sie denn schon gefunden?« hoffentlich klang meine Stimme nicht zu neugierig.

Gregor grinste die Quiche an.

»Du bist aber sehr neugierig«, meinte er sanftmütig.

»Klar, die Liebe finde ich eben sehr aufregend«, erklärte ich.

»Hast du denn jemanden«, drehte er den Spieß um.

»Ach, hör bloß auf.« Ich erzählte ihm die Geschichte von meiner missglückten Zweierbeziehung und ließ nicht unerwähnt, dass ich mir nicht vorstellen konnte, nochmal so etwas mitzumachen.

»Kein Mut, keine Liebe« war seine Meinung.

Susanne kam in die Küche. Sie hatte ihr Telefonat beendet und strahlte. Offensichtlich hatten sich ihre Bedenken bei dem Gespräch in Luft aufgelöst. Ich freute mich für sie.

»Liebe ist was Wunderbares!«, rief sie uns zu.

Gregors und mein Blick trafen sich über der Sahnesoße und wir zogen hoffnungsvolle Grimassen.

»Wie wusstest du eigentlich von dir, dass du lesbisch bist?«

Wir saßen zu dritt an Oma Hildes großem Tisch und redeten über die Liebe. Was Gregor gerade fragte, das hatte ich schon lange einmal wissen wollen. Trotzdem ich nun schon eine ganze Weile in einer Lesben-WG wohnte, gab es bestimmte Dinge, die ich mich nicht zu fragen getraut hatte, ohne mir wie eine Sensationsreporterin vorzukommen. Andererseits gaben mir meine Mitbewohnerinnen zunehmend das Gefühl, dass sie keinerlei Probleme damit hatten, mir ihre Erfahrungen mitzuteilen. Susanne kaute wieder an ihrer Unterlippe.

»Also, mein erster Kuss und der gefiel mir gar nicht …«

Ich kannte die Geschichte ja schon, und Gregor erhielt nun eine Kurzversion davon.

»Ich hatte danach denn erst mal die Nase voll vom Küssen und dachte mir, wenn das immer so wäre, könnte ich glatt mein ganzes Leben lang darauf verzichten. All das Getue, das darum gemacht wird, war mir völlig unverständlich.«

Sie stützte den Kopf auf die Hand und sprach weiter.

»Ungefähr zwei Jahre später erzählte ich meiner damals besten Freundin Renate davon. Sie hatte mich gefragt, ob ich denn schon einmal ... Na ja, und da musste ich gestehen, dass nein, und dass ich auch gar keine Lust darauf hätte, weil mir schon das Küssen nicht gefiel. Sie machte ganz große Augen. Als ich das nächste Mal bei ihr übernachten durfte, meinte sie, ich solle es doch noch einmal versuchen. Sie selbst habe nämlich viel positivere Erfahrungen mit dem Küssen gemacht.

›Mit wem denn, ist ja keiner da‹, antwortete ich.

Sie lachte nur und fragte, ob sie ›niemand‹ wäre.«

Susannes Gesichtsausdruck war gespannt und träumerisch zugleich.

»Sie schloss die Zimmertür ab, damit nicht ihre Mutter oder eine ihrer beiden Schwestern plötzlich reinkommen konnten. Ich war schon in diesem Moment unheimlich aufgeregt.«

Renate stellte sich vor mich hin und sah mich ganz intensiv an. Zuerst streichelte sie mein Gesicht und meine Haare. Dann kam sie ganz dicht an mich heran. Ich konnte den Duft nach Seife, Nivea und Ei-Shampoo, das sie immer benutzte, riechen.

»Normalerweise feuchtet man die Lippen an«, flüsterte sie, »aber ich mag das nicht.« Dafür war ich ihr dankbar, nach Karl-Heinzens feuchtem Kuss hatte ich danach kein Verlangen.

Sie legte ihren Mund auf meinen und bewegte ihre Lippen ganz leicht. Gleichzeitig streichelte sie mit den Händen an meinem Rücken hinauf und hinunter.

Susanne unterbrach kurz, um einen Schluck Wein zu trinken. Mit angestrengter Stimme sprach sie weiter.

»Das Gefühl war unglaublich. Tausend kleine Ameisen liefen meinen Körper hoch und runter. Renate zog mich ganz dicht an sich. Ihr Mund auf meinem Mund sagte heiser ›Streichle du mich auch‹.

Schüchtern legte nun auch ich meine Hände auf ihren Rücken und fuhr über die Schulterblätter, den ganzen Rücken hinunter bis zu den Hüften. Langsam schob sie ihre Zunge in meinen Mund. Es war unglaublich und hatte überhaupt nichts mit dem zu tun, was ich schon kannte.«

Gregor und ich grinsten uns an.

»Ich entschied, dass Karl-Heinz ein Stümper war, und zwar einer der übelsten Sorte, die, die sich selbst noch so großartig finden. Wenn das Küssen so toll war wie mit Renate, wollte ich ganz und gar nicht mehr darauf verzichten. Nein, am liebsten hätte ich ununterbrochen weitergemacht.«

Susannes Augen glänzten.

»Aber wir waren ja fast noch Kinder, trotzdem ich habe in meinem ganzen späteren Leben selten Momente von solch leidenschaftlicher Erotik erlebt.«

Nochmals schüttelte sie den Kopf und trank noch einen Schluck, bevor sie weitersprach.

»Wir lagen irgendwann auf dem Bett, mit klopfendem Herzen und unbekannten Gefühlen. Renate hatte ganz langes, dichtes, blondes Haar, das jetzt wie ein Vorhang über uns beide fiel. Unsere Gesichter waren sich darunter ganz nah und eine knisternde Spannung lag zwischen uns. Langsam tastete auch ich mich ein wenig vorwärts, an ihren Beinen entlang, während sie mich weiter küsste.

›Wie steht' s mit dem Erwidern?‹, flüsterte sie mir ins Ohr. ›Du musst deine Zunge auch ein wenig bewegen.‹«

Susanne lachte kurz auf. »Ich kriegte das damals nicht auf die Reihe, mich gleichzeitig auf meine Hände und die Zunge zu konzentrieren.«

Aber dann ging es doch, und Renate und Susanne hatten, wie es sich anhörte, stundenlang geknutscht.

»Na ja«, meinte sie nach einer kurzen Pause, »Renate wusste wohl mit mir im Moment nicht mehr anzufangen. Aber all das war aufregend genug. Wir hielten uns dann auch die ganze Nacht in den Armen und fühlten uns unheimlich gewagt. Dass es noch viel mehr gab, darauf bin ich erst später gekommen.«

Sie schaute sinnend in ihr Glas.

»Seid ihr zusammengeblieben, Renate und du?«

Sie schüttelte den Kopf.

»Nein, für sie war es nur eines von vielen Dingen, die sie ausprobierte. Wir blieben befreundet, ich schmachtete sie noch eine Weile an. Ehrlich gesagt, war ich ziemlich verrückt nach ihr nach diesem Abend. Oder zumindest nach den Gefühlen, die sie in mir auslöste. Aber wir schmusten nur noch einmal so innig miteinander. Sie hatte dann bald ihren ersten festen Freund, der sogar ein Auto hatte, und sie war viel mit ihm unterwegs. Wir haben uns kaum noch gesehen und irgendwann ganz aus den Augen verloren. Als ich dann die Schule gewechselt habe, verschwand sie nach und nach auch aus meinen Tagesgedanken.«

Mit melancholischem Blick schaute Susanne um sich.

»Aber vergessen habe ich sie nie. Sie war der erste Mensch, der in mir ein derartiges Gefühlschaos auslöste und – wahnsinnige Lust.«

Die Atmosphäre bei Susannes Erzählung war so dicht geworden, dass ich das Gefühl hatte, selbst dabei gewesen zu sein. Gregor schaute sinnend vor sich hin.

»Danach habe ich dann stärker drüber nachgedacht, warum ich mich noch nie in einen Jungen verliebt hatte, währenddessen mich Frauen immer mehr angezogen hatten, ohne dass ich allerdings benennen konnte, warum das so war.«

»Das kenne ich von meiner Schwester auch«, meinte Gregor, »für sie war es ganz besonders schlimm, wenn sie immer wieder nach ihrem Freund gefragt wurde.«

Susanne nickte, seufzte und zerwuselte ihr Haar noch ein wenig. »Trotzdem, ich hab' s dann nochmal mit einem Jungen aus meiner Schule versucht. Er war recht nett, etwas schüchtern, aber ein verlässlicher Kumpel. Wir waren sogar eine ganze Weile zusammen, und ich habe meine Unschuld an ihn verloren. Was allerdings auch kein besonders tolles Erlebnis war. Das richtige Feeling dabei kam erst viel Später, mit Frauen. Aber wir sind damals ganz gut miteinander klargekommen. Bloß die Gefühle, die waren nie so recht da. Selbst wenn wir zärtlich miteinander waren, habe ich rein gar nichts empfunden. Also ließen wir es irgendwann und ich dachte, ich müsse wohl frigide sein oder allein bleiben für den Rest meines Lebens. Davon, lesbisch zu lieben und zu leben, hatte ich damals noch nichts gehört. Ich hielt die Geschichte mit Renate für eine Phase, eine Laune, eine Abzweigung des tatsächlichen Lebens, wie auch immer. In den Lebensentwürfen der Leute, die ich kannte, kam so etwas jedenfalls nicht als eigenständige Lebensweise vor. Nur, immer wieder verliebte ich mich in Frauen. Immer wieder trug ich einer von ihnen mein Herz hinterher. Doch in den entsprechenden Momenten traute ich mich nicht, über meine Gefühle zu sprechen.

Erst als ich mit Anfang zwanzig in die Stadt zog, begriff ich, dass es möglich war, entsprechend seiner Orientierung zu leben. Und dass es auch für mich möglich war, mein Leben entsprechend zu gestalten.«

Ich hörte jetzt fast atemlos zu. Wer denkt schon darüber nach, wie schwierig es unter gewissen Umständen ist, einen geeigneten Rahmen für seine Lebenswünsche zu finden?

Susanne sprach in meine Gedanken hinein:

»Ich sah auf einmal die Möglichkeit, nicht nur verliebt sein zu können in eine Frau, Sex mit ihr haben zu können, sondern richtig lesbisch zu leben, wie ich es wollte. Denn es geht ja um viel mehr als Sex in Beziehungen von Frauen.«

Das hatte ich in den letzten Monaten gemerkt.

»Ich fing dann langsam an, mich in die Szene vorzutasten. Ging in Sub-Kneipen, wo ich jede Menge Frauen kennenlernte, denen es genauso ging wie mir.«

Sie machte eine kurze Pause, als würde sie überlegen, ob sie weitersprechen sollte. Es waren ja auch recht intime Details, die da eventuell zutage kommen würden. Aber wie wusste wohl auch, dass sie uns in dieser Hinsicht vertrauen konnte.

»Ich war damals so sehr darauf aus, die erotischen Gefühle, die ich von Renate kannte, nochmal zu erleben, sodass ich für die Jägerinnen der Nacht eine leichte Beute war. Manchmal war' s toll, meistens aber nicht. Und nie war es so, wie ich es mir erhofft hatte. Ich hatte jede Menge schlechten Sex und jede Menge Enttäuschungen zu verkraften. Aber trotzdem wusste ich, ich bin' s, bin lesbisch. Aber es hat lange gedauert, bis ich die richtige Frau fand.«

»Kerstin?«

»Ja, sie war' s.«

»Was war mit Kerstin?«, fragte Gregor.

Susanne erzählte von ihrer ersten »richtigen« und längeren Beziehung. Die war aber letztendlich daran gescheitert, dass Kerstin eine andere Frau kennen gelernt hatte – ihre ganz große Liebe. Susanne wollte nicht loslassen und die Trennung war für beide schmerzlich und langwierig gewesen.

»Wir haben noch eine Weile darüber diskutiert, aber von der Gefühlslage her war es klar: nichts mehr zu machen.«

Und jetzt also Anne, die sanfte Schöne. Und so weit weg, dachte ich.

Nachdem Hilde bei Mathilde mit dem Brombeerwein versackt war, brachte Gregor ihnen später am Abend ein halbes Blech von der Quiche hinüber. Als er zurückkam, meinte er, es würde wohl sehr spät werden. Er kannte das wohl schon.

»Erst haben sie lange über den Frosch geredet. Dann über den Garten und das Wetter und den Einfluss des Letzteren auf das Erstere. Jetzt erzählen sie sich Geschichten über ihre Jugend. Danach wahrscheinlich über ihre Kinder, ihre Ehen und das Alter. Also, Mädels, was wollen wir noch unternehmen heute Abend?«, fragte Gregor in die Runde.

Nach den Gesprächen am Nachmittag war uns jetzt eher nach unkomplizierteren Dingen. Wir entschlossen uns zu einer Partie Poker, und als draussen ein Gewitter aufzog und es anfing zu blitzen und zu donnern, erzählten wir uns gegenseitig Gruselgeschichten, bis gar keiner mehr von uns ins Bett wollte. Wir gingen dann aber doch, weil alle müde waren. Hilde war immer noch nicht zurück.

»Pennt wahrscheinlich drüben bei Mathilde auf der Couch. Das macht sie ab und zu. Morgen hole ich sie zum Frühstück ab.«

Gähnend verabschiedeten wir uns. Im Bett dachte ich noch eine ganze Weile über Gregors Einstellung zur Liebe und zu der besagten Einen nach, und wie er so sicher sein konnte, dass es sie gab und dass er sie fand. Darüber schlief ich dann ein.

Am nächsten Morgen saß Hilde dann wieder quietschfidel am Frühstückstisch. »Gregors Brombeerwein ist eine Klasse für sich. Aber das nächste Mal trinke ich keine ganze Flasche. Die hat mich vielleicht geschafft. Und dann noch Mathilde mit ihrer Froschphobie! Bislang wusste ich noch nicht einmal, dass es so etwas überhaupt gibt! Danke auch für die Quiche, Kinder, sie war wirklich fantastisch. Auch Mathilde war ganz begeistert. Sie kommt ja selbst auch recht selten zum Kochen.«

Wir nahmen dann den Nachmittagszug und fuhren, wieder einmal bepackt mit vielen Gläsern und Tüten voller Gemüse, zurück.

9.

Zu Hause angekommen, hörten wir aus Marthas Zimmer einen Riesenkrach. Wütende Stimmen, Geschrei, etwas flog durch die Luft. Andrea stürmte zur Tür und schlug sie krachend zu. Martha rannte hinter ihr her und brüllte durchs Treppenhaus, sie möge bloß nie mehr zurückkommen. Lilli, die in der Küche unser mitgebrachtes Gemüse bestaunte, war gänzlich unbeeindruckt von der Szene.

»Soviel zum Gleichklang der Seelen in lesbischen Beziehungen«, meinte sie trocken.

Martha knallte ihre Zimmertür und drehte Billy Idol auf volle Lautstärke. Susanne schwebte über all dem.

»Das könnte ich mir bei Anne und mir nicht vorstellen.«

»Ist ja auch schwer, auf die Entfernung.« Das war wieder Lilli.

Susanne reagierte trotzig.

»Mach mir das ja nicht madig!«

»Unsinn.« Lilli legte ihr den Arm um die Schulter. »Man hebt nur so leicht ab, wenn man frisch verliebt ist, und sieht die Realität nicht mehr.«

Es klingelte. Wir hörten Martha sofort zur Tür sprinten. Ob Andrea zurückkam?

»Glaub ich nicht.« Lilli hatte recht. Es war Astrid. Sie suchte jemanden fürs Kino, aber von uns Dreien hatte keine so rechte Lust.

»Frag mal Martha«, meinte Susanne gemein.

Lilli hielt sie zurück. »Lass, die hat Stress mit Andrea.«

»Schon wieder.«

Das Telefon klingelte und Susanne hob im Flur ab. Sie hoffte wohl auf eine Fortsetzung des gestrigen Telefonats mit Anne. Leicht enttäuscht kam sie zurück.

»Ist für dich, Tina. Eine Vera.«

Ich sprang erfreut auf. Ich hatte versucht, sie zu erreichen und erfahren, dass sie ein paar Tage im Ausland war. Zwar hatte ich meine Nummer hinterlassen, aber gar nicht damit gerechnet, dass sie sich so schnell melden würde. Sie war gut drauf, hatte in Frankreich ein paar tolle Schnäppchen gemacht und wollte mich zum Essen einladen.

»Kennst du Giovanni' s?«

Natürlich kannte ich das Lokal. Die Küche dort sollte fantastisch sein. Allerdings war ich noch nie dort gewesen. Der Laden war einfach viel zu teuer. Aber Vera konnte es sich leisten, so nahm ich ihre Einladung ohne große Gewissensbisse an. Wir machten einen Tag aus und verabschiedeten uns froh gelaunt.

Susanne und Astrid schauten mich neugierig an, als ich in die Küche zurückkam. Besonders Astrid. Lilli war verschwunden. »Bei Martha.«

»Du siehst ja so fröhlich aus«, meinte Astrid und Susanne fragte ganz direkt, wer »sie« denn sei.

»Eine Freundin.« Mehr mochte ich noch nicht verraten.

»Es ist nicht so, wie du vielleicht denkst«, murmelte ich halblaut zu Astrid, die mich misstrauisch ansah.

»Eine Neue?«, wollte sie dann doch noch wissen. »Nicht die von neulich – wie hieß die noch gleich?«

»Doris.«

»Ah ja, genau.«

Als hätte ich es nicht die ganze Zeit gewusst! Frauen und Eifersucht.

»Doris ist meine beste Freundin«, versuchte ich das nochmal klarzustellen.

»Magst du nicht bleiben heute Abend?«, fragte Susanne. «Es kommt ein Tatort mit Lena Odenthal.«

Da war sie so scharf drauf wie ich immer auf die Lindenstraße. Kommissarin Odenthal schien auch Astrid zu gefallen. So machten wir drei es uns bei Mord und Totschlag im Wohnzimmer gemütlich, mit ein paar Tüten Chips, einer Flasche Wein und es erinnerte mich an früher – vor fünf Monaten – nur, dass es jetzt fast schon schöner war.

»Anne kommt, Anne kommt, Anne kommt!«

Suse hüpfte wie ein Floh durch die Wohnung. Wir warteten nur darauf, dass sie Purzelbäume schlug und Salti rückwärts in der Luft vollführte. Anne und Monika wollten uns besuchen und gleichzeitig auch am großen Lesben-Fest teilnehmen. Monika würde nach drei Tagen zurückfahren, Anne eine ganze Woche bleiben.

»Mädels kauft euch Ohropax, es wird heiß hergehen«, kreischte Susanne. In Erinnerung an Griechenland nickte ich stumm und ergeben.

Martha grummelte vor sich hin und machte die eine oder andere bissige Bemerkung. Die Sache mit Andrea hatte sich nicht wieder eingerenkt. Die beiden waren noch immer zerstritten. Martha litt ganz offensichtlich unter der Trennung, aber sie versteckte den Schmerz, indem sie noch bissiger als sonst auf alles in der WG, und insbesondere auf die frisch verliebte Susanne reagierte. Nur Lilli kam an sie ran. Die beiden saßen manchmal stundenlang in Marthas Zimmer und redeten.

»Anne schläft natürlich bei mir, aber wohin mit Monika?«

Claires Zimmer war schon vergeben, sie würde eine französische Freundin mitbringen und selbst natürlich bei Lilli schlafen. Martha wagten wir nicht zu fragen. Sie brachte seit dem großen Krach mit Andrea hin und wieder mal wieder Frauen mit, die dann aber immer spätestens im Morgengrauen verschwanden. Jedenfalls bekam keine von uns je eine von ihnen zu Gesicht. Das Sofa? Für drei Nächte viel zu unbequem, zu umständlich. Alle Augen ruhten auf mir. Nun gut. Wir kannten uns vom Urlaub, Monika war okay und sie hatte ganz bestimmt keine unlauteren Absichten, was mich betraf.

Das Fest sollte samstags beginnen, mit einem Demonstrationszug durch die Stadt gegen die Diskriminierung von Lesben und für die Freigabe der homosexuellen Ehe sowie einer Podiumsdiskussion zu diesen Themen, zu der Politiker/innen aller Parteien geladen waren, danach gab' s Flohmarkt im Kulturhaus und Lesungen von erotischer Literatur. Am Abend dann die Riesen-Disco-Fete. Sonntag war ein Brunch geplant, danach spielte der 1.FC Lesbos gegen Artemis SV Fußball. Im Park spielte am Nachmittag die Frauenband *Beat the Boys*, am Abend gab' s Gesang vom Lesbenchor, den *Sappho-Sisters* und anschließend trat die Gruppe *Lila Luder* mit ihrem neuen Theaterstück auf. Käthe und ihre Mitstreiterinnen waren seit Wochen mit nichts anderem mehr beschäftigt. Es wurden Plakate und Flugzettel gedruckt, jede Menge Sticker mit Doppeläxten, verschlungenen Frauenzeichen und sich umarmenden Frauengestalten besorgt. Schon Monate vorher war der ganze Kram mit den Behörden geregelt worden und die Diskussion vorbereitet, trotzdem gab es immer noch die eine oder andere Nachfrage oder Änderung.

Alle beteiligten Frauen waren inzwischen ziemlich gestresst, sodass Susanne mich eines Tages fragte, ob ich nicht auch ein wenig mithelfen könne. Ich sagte zu und fand mich am nächsten Abend Pressemitteilungen tippend, Prospekte eintütend oder einfach Kaffee kochend im Lesben-Kulturhaus wieder. Dort sah ich auch Astrid. Sie fuhr mit einer anderen Frau durch die Stadt, um Plakate zu kleben und kam nur zwischendurch ins Kulturhaus. Zwei Frauen bereiteten eine Lesung vor.

»Es gibt viel zu wenig lesbische Literatur. Und viel, viel zuwenig erotische«, vertraute mir die eine der Frauen an. Die beiden hatten vom Frauenbuchladen jede Menge Exemplare der Bücher, aus denen gelesen werden sollte, besorgt. Den größten Anteil aber machten bislang noch unbekannte Schriftstellerinnen aus, die aus ihren unveröffentlichten Manuskripten lasen. (»Wir müssen uns gegenseitig unterstützen. Lesbische Kultur zu fördern ist unser aller Ziel!«). Die Brunch-Frauen kämpften mit endlos langen Einkaufslisten und der wechselnden Zu- und Absage des städtischen Bürgerhauses für den Verleih von Besteck und Geschirr. Es war eine aufregende, anregende und optimistisch-erwartungsvolle Grundstimmung, in der sich alle befanden.

»Wie viele Frauen werden denn erwartet?«, wollte ich wissen.

Ich erfuhr, dass zum Fest 500-800 Frauen kommen würden, und staunte nicht schlecht. So viele Lesben in der Stadt und Umgebung?

»Süße, wir sind überall«, lachte dröhnend Olga, und schlug mir kraftvoll auf die Schulter.

»Wir beide«, zwinkerte sie mir zu, »können dann auch mal ‘ne flotte Sohle aufs Parkett legen. Bin sicher, ich kann dir noch ein paar neue Tanzschritte beibringen.«

Ihre Schweinsäuglein blinzelten mich an. Die unvermeidliche Bierflasche in der Hand haltend, stapfte sie von dannen. Ich wischte mir den Angstschweiß von der Stirn und wandte mich wieder dem Presseverteiler zu. Käthe kam und drückte mir eine Freikarte für das Fest in die Hand.

»Alle, die mitgeholfen haben, haben freien Eintritt.«

Astrid kam und setzte sich zu mir. Sie sah total süß aus mit ihren verwaschenen weichen Jeans und dem schwarz-weiß karierten Hemd.

»Gehst du zum Fest?«

Eine Karte hatte ich ja. Aber durfte ich das denn als Nicht-Lesbe? Ihre Augen glänzten, als sie sich vorbeugte und mir ins Ohr flüsterte: »Probier' s doch einfach mal, nur dann kannst du dir sicher sein.«

Hatte sie vielleicht recht? Ihr Atem an meinem Ohr brachte wieder alle Nackenhaare zum Aufstehen. Sie lächelte geheimnisvoll. War das die richtige Umgebung für einen Annäherungsversuch? Käthe hatte mal gesagt, es wäre die größte Kontaktbörse und die meisten Frauen würden nur mitarbeiten, um andere kennen zu lernen. »Ist 'ne gute Möglichkeit. Frau arbeitet zusammen, lernt sich kennen, tastet sich ran; alles unverfänglich, alles ganz ohne Stress. Und dann – naja, wird eben oft mehr draus.«

Es schien zu stimmen. Viele von den Kulturhaus-Frauen waren ein Paar.

Käthe hatte andere Gedanken im Kopf. »Hoffentlich hält das Wetter.«

Astrid holte frischen Kaffee für sich und mich. Wir saßen nah beisammen und sprachen noch eine Weile über die organisatorischen Probleme. Für die Podiumsdiskussion hatten erst alle zugesagt, jetzt sagten einige so nach und nach wieder ab und Ersatz musste gefunden werden. Dann musste sie wieder los.

»Also denk dran, ich warte auf dich. Oder willst du etwa mit deiner Freundin Vera gehen?«

Vera, ich schüttelte lachend den Kopf. Die würde sich ganz bestimmt nicht für so was interessieren.

»Nimm mich mit«, rief Vera, »du musst mich unbedingt zu dem Fest mitnehmen!«

Kaum hatte ich ihr davon erzählt, war sie schon Feuer und Flamme.

»Aber du bist doch gar keine Lesbe«, wandte ich ein.

»Du doch auch nicht – hast du jedenfalls erzählt.«

Sie ließ nicht locker. »Und außerdem – weiß frau es denn, bevor sie' s nicht probiert hat?«

Jetzt fing sie auch noch so an.

»Also gut, ich besorge dir eine Karte. Aber nur, wenn du mir sagst, warum du auf ein Lesbenfest gehen willst.«

»Aus Neugier«, erwiderte sie prompt. »Die meisten Homosexuellen schotten sich so sehr ab, dass jemand wie ich zum Beispiel keinen Zugang bekommt. Und ich wollte, ehrlich gesagt, schon lange mal lesbische Frauen kennen lernen. Ich mag Menschen, die anders sind. Man kann von jedem etwas lernen«, behauptete sie.

Vielleicht sollte ich ihr mal vorschlagen, ein paar Tage die Wohnstatt zu wechseln, dachte ich so leise grinsend bei mir. Egal warum. Sie meinte es ernst.

»Und außerdem«, fuhr sie fort, »geht mir dieses Hochglanzklischee von Lesben auf den Geist. Dieser neue, chice Lesbenkult, der jetzt angesagt ist – schrecklich. Oder gibt es etwa nur Junge, Schöne, Gestylte?«

Ich schüttelte den Kopf. Ich würde ihr Olga vorstellen.

»Ecco«, sagte Vera, die einen Hang zum Italienischen hatte.

Ich besorgte ihr die Karte.

»Natürlich gehen wir gemeinsam«, legte sie fest.

Auch Doris meldete sich seit langer Zeit mal wieder. Sie war sauer gewesen wegen der Sache in der Tiger-Bar. Ohne Umschweife kam sie zur Sache.

»Es ist wegen des Fests, du weißt schon. Gehst du mit mir hin?«

»Was willst du denn auf einem Lesben-Fest?«, fragte ich auch sie.

Es war wegen der Stewardess. Von ihr hatte sie davon erfahren, die wollte hingehen. Und nun wollte Doris eben auch.

»Sozusagen als Überraschung«, erklärte sie.

Ich besorgte auch ihr eine Karte, wenn auch nicht sehr überzeugt.

»Wir gehen doch zusammen?«, fragte sie mich.

Am Abend sprach ich Susanne daraufhin an.

»Wir brauchen einen ganz langen Tisch.«

»Ich rede mal mit Käthe«, versprach sie.

An einem der Tage vor dem Fest kamen Suse und ich schlagkaputt nach Hause. Martha saß in der Küche, las die *Emma* und hörte Musik.

»Da hat jemand für dich angerufen, Tina«, sagte sie mit seltsamer Stimme. Und, nach einer langen Pause, »ein Mann.«

Aha, daher die Verstimmung.

»Gregor?«, fragte ich vorsichtig. Sonst fiel mir keiner ein.

»Nein. « Übertrieben angestrengt suchte sie den Zettel heraus. »Ein ...«, sie zog die Pause unangenehm in die Länge »... Burkhard.«

Ach du Schande. Mir fiel das Gesicht runter.

»Woher hat der denn meine Telefonnummer?«

»Das, meine Liebe, habe ich ihn nicht gefragt. Dafür wollte er von mir wissen, ob ich die schlagkräftige Lady bin, die ihm die Nase zertrümmert hat.«

Als Martha das sagte, machte sie dabei gar keinen sehr friedfertigen Eindruck.

»Wir haben hier eine Abmachung, liebste Tina. Keine Männer.«

Susanne guckte aufgeregt von ihr zu mir. Sie kannte ja die Geschichte. Und da wir darüber hinaus ja auch mit Gregor »gesündigt« hatten, lag ihr nichts daran, die Situation eskalieren zu lassen.

»Er war doch gar nicht hier in der Wohnung.«

»So. Und wie konnte Lilli ihm dann auf die Nase hauen?« Ihre Stimme war leise und lauernd.

»Er war nicht hier drin. Lilli hat ihn an der WG-Tür k.o. geschlagen.«

Susanne lachte hysterisch.

»Warum hat Lilli uns das nie erzählt?«

»Weil' s nicht wichtig war.«

Lilli stand hinter uns. Mit schnellen Schritten ging sie durch die Küche.

»Martha hör auf, uns andere mit deiner schlechten Laune zu strapazieren.«

Lillis Wort hatte normalerweise Gewicht bei uns. Aber Martha ließ sich an diesem Tag nicht einfach etwas vorschreiben.

»Was soll das? Haben wir anderen hier nichts mehr zu sagen?«

»Keep cool.« Lilli legte ihr beruhigend die Hand auf die Schulter.

Susanne verdrückte sich. Ich kochte vorsichtshalber eine große Kanne von meinem Nerventee für uns alle.

»Dieser Burkhard hat mich total genervt«, berichtete Martha. »Erst wollte er wissen, ob ich die Killerlady sei. Ich legte natürlich sofort auf. Er rief dann wieder an. Wollte wissen, wo Tina ist. Fragte dann noch, ob ich mit ihr in Griechenland gewesen wäre.«

Martha war total genervt.

»Wie kommt dieser Schwanz mit Ohren dazu, mich auszufragen?«

»Meinst du nicht, du reagierst über?«

»Kann sein.«

Martha erhob sich. In ungewohnt sanfter Manier sagte sie dann »Macht mir eben zu schaffen, die Sache mit Andrea.«

»Was hat Burkhard denn gesagt?«, wollte ich jetzt doch wissen.

»Du sollst ihn anrufen.«

Ich rief Burkhard nicht an. Dafür meldete er sich. Mehrmals. Er schickte Blumen, schrieb (kurze) Briefe, lud mich ins Theater ein, hinterließ Telefonnachrichten. Martha stöhnte. »Das geht so nicht mehr weiter.«

Ich kaufte einen Anrufbeantworter. Aber ich wusste auch, dass das nicht die Lösung war. Ich schrieb Burkhard einen Brief, er solle mich bitte eine Weile zufriedenlassen. Ich würde mich melden, sobald ich so weit war.

Warum konnte ich nicht so klar fühlen, wie ich sprach? Immer noch spukte er mir wie ein Gespenst im Kopf herum.

»Eine Trennung zu überwinden dauert ein Fünftel der Zeit, die man zusammen war«, hatte neulich eine Frau in der Trennungsgruppe gesagt. Das war leicht zu rechnen. Ein Jahr. Wäre ich danach frei von meiner Sehnsucht? Und was war mit meinen Gefühlen für Astrid? Immer und immer wieder ging sie mir durch den Kopf. War es vielleicht einfach so, dass meine Sehnsucht nach Zärtlichkeit und Körper aus reiner Gewohnheit bei Burkhard landete? Fragen über Fragen.

Die anderen hatten ihre eigenen Dinge im Kopf. Lilli telefonierte ständig mit Claire. Susanne putzte die Wohnung, für Anne. Martha blieb trotzig tage- und nächtelang verschwunden. Aber es nützte nichts. Andrea rief nicht an.

Dafür rief Astrid an und jedes Mal, wenn wir telefoniert hatten, fühlte ich mich hinterher ein bisschen wärmer und ein bisschen leichter.

»Du machst es dir zu kompliziert«, befand Susanne, meine Komplizin in dieser Angelegenheit. »Lass einfach mal los und lebe deine Gefühle.«

Freitag kamen Monika und Anne. Suse holte sie vom Bahnhof ab. Auch Martha war wieder aufgetaucht. Monika und ich begrüßten uns herzlich, wir hatten ja schon in Griechenland manch netten Abend verbracht. Suse war absolut high, Anne schaute angeregt und schüchtern herum. Wir lachten viel und Suse und Anne verschwanden danach recht bald von der Bildfläche.

Martha grinste. »Zeit für Blümchensex.«

»Halt endlich dein Schandmaul.« Lilli war genervt.

Später am Abend kamen Claire und ihre französische Freundin.

»Jetzt sind wir komplett«, grinsten Monika und ich, als wir endlich im Bett lagen. Spaßeshalber drehten wir uns um, jede auf ihre Seite. Dann rieben wir unsere Popos aneinander und kicherten wie die Teenager.

Am Samstag ging' s früh raus. Käthe in ihrer unnachahmlichen Art trommelte uns alle aus den Federn. Selbst ich ging mit auf die Demo, das hatte ich den Mädels versprochen. Ungefähr zwei Stunden zogen wir durch die Stadt, teils bejubelt, teils misstrauisch oder neugierig beäugt. Einige der Frauen trugen sehr gewagte Outfits, wir hielten große Transparente und riefen laut Parolen. Es war die allererste Demo meines Lebens und ich fand es sehr aufregend. Die Podiumsdiskussion war sehr gut besucht, besser als wir dachten. Jede Menge Presse war auch da.

»Erstaunlich.« Käthe kratzte sich am Kopf, wo ihre mausgrauen Haare am Ansatz nachwuchsen und in seltsamem Kontrast zu dem karottenroten Rest standen. »Normalerweise liegt der Lokalpresse das Thema nicht gerade am Herzen.«

Die Antworten der geladenen Politiker und Politikerinnen waren jedoch – wie üblich – Wischiwaschi. Natürlich wäre Toleranz ein wichtiger Baustein unserer Gesellschaft. Das Engagement der Macherinnen fanden sie alle lobenswert, aber auf mehr als ideelle Unterstützung wollte sich niemand festlegen, und das wurde auch noch sehr vage formuliert. Nachdem der offizielle Teil beendet war und die Presseleute gegangen waren, verschwanden sie alle sehr eilig.

Zwischen Podiumsdiskussion und den Lesungen half ich den Frauen im Kulturhaus. Suse, Anne und Monika waren noch beim AIDS-Gottesdienst gewesen und kamen dann nach. Die Lesung selbst war zum größten Teil enttäuschend langweilig. Verstohlen blickte ich mich um. Monika grinste mich grimassierend an. Sie fand es wohl genauso unspannend wie ich. Wenn das alles war – von zarten Händen auf bebenden Knospen war die Rede und von versteckten Perlen der Lust – so neu war das nicht. Das kannte selbst ich, die Hetera. Eine Frau allerdings las eine ziemlich heftige S/M-Geschichte, die fand ich – rein theoretisch – am interessantesten.

Die Disco-Party am Abend sollte der Höhepunkt der Veranstaltung werden und dem fieberten wir alle gespannt entgegen.

10.

Der große Saal des Kulturhauses war sehr schön geschmückt worden. Alles in lila und schwarz, sehr edel. Käthe hatte für uns alle einen sehr langen Tisch reserviert. Vor dem eigentlichen Fest hatten wir alle noch einmal mit Hand angelegt, Kerzen und Aschenbecher auf den Tischen verteilt. Dann fuhren wir in die WG und jede wollte zuerst ins Bad. Was sollte ich bloß anziehen? In Griechenland hatte ich ein paar Pfund zugenommen, da kniff schon der eine oder andere Hosenbund. Monika ging ganz in Dunkelblau. Sie hatte ein dünnes Seidentop an (»Zum Tanzen, da wird' s mir immer warm« sagte sie), darüber einen leichten Blouson und darunter eine leichte, schmale Hose, ebenfalls dunkelblau. Zu ihrem kupferfarbenen Haar sah das toll aus.

»Und ich?«

»Schwarz«, schlug sie vor. »Sieht immer fesch aus und macht schlank, obwohl du das ja wirklich nicht nötig hast.«

So trug ich bald denselben Zwiebel-Look in Schwarz, die Haare offen, schwarz-roter Lipgloss vervollständigte mein Outfit. Während ich mich vor dem Spiegel noch ein bisschen zurechtzupfte, trat Monika hinter mich. Sie war ein wenig kleiner und ihre glatten schulterlangen Haare glänzten wie lackiert.

»Du schaust klasse aus«, sagte sie mit ihrem niedlichen österreichischen Akzent. »Bist wirklich a schöne Frau.«

Sie küsste mich leicht auf die Schulter und schaute mich neckisch im Spiegel an. Wir mussten beide lachen. Zwischen uns war so gar keine erotische Spannung, deshalb konnten wir so mit solchen Situationen herumspielen.

»Wie machst du das denn heute Abend mit deinen diversen Frauen?«, wollte sie wissen.

Ich hatte ihr mein Dilemma anvertraut.

»Kannst du dich ein wenig um Doris kümmern? Ich bleibe bei Vera – und Astrid kennt ja viele Frauen.«

»Klar ... mach ich. Ist sie hübsch, die Doris?«

»Ja, aber Hetera«, warnte ich sie.

Erst als ich ihre grünen Augen belustigt blitzen sah, fiel mir auf, was ich da gesagt hatte.

»Himmel, ich weiß selber langsam nicht mehr, wer ich bin.«

»Das kann ja noch werden«, beruhigte sie mich.

Vera holte mich ab. Suse, Anne und Monika fuhren mit uns, der Rest mit Lilli. Als wir auf die Straße traten, stand ein großer grüner Jaguar vor dem Haus. Direkt hinter Lillis verbeultem VW-Käfer. Mir blieb die Spucke weg.

»Ist das dein Auto?«, fragte ich überflüssigerweise.

»Na klar«, sagte Vera leichthin, »Also, Schätzchen«, sie umarmte und küsste mich auf beide Wangen, »steig ein!«

Dann begrüßte sie herzlich die anderen, die sich zu dritt ganz leger auf dem Rücksitz niederließen.

»Was ‘ne Staatskarosse«, murmelte Suse. Lilli und Martha standen am Bürgersteig und schauten ungläubig.

»Hat sich ja ‘ne heiße Biene aufgerissen, unser Nesthäkchen«, sagte Martha spöttisch.

Ich drehte das Fenster hoch. Genau genommen drückte ich lediglich auf einen elektrischen Schalter. Noch mehr von Marthas Spitzen hätte ich nicht mehr vertragen.

»Lass nur, ich bin nicht so empfindlich.« Vera fuhr schneidig los. Ich dirigierte sie bis zum Kulturhaus, wo wir natürlich keinen Parkplatz fanden.

Als wir an einer zu kleinen Lücke vorbeifahren mussten, meinte Susanne »Mit dem Käfer hätten wir hier parken können«, und Vera lachte voll und ein wenig luderhaft und sagte: »Ja, aber darin macht das Parken lange nicht so viel Spaß.«

Ein paar Straßen weiter fanden wir etwas. Als wir zum Kulturhaus kamen, war schon einiges los an der Tür. An der Kasse saß Olga.

»Na, Mädels, seid früh dran. Noch wird nicht geschoben da drin, nur gehoben.«

Zur Bestätigung zeigte sie uns ihr Glas und trank es in einem Zug leer. Was diese Frau vertrug, ließ ein Schwimmbad überfließen. Sie riss unsere Karten ab, drückte uns einen Stempel auf den Handrücken und holte dann die Flasche unterm Stuhl hervor, um sich nachzuschenken. Wir gingen schon mal rein und belegten unsere Plätze. Ich ging gleich wieder zum Eingang zurück, weil ich ja noch auf Doris und Astrid wartete. Nur graute mir so vor Olga und ihren herben Annäherungsversuchen. Käthe stand bei der Disc-Jockeuse. Die war absolut bekannt und beliebt in der Stadt, wie ich erfahren hatte. In wallenden Gewändern durchschritt sie majestätisch den Raum. Sie sah aus wie die Königin eines exotischen Landes. In Gold aufwiegen hätte sich bei ihr gelohnt, schätzungsweise brachte sie 150 Kilo auf die Waage. Käthe lief, ernsthaft auf sie einredend, nebenher. Für jeden Schritt der DJ musste sie zwei machen. Ab und zu erntete sie den einen oder anderen huldvollen Blick.

»Die Frau ist Superklasse«, meinte Suse. »Die heizt uns heute Abend richtig ein, ihr werdet sehen.«

»Vera, kann ich dich kurz allein lassen?«, fragte ich besorgt.

»Na klar, ich werde mich mit Monika über die Steiermark unterhalten. Da fahre ich nämlich auch so gerne hin.«

Was war das nur? Alles, was sie sagte, brachte mich dazu, sie am liebsten in die Arme zu nehmen. Sie hatte eine so warme und doch so lebendige Art.

Am Eingang traf ich auf Lilli, Claire, Veronique und Martha.

»Mordsgeschoss, die Karosse deiner Neuen«, meinte Martha augenzwinkernd.

»Dass ist nur die Neidischkeit«, meinte Veronique dazu. Sie sprach recht gut, aber ungeübt Deutsch.

Olgas tätowierte Rose glänzte. Wenn sie jetzt schon so transpirierte, was sollte da bloß später sein? Sie hatte ja bereits angedroht, tanzen zu wollen.

Astrid kam und sie war nicht allein. Das irritierte mich gewaltig. Sie stellte mir ihre Begleiterin vor, aber ich vergaß den Namen gleich wieder. Die Frau sah aus wie ein Gartenzwerg mit ihrer aufgeworfenen Nase und den Pausbäckchen.

»Hallo«, strahlte sie mich an. »Ich glaube, wir kennen uns noch nicht.«

»Nein«, sagte ich kurz angebunden.

Warum war ich eigentlich so ärgerlich?

»Ich hab sie nur im Auto mitgenommen. Sie wohnt drei Ecken weiter«, flüsterte Astrid mit wissendem Lächeln.

Der Gartenzwerg und Olga lagen sich zur Begrüßung hemmungslos in den Armen.

»Alte Liebe.« Astrid kniff ein Auge zu.

Mir schwindelte beim bloßen Gedanken. Gottseidank, da kam Doris.

Der Saal füllte sich langsam. Frauen standen einzeln oder in Grüppchen herum, rauchten, nippten an ihren Gläsern, unterhielten sich. Küsschen flogen durch die Luft. Hallo hier, Hallo da. Jede, die kam, kannte irgendjemanden, viele Gesichter kannte auch ich inzwischen schon. Von Suses Feier, aus der Szenekneipe, in die ich ab und zu mit ihr ging, aus dem Kulturhaus. Einige grüßten mich, andere blickten völlig cool an mir vorbei. Am Tresen wurde es schon eng. Die Tische hingegen waren noch recht leer. Käthe kam herbei gestürmt und brachte zwei Flaschen Sekt.

»Geht aufs Haus. Turnt euch an, Mädels, es wird ‘ne lange Nacht.«

Weg war sie. Unglaublich, in den letzten Wochen war sie mir richtig ans Herz gewachsen. Was wäre unsere WG ohne Käthe, dachte ich manchmal inzwischen, wenn sie kam.

Die Disc-Jockeuse war gut drauf, sie tanzte sich hinter ihrem Mischpult schon ein wenig ein. Eine halbe Stunde später war der Saal fast voll. Es war faszinierend. Die unterschiedlichsten Frauen waren gekommen. Die Überbleibsel der ehemaligen Lila-Latzhosen-Fraktion, mit struppigem grau melierten Haaren, die politisch korrekte, aber Spaß nicht abgeneigte Nachfolgegeneration bis zu den Junglesben, mit bunten Haaren und frechen Klamotten. Alles dazwischen und daneben war auch vertreten: Butches, also Frauen wie Olga in karierten Hemden und Bierflaschen in der Hand, femmes, die femininen Lesben, solche in engen Röcken oder in schwarzem Leder, schicke Lesben, gestylt und geschminkt und vermutlich sogar schicke Frauen, die nur auf lesbisch machten.

Langsam begann die Aufwärmphase auf der Tanzfläche. Ein paar flotte Titel brachten die ersten Frauen aufs Parkett. Das Stimmengewirr wurde lauter. Dann drehte die Lady am Mischpult voll auf. Die altbekannte, aber immer noch wirksame Hymne erklang. *Everybody dance now - gonna make you sweat* versprach sie uns. Der Boden unter meinen Füßen vibrierte und nichts hielt sich mehr. Zu viert gingen wir auf die Tanzfläche: Astrid, Doris, Suse und ich. Gedrängel dort und auf dem Weg dorthin. Die Musik ging ins Ohr, und nicht nur das. Becken und Beine vibrierten fast von selbst. Wir tanzten, um uns herum wild sich gebärdende Körper. Ich kam mir vor wie beim Autoscooter. Ellbogen bohrten sich in meine Taille, jemand trat mir auf den Fuß. Ich spürte den Schweiß auf der Stirn. Trotz Spaghetti-T-Shirt klebte alles. Und das bei der ersten Runde. Wie soll das denn bloß weitergehen?

Wir bewegten uns völlig unabhängig voneinander zum Rhythmus der Musik. Ich lächelte. Bei jeder Drehung lächelte ein anderes Gesicht zurück. Ein Paar direkt neben uns tanzte eng und wild, unter Einsatz sämtlicher Körperteile. Mir war so heiß. Ich suchte gerade eine Stelle mit kühlem Luftzug, als die Frauen um mich herum erneut aufkreischten. Die ersten Takte kamen mir schon bekannt vor. War das etwa –, das konnte doch nicht sein. Und doch, so war' s. Eine uralte Schnulze. »Ich bin wie Du«, schluchzte die Sängerin durch den ganzen Saal. Ob sie wohl ahnt, wie das hier interpretiert wurde? Plötzlich schoss aus dem Getümmel Olga auf mich zu. Entsetzt wollte ich fliehen, aber es war schon zu spät. Respektlos riss sie mich in ihre Arme.

»Ich liebe den Standardtanz«, schrie sie mir ins Ohr. Das konnte ja heiter werden. Sie hielt mich fest und fegte ungestüm übers Parkett. Drehung hier und Drehung dort. Es gab kein Entrinnen. Sie war größer und stärker als ich. Ich klammerte mich an ihr fest. Wo waren bloß meine Füße? Die mangelnde Übereinstimmung der Schrittfolgen – mein Fehler. Olga grunzte. Astrid beobachtete uns mit gemischten Gefühlen. Doris tanzte mit einer dunkelhaarigen Frau, die ich noch nie gesehen hatte.

»Du, die ist voll im Coming-out«, hörte ich sie sagen, als ich, von Olga geführt, dicht an den beiden vorbeistob.

– Aha.

Nach dieser Anstrengung musste ich erst mal was trinken.

»Durst!«, schrie ich in Richtung von Olgas linkem Ohr, bevor ich den Weg zur Bar einschlug, um dort ein Mineralwasser zu bestellen. Nie Durst mit Alkohol löschen, das war eines meiner eisernen Prinzipien. Als Wein-Freak musste ich eben gewisse Zugeständnisse machen. Olga kämpfte sich hinter mir durch die wogende Masse. Sie hatte keine solchen Prinzipien wie ich und orderte ungeniert ihr Leib- und Magengetränk.

»Kein Glas, Honey«, zwinkerte sie der Schönen hinter der Bar zu.

Was nun? Ich hatte ja gehofft, sie loszuwerden. Aber offensichtlich klebte sie an mir wie Kaugummi. Ich musste an einen Film mit Mae West denken, den ich mal gesehen hatte. Sie hatte einem Verehrer ziemlich unverblümt die Meinung über sein aufdringliches Wesen beigebracht: »Boy, you stick like glue.« Das hatte mich sehr beeindruckt. Aber konnte ich das Olga sagen? Würde sie mich verstehen? Bevor ich mich weiter mit der Frage auseinandersetzen konnte, rückte sie mir gefährlich nahe.

»Sag mal, Süße, hast du schon was vor nach dem Fest?«

Das ging ja rasant schnell.

»Ich dachte, du und ...«, wie denn, jetzt hatte ich den Namen der Gartenzwergin vergessen. »... die Frau von vorhin. Also, ich dachte, ihr beide wärt zusammen?«, versuchte ich mich zu retten.

Sie lachte dröhnend und hieb mir kräftig ihre Ellbogen in die Seite.

»Wir waren mal zusammen. Sie ist ‘ne Kanone im Bett.«

Ich schluckte nervös. Und nicht nur das. Mein Schluckauf brach durch. Laut und heftig.

»Himmel, was ist denn mit dir?«

Fast unmerklich rückte Olga ein Stück von mir ab.

»Schluckauf«, kickste ich.

»Komm, trink ‘nen Schluck, dann wird’ s schon besser.«

Sie streckte mir ihre Bierflasche entgegen. Allein die Vorstellung schaffte es, dass mein Gluckser schlagartig aufhörte.

»Bist ‘ne heiße Braut«, grinste Olga mich an. »Wir würden bestimmt gut zusammenpassen. Ich kenn’ da ein paar Tricks ...«

Göttin bewahre.

»Nein, nein, das geht nicht«, wehrte ich schreckensstarr ab.

»Ja, und warum nicht?«

Sie fragte so ernst, dass ich merkte, mit einer einfachen Ausrede würde ich nicht davonkommen.

»Ich bin liiert«, erklärte ich todesmutig.

»Mit wem?«, fragte sie scharf.

»Also ...«, welche von meinen Frauen war jetzt wohl am Ungefährlichsten?

»Vera!«

»Vera? Sieht aus wie 'ne Hetera-Schnalle. Außerdem viel zu dünn. Ist sie gut im Bett?«

Ich blickte angestrengt in mein Glas.

»Sie hat Humor«, erklärte ich entschlossen und fuhr überzeugt fort »und sie ist sehr schön«.

Olga drehte sich schnaufend auf ihrem Barhocker um.

»Nix für mich«, murmelte sie.

Der Gartenzwerg winkte von der Tanzfläche aus herüber.

»Muss mal weg.«

Fort war sie.

Erleichtert kippte ich mein Wasser und ging zu unserem Tisch zurück.

Meine »Pseudo-Loverin« und Anne hatten die Köpfe zusammengesteckt. Astrid kam auch gerade an den Tisch zurück.

»Na, wie war das *Paarlaufen?*«, fragte sie süßsauer.

»Schrecklich; Olga hat so was – Direktes.«

»Wollte sie dich gleich vernaschen?«

»Kennst du das?«

Astrid lachte unfroh auf. »Sie ist nicht gerade zimperlich. Und wenn sie eine Frau erst mal auf dem Kieker hat – so schnell lässt sie nicht locker. Ist wie einer von diesen Kampfhunden. Verbeißt sich in etwas und lässt nicht wieder los.«

Anne und Vera strahlten uns entgegen.

»Wusstet ihr, dass es auch in Graz ein Lesben-Kulturhaus gibt?«

Vera schien sich ja ruck zuck sachkundig zu machen.

»Und die haben immer Geldprobleme. Da wir ja in Österreich ein Haus haben, kann ich doch mal kräftig was spenden. Immerhin kommt das Geld bei uns ja durch Häuser rein.«

»Wir hier haben auch Geldprobleme.«

Astrid hatte mehr als interessiert zugehört.

»Demnächst ist ein überregionales Treffen anberaumt«, vertraute sie mir an. »Ich werde als eine der Vorsitzenden des Vereins daran teilnehmen. Vielleicht können wir gemeinsam mehr erreichen. Sozusagen auf Bundesebene.«

Bewundernswert, sie würde für diese Woche bei ihrer Arbeit Urlaub nehmen müssen. Aber das war es ihr wohl wert.

»Und darüber hinaus überlegt die Stadt sogar, uns die Miete zu erhöhen. Bei deren Finanzproblemen ist es sogar nicht mal ausgeschlossen, dass das ganze Haus verkauft wird.«

Fuhr sie dann, zu Vera gewandt, fort.

»Ach so?«, Vera rückte aufgeregt näher zu ihr. »Dann kann ich euch ja auch ein wenig unterstützen.«

Jetzt sprachen sie über Probleme in Bezug auf Räumlichkeiten, Finanzen und Organisationsformen. Fast zehn Jahre lang hatten die Kulturhaus-Frauen das Haus innen und außen renoviert, das Büro eingerichtet, Untermieterinnen gesucht und den großen Saal baulich verändert. Viel Arbeit, viel privates Geld, viel Engagement war hineingeflossen. Doch der auf zehn Jahre geschlossene Mietvertrag mit der Stadt lief im kommenden Frühjahr aus. Das Frauenreferat der Stadt hatte schon angekündigt, die Zuschüsse erheblich zusammenstreichen zu müssen. Das Amt zur Förderung der Kultur prüfte noch, war aber der Meinung, die kulturellen Angebote müssten erweitert werden.

»Die ganzen Angebote zu den Themen Sexualität, Körpererfahrung, Diskriminierung bis zu Finanzen müssten wir zugunsten von Theater, Kabarett, Malerei etc. streichen. Wir wollen aber so viele Frauen wie möglich ansprechen, damit sie überhaupt erst einmal ins Kulturhaus kommen, ihre Schwellenangst verlieren. So wie heute«, ergänze Astrid.

Vera nickte mir lächelnd zu. Ich wusste, was sie dachte und lächelte zurück.

»Schön, dass du da bist«, flüsterte ich ihr dann ins Ohr.

Astrid zeigte auf den vollen Saal.

»Deshalb brauchen wir ein rundes Programm. Und zu teuer dürfen die Angebote auch nicht sein.«

Ernsthaft beredeten die Drei das Problem. Anne kannte es, auch in Österreich war es nicht besser, eher noch schlechter.

»Alles steht und fällt mit den Zuschüssen. Ob wir die Pacht weiterhin bezahlen können oder nicht. Erwirtschaften können wir eben nur einen kleinen Teil.«

Vera nickte ernst.

Susanne und Doris kamen von der Tanzfläche. Total erhitzt.

»Wo ist eigentlich Monika?«

Vera nickte in Richtung Ausgang. Im Foyer waren noch eine lange Bar und Sitzmöglichkeiten aufgebaut, für die, die sich unterhalten wollten.

»Draußen, mit Lilli, Claire und Veronique.«

»Und Martha?«

Keine wusste es. Käthe kam an den Tisch, mit ein paar Frauen aus der Gruppe im Schlepptau. Wir begrüßten uns herzlich. Einige von ihnen waren mir echt schon ans Herz gewachsen.

»Hoffentlich gibt' s heute nicht noch Stunk.« Käthe legte ihr Gesicht besorgt in Falten. »Andrea ist hier. Mit einer anderen Frau aus der Szene.«

Unruhig schaute sie über die wogende Menge.

»Martha ist hier irgendwo.« Astrid rieb sich das Ohr. »Aber irgendwann werden sie sich über den Weg laufen. Und dann, wer weiß, was dann los ist.«

Doris setzte sich neben mich. Sie strahlte.

»Tolles Fest. Kennst du die Petra?«

Ich schüttelte den Kopf.

»Sie hat mir interessante Sachen über das Coming-out erzählt. Wusstest du, dass viele Frauen ihr Coming-out erst sehr spät haben?«

Sie war ganz durchdrungen von ihrer neuen Erkenntnis.

»Doris?!« Fragend schaute ich sie an.

Aber lächelnd winkte sie ab.

»Nein, nein, ich bin mir dabei ganz sicher. Ich steh' wirklich nur auf Männer. Aber ich finde es angenehm, mich auch mal nur unter Frauen aufzuhalten. So wie heute.«

»Hast du deine Stewardess schon entdeckt?«

»Noch nicht. Die wird Augen machen, wenn sie mich hier sieht.«

Das glaubte ich allerdings auch. Hoffentlich ging' s Doris nicht so wie Martha. Suse und Anne schmusten hemmungslos herum. Astrid sah mich abwartend an.

»Komm tanzen.« Sie sprang auf und nahm mich bei der Hand.

Wir drängelten uns durch die Menge der tanzenden Frauen. Viel Bewegungsfreiheit blieb nicht. Trotzdem riss mich die Musik sofort mit. Göttinseidank legte die DJ keine Technomusik auf, sondern die richtig schönen, schwarzen Sachen, auf die ich so gerne tanze. Astrid bewegte sich fantastisch zur Musik. Ihr schlanker Körper war so biegsam, dass es eine Freude war, ihr zuzusehen. Doch dann ließ ich mich selbst von der Musik mitreißen. Nach zwei schnellen Stücken wurde eine Schmuserunde eingeläutet. Schnell versuchte ich, mich zu verdrücken, aber Astrid hatte mich schon am Arm.

»Tu mir den Gefallen und bleib hier. Ich warte schon so lange darauf, dich mal in die Arme nehmen zu können«, sagte sie halb scherzhaft, halb ernst. Um uns herum wiegten sich die Paare langsam zu den romantischen Klängen. Einige küssten sich oder schmusten. Astrid hielt mich ganz fest. Ihre Hand auf meinem Rücken dirigierte mich sanft. Es war das erste Mal seit meiner Schulzeit, dass ich so mit einer Frau tanzte. Damals, bei den Schulfeten oder Jugendbällen, die nachmittags in Turnhallen stattgefunden hatten, verdunkelt und geschmückt, sodass wir immer ganz irritiert waren, wenn es am Schluss der Veranstaltung draußen noch hell war, damals hatte ich auch mit anderen Mädchen getanzt. Wir hielten uns an den Händen, hopsten herum und kicherten. Und warteten darauf, dass bei der nächsten Runde ein Junge kam, um uns aufzufordern. Das hier war etwas ganz anderes. Astrid fühlte sich gut an. Sie roch gut. Ihre Haarspitzen kitzelten ab und zu mein Gesicht. Trotzdem, oder gerade darum, spürte ich, wie steif ich selbst war.

»Hast du einen Stock verschluckt?«, fragte mich Astrid auch prompt.

»Tut mir leid. Ist so ungewohnt für mich.«

Ihre Augen blitzten spöttisch direkt vor meinen. Nach zwei Stücken war ich etwas lockerer geworden, aber da fing die schnelle Runde wieder an.

»Komm mit nach draußen. Ich lad' dich auf 'nen Sekt ein.«

Wir gingen ins Foyer. Zwischen riesigen Pflanzen, einem kleinen Zimmerspringbrunnen und einer Art Litfaßsäule, an der Plakate und Programme von allen möglichen Veranstaltungen hingen, war eine halbrunde Bar aufgebaut und, davor locker verstreut, kleinere und größere Tische, die jetzt auch fast alle besetzt waren. Vom Tanzen erhitzte Frauen und solche, die einfach reden wollten, was drinnen bei der lauten Musik schwer möglich war, trafen sich hier. Unter einer Kokospalme fanden wir noch einen kleinen Tisch. Astrid ging zur Bar, um die Getränke zu besorgen. Ich sah mich derweil um. Zwar war ich bei den Vorbereitungen des Festes schon einige Male hier gewesen, aber so richtig bewusst wahrgenommen hatte ich diesen Raum noch nicht. Belebt wirkte er jedenfalls ganz anders.

»Hier findet sonntags immer das Lesben-Frühstück statt.«

Astrid stellte zwei Gläser Sekt ab und setzte sich.

»Ich hab' grad Olga getroffen«, sie zeigte mit dem Kinn in Richtung Bar. »Sie sagt, du und Vera, ihr seid liiert?«

Ihr forschender Blick passte nicht zu der Beiläufigkeit, mit der sie das sagte. Ich musste lachen.

»Das hab ich ihr erzählt, um sie loszuwerden.«

»Da bin ich ja beruhigt.«

Wir prosteten uns zu.

»Wieso beruhigt?«, fragte ich dann.

»Weil ich immer noch nicht aufgegeben habe.«

Ich wartete, was sie sonst noch sagen würde. Sie schaute sehr entschlossen aus. Wie jemand, die sich nicht so leicht von ihrem Ziel abbringen lassen wird. Wir hatten schon vor einiger Zeit noch einmal über die verwirrenden Ereignisse nach Susannes Geburtstagsfeier gesprochen. Astrid hatte mich, mit Susannes Hilfe, nach meinem Ohnmachtsanfall ins Bett gebracht.

»Ich wollte dich nicht alleine lassen. Und da eh geplant war, dass ich bei euch übernachte, bin ich bei dir geblieben. In allen Ehren!«

Sie hob die Hände und wedelte damit herum, als wolle sie damit ihre »Unschuld« beweisen.

»Deine Reaktion fand ich merkwürdig. Legst dich einfach auf die Couch, als hätte ich werweißwas. Redest am nächsten Tag noch nicht einmal mit mir. Verziehst dich gleich wieder. Mir war' s, als hätte ich vor aller Augen eine Ohrfeige von dir verpasst bekommen.«

Ich überlegte, ob Martha an dem besagten Morgen wieder mal mit spitzen Bemerkungen ihren Teil dazu beigetragen hatte.

»Dann lässt du mich hängen. Ich rufe an, um mit dir zu reden, und du, du rufst nicht zurück. Und das, nachdem wir uns ja zunächst nicht nur bombig verstanden haben, sondern es auch, meiner Meinung nach, ganz gehörig gefunkt hatte zwischen uns.«

Erwartungsvoll sah sie mich an. Unbehaglich war ich bei diesem Gespräch auf meinem Stuhl herumgerutscht.

»Ich hab noch nie vorher so ein Kribbeln gespürt – bei einer Frau«, gab ich zu.

Sie grinste.

»Gut so, das gefällt mir. Ich als diejenige welche ...«

Sie ließ offen, als welche sie sich einschätzte.

»Unser Kuss, der hat dir doch gefallen, das habe ich gemerkt.«

Nun ja. Das, was ich mitbekommen hatte, war ziemlich aufregend gewesen. Astrids Blick wurde wieder so intensiv.

»Tina ...«, Sie beugte sich vor. Doch gerade, als sie weitersprechen wollte, ließ sich jemand neben uns auf den freien Stuhl plumpsen. Es war Martha.

»Na, ihr Turteltauben.«

Sie sprach nicht mehr ganz sicher und ihre Augen waren rot. Astrid war nicht begeistert. Aber sie schluckte ihren Ärger runter. »Was ist mit dir?«, fragte sie Martha.

Ich befürchtete, sie habe Andrea schon gesehen. Aber das war nicht der Fall. Sie hatte zu tief ins Glas geschaut.

»Gott, Martha.« Astrid war besorgt. »Das kann' s doch nicht sein.«

Ich wagte gar nichts zu sagen. Marthas aggressive Art hatte mich in der letzten Zeit genug strapaziert.

»Ich komm schon klar«, meinte Martha.

Dessen ungeachtet trank sie ihr Glas Wein recht schnell leer. Gerade als sie es abstellte, sah ich das Unheil kommen. Andrea betrat mit einer anderen Frau, die ebenfalls in schwarzes Leder gekleidet war, das Foyer. Astrid, die davon nichts mitkriegte, versuchte gerade, Martha dazu zu bringen, mit ihr ein wenig an die frische Luft zu gehen.

»Wird dir bestimmt gut tun«, meinte sie.

»Nein, ich will nicht.«

Martha blieb trotzig sitzen, aber Astrid gab nicht auf. Nervös beobachtete ich, wie Andrea und die Andere sich an der Bar anstellten. Mein Blick flog über die Tische. In der Nähe des Ausgangs wurde einer frei, neben der Bar ein anderer, ein Dritter fast direkt neben uns. Unruhig versuchte ich, Astrids Blick auf mich zu lenken, damit ich ihr die drohende Gefahr zeigen konnte. Aber sie sah nichts, merkte nichts. Zwei Frauen ließen sich an dem Tisch bei der Bar nieder. Die Debatte zwischen Astrid und Martha hielt an.

»Du hast doch nichts mehr von dem Abend, wenn du schon jetzt total abgedreht bist«, argumentierte Astrid.

»Okay, lass uns rausgehen.«

Der Umschwung kam so plötzlich, dass Astrid einen Moment brauchte, um zu verstehen. Andrea und ihre Begleiterin schauten sich, gefüllte Gläser in der Hand, nach Sitzplätzen um. Jetzt hatte Andrea den Tisch am Ausgang erspäht. Ihre Begleiterin deutete auf den neben uns. Egal wie, wenn Astrid und Martha rausgingen, würde es auf jeden Fall ein Zusammentreffen geben. In diesem Moment stand Martha auf. Auf der anderen Seite, unter einem

Arrangement von schwarz-lila Blüten zwischen russischem Weinlaub erhoben sich ein paar andere Frauen. Andrea und die Andere drehten ab und ließen sich ein Stück weit von uns weg nieder. Ich atmete auf. Das war ja gerade noch einmal gut gegangen. Während Astrid vor der Halle mit Martha auf und ab ging, in der Hoffnung, sie dadurch wieder fit zu bekommen, kehrte ich an unseren Tisch zurück. Doris hatte ihre Stewardess endlich gefunden. Die beiden saßen einträchtig nebeneinander und besprachen etwas sehr wichtig Scheinendes. Lilli, Claire, Veronique und Monika tummelten sich auf der Tanzfläche, Suse und Anne schmusten noch immer, oder schon wieder.

»Na, Schätzchen.« Vera legte den Arm um mich, als ich mich neben sie auf einen Stuhl plumpsen ließ. Ich erzählte von dem Dilemma mit Martha und Andrea und sie hörte geduldig zu. Käthe kam, mit hochrotem Gesicht.

»Tanzen strengt an«, japste sie.

»Glaubst du, es wird Ärger geben, wenn Martha und ihre Ex aufeinandertreffen?«, fragte Vera besorgt.

Allerdings glaubte ich das. Wir hatten ja erlebt, wie Martha drauf war.

»Hat sie denn nicht versucht, mal mit Andrea zu reden?«

Vera konnte es nicht verstehen, wie eine Situation so im Unklaren belassen werden sollte. Ich zuckte die Schultern und dachte an meine eigene Trennung. Da war ja auch einiges offen geblieben.

Astrid kam mit Martha zurück. Die machte auf einmal einen ganz fitten und munteren Eindruck. Vera stand auf, um uns ein paar Flaschen Wasser zu holen. »Tut uns allen ganz gut, mal was Frisches.«

Es wurde diskutiert am Tisch, sofern die Lautstärke der Musik dies zuließ, gelacht und immer wieder getanzt. Der Abend gefiel mir zunehmend immer besser. Und auch all die anderen Frauen um mich herum schienen ganz begeistert zu sein. Doris und ihre Stewardess, Lilli, Claire, Veronique und Käthe diskutierten über Ehe und andere nicht vorhandene Rechte von Homosexuellen. Wir anderen hatten weniger schwer wiegende Themen, sondern amüsierten uns über schlüpfrige Gedichte von Carolyne Gammon, die Martha scheinbar alle auswendig kannte, fragten uns, ob Mireille Mathieu tatsächlich – oder doch lieber nicht! – (Schranklesben mag ich nicht, meinte

Susanne dazu) –, und selbst ich konnte hier etwas dazu beitragen, weil ich früher mal ein Buch von Rita Mae Brown gelesen hatte, das ich sehr lustig fand (bevor Susanne mich mit ihren Liebesgeschichten und Krimis mit lesbischen Heldinnen versorgte).

Zwischendurch tanzten wir immer mal wieder und ich musste zugeben, dass die Musikauswahl tatsächlich sehr gut war. Gegen Mitternacht gab' s eine Tombola. Schon vorher wurden Lose aus kleinen Eimerchen verkauft. Astrid, die, den Arm um mich gelegt, neben mir saß, kaufte fünf Stück.

»Obwohl ich das ganz große Los ja schon gezogen habe«, meinte sie, mit einem Blinzeln in meine Richtung.«

Tatsächlich hatte sie mit einem der Lose, wie sich dann herausstellte, einen Polarpullover gewonnen.

»Den kann ich ja im Moment gut gebrauchen«, gluckste sie in Anbetracht der Hitze im Saal, als sie das tolle Stück abholte.

Kurz nach der Ziehung passierte es dann. Erstaunlich war daran nur, dass es so lange gedauert hatte. Martha stand auf, um zur Toilette zu gehen. Ich folgte ihr, um mich im Waschraum etwas frisch zu machen. Ich stand gerade am Waschbecken und ließ mir kaltes Wasser über die Unterarme laufen, da kam Andrea aus einer der Kabinen. Und gleich danach sah ich das Unheil in Person, nämlich Martha, aus einer anderen Toilette kommen. Sie starrten sich im Spiegel an. Das heißt, eigentlich starrte Martha Andrea an. Die blickte ganz cool zurück und fing an, sich die Hände zu waschen. Martha vibrierte, das konnte ich sehen. Aber sie brachte kein Wort heraus.

»Wie geht' s?«, fragte Andrea betont kühl, ohne auch nur im geringsten vom Waschbecken aufzublicken.

»Du verdammtes Miststück.«

Bevor ich richtig mitbekam, was lief, hatte sich Martha auf ihre frühere Geliebte gestürzt und traktierte sie mit Schlägen auf Rücken und Schultern.

Andrea wehrte sich sofort, sie drehte sich um und gab Martha einen derartig heftigen Stoß vor die Brust, dass diese rückwärts taumelte und eine andere Frau, die von dem Lärm erschreckt aus der Kabine huschte, mit sich riss. Die Fremde konnte sich noch an der Kabinentür abstützen, Martha schlug der Länge nach hin.

»Lass mich bloß in Ruhe, du Verrückte«, kreischte Andrea.

Doch Martha war schon wieder auf den Beinen. Solange ich sie kannte, hatte ich sie nie so wütend gesehen. Die fremde Frau verschwand schleunigst aus der Toilette. Ich selbst machte erst gar nicht den Versuch, die beiden zu trennen. Da musste Lilli her. So stürmte auch ich hinaus und hoffte nur, die anderen alle am Tisch versammelt zu finden und nicht erst lange suchen zu müssen.

»Martha und Andrea streiten sich auf dem Klo«, japste ich, außer Atem.

»Kommt schnell, ich glaube das wird ernst.«

Lilli war sofort aufgesprungen und in Richtung Ausgang gesprintet, Käthe, Susanne, Astrid und ich rannten hinter ihr her. Lilli war schon mitten im Geschehen, als wir hintereinander fast übereinander durch die Tür fielen. Käthe hatte Pech. Sie lief ausgerechnet in einen falsch platzierten Schwinger von Andrea und ging zu Boden. Lilli hatte Martha von hinten an den Oberarmen gepackt, doch die entwickelte ungeahnte Kräfte und trat Andrea mit ihren Doc Martens ans Schienbein. Andrea schrie auf und trat zurück, vielmehr, sie versuchte es. Astrid und ich hatten sie von hinten gepackt. Wir machten es Lilli nach, nur dass wir nur jeweils einen Arm hielten. Ich den linken, Astrid den rechten.

Lilli hatte Martha jetzt ein ganzes Stück weit weg gezogen. Mir tat es richtig weh, sie so zu sehen. Wir, die WG-Frauen, wussten ja, wie sehr sie gelitten hatte. Die beiden hauten sich die Kraftausdrücke um die Ohren, dass es mir fast schwindelte.

»Könnt ihr nicht vernünftig miteinander reden«, schrie Lilli energisch dazwischen. Aber jedes Wort in diese Richtung war absolut überflüssig. Martha wehrte sich noch immer gegen die Umklammerung, aber gegen Lilli kam sie nicht an. Astrid stöhnte.

»Jetzt ist es aber wirklich genug.«

Die Tür flog auf und herein kam Andreas Begleiterin des Abends. Auch sie war ganz in schwarzes Leder gehüllt, und trug Piercings und Tattoos und sogar ein neues Brandmal an der Schulter. Unfreiwillig fasziniert schaute ich auf dieses Gesamtkunstwerk. In diesem Moment riss sich Andrea los.

»Was ist denn hier los?«, fragte ihre Loverin.

Andrea zuckte die Schultern, als ging sie das alles gar nichts an.

»Keine Ahnung.«

»Aha, deine Ex«, meinte die Neue. Martha spuckte Gift und Galle.

»Lilli, lass mich sofort los.«

So wie sie aussah, wollte sie gewalttätig werden.

»Hör auf, Martha«, sagte jetzt Andrea, ungewohnt sanft.

»Wir haben halt nicht zusammengepasst. So was kann man nicht erzwingen.«

»Wieso konntest du noch nicht einmal mit mir darüber reden, hast mich einfach vor vollendete Tatsachen gestellt? Um dann schleunigst mit einer anderen unter die Decke zu kriechen?«

Andrea zuckte die Schultern.

»Mit dir war nicht mehr zu reden. Nimm es hin. Es ist vorbei.«

Sie drehte sich um und ging, eng umschlungen mit ihrer Neuen. Wir blieben bei Martha, die nun hemmungslos schluchzte.

Nach diesem Vorkommnis waren wir alle ziemlich erschöpft. Lilli und Claire verfrachteten Martha in ein Taxi und fuhren mit ihr nach Hause. Vera und Doris ließen sich jede Kleinigkeit erzählen und wiederholen.

»So etwas habe ich noch nicht erlebt«, sagte Doris mit großen Augen.

Vera schüttelte den Kopf.

»Irgendwie dachte ich immer, Frauen verstehen sich einfach besser, auch besser zu trennen.«

Ich hatte nicht den Eindruck, sagte aber nichts. Was wusste ich schon. Vielleicht waren Martha und Andrea ja ganz große Ausnahmen.

»Also, so brutal geht' s bei uns normalerweise nicht zu«, meinte denn auch Monika. Susanne, die die ganze Story schon im Waschraum mehr aus sicherer Entfernung beobachtet hatte, seufzte.

»Wenn ihr mich fragte, da hat' s Martha einfach mal total erwischt. Die coole Jägerin, die sonst immer nur mit den Frauen spielt, hat sich in eine verliebt, die nichts mehr von ihr wissen will.«

»Das ist ja wie in einem schlechten Liebesroman«, meinte Vera.

»Ja, aber das Leben ist manchmal wie ein schlechter Roman.«

Das war Käthe. Sie massierte sich die Rippen.

»Schade, dass ich das verpasst habe«. Olga war wieder zu uns gestoßen und rieb sich die Hände, als hoffe sie auf eine Fortsetzung des Streits.

So nach und nach wurden wir weniger am Tisch.

Vera brach auf »tut mir leid Schätzchen, aber ich brauche mein Quantum Schlaf, sonst bin ich zu nichts zu gebrauchen«.

Dankenswerterweise nahm sie Veronique, Monika, Anne und Suse mit.

»Macht mir doch Spaß, mit lauter so netten Mädels rumzukurven«, meinte sie mit einem unnachahmlichen Augenzwinkern. Sie wollte mich in der kommenden Woche zur Sauna abholen. Sie schwärmte richtiggehend davon, wie toll sie sich danach immer fühle. Wie neugeboren, behauptete sie.

Doris machte sich auch auf, im Schlepptau die Stewardess.

»Wir gehen noch irgendwo stilvoll ein Glas Schampus trinken.«

Ich war mir nach wie vor nicht sicher, ob nicht die Stewardess immer noch versuchte, sie lediglich stilvoll in ihr Bett zu kriegen. Durch mich sah die Flugbegleiterin nach wie vor hindurch wie durch Glas.

Astrid und ich blieben noch. Käthe und Olga waren auch noch da, aber irgendwo im Getümmel. Nach vielen Umarmungen, Küsschen, Verabredungen zum Telefonieren und überhaupt, saßen wir nur noch zu zweit am großen Tisch.

»Ich hol' uns noch was zu trinken.«

Astrid, die fast den ganzen Abend tapfer Wasser getrunken hatte, schob sich durch die Masse von Frauen. So nach und nach ließen sich etliche unbekannte Frauen an unserem Tisch nieder. Der Saal an sich war überhaupt nicht leerer geworden, kaum dass eine Gruppe aufbrach, kam eine neue herein. Ich beobachtete die unterschiedlichen Frauen, die teils mit minimalem körperlichen Aufwand, meist aber mit den wildesten Bewegungen tanzten. Diese Atmosphäre war etwas ganz Besonderes, ich spürte es wie ein Prickeln immer wieder, schon den ganzen Abend. Ich wusste, dass Astrid wieder auf unser unterbrochenes Gespräch vom früheren Abend zurückkommen würde. Und trotzdem war ich geblieben, obwohl ich mich hätte leicht verabschieden können, als Vera gefragt hatte. Ich wollte nicht mehr davonlaufen. Das war mir schon klar an diesem Abend. Zwischen Astrid und mir war etwas. Sie wusste es, und ich spürte es. Aber ich wusste nicht, was es bei mir war. Das Unbekannte? Fand ich sie attraktiv? (Das tat ich, aber auch als Frau?) Könnte ich mich gar in sie verlieben? Oder war ich es schon? Während Astrid weg war, beobachtete ich zwei Frauen, die eng umschlungen und mit zärtlichen Gesten tanzten. Es gefiel mir.

Ich fragte mich, ob ich so auch mit Astrid oder einer anderen Frau tanzen könnte. Nicht einfach nur so, sondern mit so viel Gefühl. Die Frau meiner Spekulationen kam zurück, zwei Gläser und eine entkorkte Flasche Weißwein in Händen.

»Hab ich noch als Orga-Frau Bonus abgestaubt«, grinste sie.

Wir tranken den eiskalten Wein und schauten gemeinsam dem Getümmel zu. Am Tisch wurde es laut. Eine Gruppe von Frauen hatte sich gesetzt, die recht ausgelassen waren. Wir beschlossen, uns ein ruhigeres Plätzchen zu suchen. Im Foyer war es immer noch recht voll, aber wesentlich ruhiger als drin.

»Tina«, Astrid beugte sich vor. Gerade als sie weitersprechen wollte, ließ sich schon wieder jemand neben uns auf den Stuhl sinken.

»Wo ist denn deine Loverin«, fragte Olga ebenso taktlos wie laut.

Astrid fluchte unterdrückt.

»Bin ich dir etwa in die Quere gekommen?«

Olgas Schweinsäuglein blitzten fast ein wenig boshaft bei diesen an Astrid gerichteten Worten.

»Wenn du meinst, du kannst an Tina rumbaggern, lass dir gesagt sein, ich gebe auch nicht so leicht auf. Wirst schon sehen.«

Gottseidank kam Käthe und holte Olga an die Bar.

»Wir müssen noch klären, wer mit aufräumt«, war die resolute Begründung. Astrid schüttelte den Kopf.

»Vielleicht kommen wir schon in diesem Leben ja eventuell endlich dazu, einmal in Ruhe zu reden«, stieß sie hervor, als die beiden anderen verschwunden waren.

»Stimmt das, was Olga gesagt hat?«, fragte ich sie.

Jetzt wollte ich es direkt wissen.

»Also – baggern ist nicht das richtige Wort. Aber – ja, schon –«

Astrid war jetzt doch ein wenig aus dem Takt gekommen. Ich trank von meinem Wein und wartete.

»Ich mag dich. Unheimlich sogar.«

Ihre Augen waren jetzt ernst und ganz dunkel. Sie schaute mich so durchdringend an, dass es fast wehtat.

»Tina –«

Ich wusste, was jetzt kam. Einen Moment lang dachte ich daran, sie davon abzuhalten, das zu sagen, was sie mir jetzt gleich sagen würde. Aber dann ließ ich es bleiben. Es wäre nur ein Aufschub.

»Ich habe mich in dich verliebt. So sehr, dass – ich einfach nicht mehr damit umzugehen weiß.«

Ihr Gesicht hatte den Ausdruck von Schmerz.

»Als ich merkte, dass es so stark wird, habe ich versucht, mich dagegen zu wehren. Aber du weißt ja, wie das ist mit den Gefühlen. Die sind nicht so einfach abzuschalten.«

Wer wüsste das besser als ich.

»Auf Susannes Fest, da habe ich mich schon in dich verguckt. Und musste erst einmal schlucken, bei dem, was dann passiert ist. Ich habe versucht, das Ganze vernünftig zu sehen, aber du weißt ja, was dabei rausgekommen ist.«

Allerdings.

»Kannst du –, könntest du«, sie brach ab und ich spürte, dass ich ihr jetzt entgegenkommen musste, sie hatte sich mir so schutzlos offenbart.

»Du meinst, ob wir es miteinander versuchen könnten?«, formulierte ich vorsichtig.

»Ja, genau das wollte ich dich fragen«, lächelte sie. »Wenn ich auch ...« jetzt blickte sie eher skeptisch, »diese Frage gerne sehr viel romantischer hätte formulieren wollen.«

Da saß ich nun mit einer Frau, die mir gerade eine Liebeserklärung gemacht hatte, die ich dazu ermutigt hatte, mir eine solche Erklärung zu machen, und wusste nicht weiter. Was nun? Was sollte ich jetzt tun, wie mich verhalten?

»Ich weiß, dass das jetzt ein wenig schwierig für dich ist«, half mir Astrid »Und ich will auch nichts mit dir anfangen, wenn du keine entsprechenden Gefühle für mich hast oder dir nicht sicher bist. Aber ich möchte, dass du drüber nachdenkst. Ich glaube nämlich, dass auch du etwas für mich empfindest und es einfach noch nicht einordnen kannst. Das geht vielen von uns am Anfang so«, fügte sie mit leiser Stimme hinzu.

Ich legte meinen Arm um sie, wie ganz von allein und ganz selbstverständlich. »Ich mag dich total. Aber du hast recht, ich muss mir erst einmal über meine Gefühle klar werden. Du weißt schon, wie weit es bei dir geht. Ich muss das für mich erst noch herausfinden.«

Sie schaute mich an und in diesem Moment passierte etwas in mir. Wie ein Gummiband, das lange schmerzhaft überdehnt war und endlich reißt, ging es mir mit meinem Gefühl. Ich legte die Hand an Astrids Wange und streichelte sie. Sie hatte ganz zarte Haut, hell und glatt und mit einem leichten, seidigen Flaum von feinen Härchen. Noch nie hatte ich eine Frau so gestreichelt. Sie griff nach meiner Hand und küsste sie auf die Innenfläche. Ein heftiges Kribbeln zog sich mein Rückgrat entlang, bis über die Kopfhaut.

Astrid lächelte.

»Wenn du das Gefühl hast, wir gehen zu weit oder es geht zu schnell, dann sag' es mir. Ich will dich auf keinen Fall verschrecken. Aber«, jetzt flüsterte sie lüstern grinsend dicht vor meinem Gesicht »ich würde dich natürlich gar zu gerne schon heute aufs köstlichste verführen.«

Wir verflochten unsere Hände ineinander und ich beobachtete das Spiel unserer Finger. Es kribbelte und zog und in meinem Bauch tanzten Schmetterlinge. Und auf einmal fiel jedes Zögern und jede Frage von mir ab. Das war richtig. Die Gefühle für die Frau, die mir da gegenübersaß und mir ihr Herz offenbar hatte, überschlugen sich in diesem Moment in meinem Bauch. Das war es, was ich ihr sagen wollte. Ich kam nicht mehr dazu, näher darauf einzugehen. Käthe kam an unseren Tisch und fragte Astrid, ob auch sie, wie versprochen, mit bis zum Schluss bliebe und beim Aufräumen helfen wolle.

»Versprochen ist versprochen«, seufzte Astrid. »Ich bring nur vorher noch Tina nach Hause und komm dann nachher wieder.«

Das hatte sie wiederum mir versprochen.

Käthe war misstrauisch.

»Nicht, dass du uns verloren gehst.«

»Nein, nein, keine Bange«, wehrte Astrid ungeduldig ab. Und meinte dann, mit einem schelmischen Seitenblick auf mich, »ihr Bett ist eh schon belegt.«

Wir kicherten und dadurch baute sich meine Spannung ein wenig ab.

»Lass' uns dann gleich fahren«, bat ich. Es war immerhin schon nach zwei.

Astrid fuhr mich heim und als wir vor dem Haus standen, nahmen wir uns nochmal zaghaft in die Arme und sie küsste mich leicht auf den Mund.

»Ich ruf dich morgen an, ist das okay?«

Ich nickte. Reden konnte ich nicht mehr. Ein Kloß, so groß, wie ein Fußball, saß in meinem Hals. Die Gefühle in mir verwirrten mich so sehr, dass ich völlig nervös und überdreht einerseits und todmüde andererseits war.

11.

In der Wohnung war es dunkel und still. Ich hielt mich nicht mehr lange im Bad auf, putzte nur noch schnell im Kurzdurchgang die Zähne und wusch mir das Gesicht. Dann trank ich meinen Gutenacht-Tee. Ich wusste, dass ich sonst nicht würde schlafen können, so aufgewühlt, wie ich war.

Bilder gingen mir durch den Kopf. Als ich mit Astrid das erste Mal telefonierte, wie ich mir die Person zu der Stimme vorgestellt hatte. Wie wir uns bei Susannes Fest begegnet waren und uns sofort sehr gut verstanden hatten. Ihr eindringlicher Blick, das Kribbeln, das sie in mir auslöste. Der Kuss, und das, woran ich mich noch erinnern konnte, bevor ich in Ohnmacht fiel. Ihr schlafendes Gesicht. Der verletzte Blick am nächsten Morgen. Wie süß sie beim Kaffeetrinken während der Vorbereitungen im Kulturhaus ausgesehen hatte.

Ihr Gesicht, ihr Blick, ihr Duft – das alles ging mir nicht mehr aus dem Sinn. War ich verliebt? War ich lesbisch? Und wenn ja, warum hatte ich bisher in meinem Leben nichts davon gemerkt?

Ich dachte an Lilli und Susanne und was sie mir von sich erzählt hatten. Das hörte sich anders an als meine Geschichte. Beide hatten irgendwie immer gewusst, dass es noch etwas anderes gab und dass sie mit dem, was sie in ihren mehr oder weniger leidenschaftlichen Beziehungen mit Männern empfanden, nicht glücklich waren. Aber bei mir war das anders. Ich war ja mit Burkhard durchaus glücklich gewesen.

Es hatte keinen Zweck, darüber nachzudenken. Die Dinge waren dabei, ihren Lauf zu nehmen. Und so fremd mir das alles noch vor Kurzem erschienen war – nun fand ich die neuen Wendungen in meinem Leben einfach gut!

Vorsichtig schlich ich in mein Zimmer. Monika hatte eine Kerze angelassen, sodass ich kein Licht anmachen musste, um ins Bett zu finden. Sie schlief schon tief und fest, in ihr Kissen vergraben.

Vorsichtig legte ich mich neben sie und glitt nun meinerseits in einen tiefen und festen Schlaf. Dass auf meinem Tisch ein Zettel mit einer Notiz lag, hatte ich völlig übersehen.

Ich wachte nur langsam am nächsten Morgen auf. Zuerst wusste ich nicht, wo ich war, dann musste ich mir drüber klar werden, wer neben mir lag. Monika schlief noch tief und fest. Beneidenswert. Ich schaute auf die Uhr. Kurz nach zehn. Was war heute angesagt? Das Fußballspiel. Nicht so mein Fall. Etwas hatte mich geweckt. Aber was? Jetzt hörte ich es, es war jemand an der Tür und klopfte. Ging denn die Klingel wieder mal nicht? Das war in letzter Zeit öfter passiert. Ich hörte eine Tür klappen, dann eine undeutliche Stimme. Veronique? Jemand kam mit kräftigen Schritten den Gang entlang. Eine Tür wurde geöffnet und wieder geschlossen. Jetzt hörte ich Veronique deutlicher. Und lauter. Sie schien wütend zu sein und zu versuchen, jemanden aufzuhalten. Was war das denn nun wieder? Die Schritte kamen näher. Gerade als ich mich aufsetzen wollte, um aus dem Bett zu steigen, flog meine Zimmertür auf. Ich traute meinen Augen nicht. War ich betrunken? Oder war das noch ein Traum? Burkhard kam mit Riesenschritten in mein Zimmer und direkt auf mich zu.

Er hier? Was hatte er vor?

Ängstlich zog ich die Bettdecke hoch. Doch Angst hätte ich keine zu haben brauchen. Er sank direkt vor mir auf die Knie und schaute mich bittend an.

Sein Anblick schnürte mir das Herz ab, aber gleichzeitig war ich schreckensstarr.

Neben mir begann Monika sich zu regen. Völlig verschlafen drehte sie sich herum und schaute ungläubig auf unseren unerwarteten Gast. Burkhard, der die Bewegung gespürt hatte, schaute auf und sein Blick war genauso verwirrt wie ihrer.

»Burkhard, es ist nicht so, wie du denkst«, versuchte ich die Situation zu entschärfen. Obwohl ihn das ja wirklich nichts mehr anging. An der Tür stand Veronique und jammerte darüber, dass sie ihn überhaupt reingelassen hatte. Susanne, völlig verschlafen, kam aus dem Nebenzimmer und versuchte, die Situation zu überblicken. Burkhard starrte immer noch Monika an. Jetzt griff er nach meiner Hand, die immer noch krampfhaft die Decke festhielt.

»Tina, bitte komm mit nach Hause.« Seine Stimme war so voller Verzweiflung, dass ich es fast getan hätte, ohne zu überlegen, einfach nur um ihn zu beruhigen.

»Das ist ja nicht zu fassen, jetzt ist der Kerl schon wieder hier!«

Das war Lilli. Zorn sprühend stand sie an der Tür.

»Er geht gleich«, behauptete ich, ohne auch nur im geringsten selbst davon überzeugt zu sein.

»Könnt ihr uns einen Moment allein lassen? Bitte!«

Monika schälte sich vorsichtig aus den Laken und tapste auf bloßen Füßen durchs Zimmer.

»Zehn Minuten Schonfrist, das ist lange genug.«

Lillis Blick war so streng, dass ich mich fragte, welche Strafe mir blühte, wenn ich diese Frist überschritt.

Die Tür klappte zu, und ich war mit Burkhard allein. Sein warmer Körper war ganz dicht an meinem. Die Intimität der Situation machte mich nervös. Aber gleichzeitig bemerkte ich auch etwas anderes: Es störte mich, dass er einfach so in meinen Bereich eingedrungen war.

»Bitte, komm mit mir nach Hause«, sagte er nochmal.

»Ich bin jetzt hier zu Hause. Schon vergessen?«

»Ich kann nicht leben ohne dich. Seit du weg bist, bin ich schrecklich unglücklich. Und jetzt weiß ich erst, was ich dir angetan habe. Ich war so – egoistisch, und – dumm.«

Er schüttelte den Kopf, als sei er selbst ganz fassungslos.

»Ich war mir einfach nicht im Klaren darüber, wie viel Schmerz ich dir zugefügt habe. Und was ich dabei aufs Spiel gesetzt habe. Unsere Beziehung, unsere Liebe, nur weil ich ab und zu auf ein schnelles Abenteuer aus war.«

Was waren denn das für Töne? So viel Einsicht hatte ich ja gar nicht mehr erwartet.

Aber ich wusste, die Mädels würden hart bleiben. Ich musste Burkhard so schnell wie möglich hier herausbekommen.

»Ich gehe nicht«, verkündete er starrsinnig. »Weder wegen der schlagkräftigen Lady«, sein Kopf zeigt in Richtung Tür, hinter der er vermutlich Lilli als Zerberus vermutete, »noch wegen der rothaarigen Schönheit.« Sein Kopf zeigte aufs Bett. »Und wenn du hundert Frauen im Bett hattest«, – was hielt er denn von mir, – »es ist mir egal. Ich will dich zurück.«

Ich versuchte, seinem festen Griff zu entkommen, aber er merkte es und verstärkte ihn noch.

»Ich versuche schon die ganze Zeit, dich zu erreichen. Gestern Abend habe ich angerufen. Immer und immer wieder. Erst nach Mitternacht habe ich jemanden erreicht und eine Nachricht hinterlassen. Ich wollte mit dir frühstücken. Im Café Mélange. Um zehn. Und mit dir reden. Ganz entspannt. Als du nicht gekommen bist, bin ich halt zu dir gekommen.«

Ich schaute auf den Tisch. Tatsächlich, da lag ein Zettel. Den hatte wohl Lilli gestern an meine Tür geklebt. Monika musste ihn dann mit reingenommen und auf den Tisch gelegt haben.

»Ich habe die Nachricht noch nicht bekommen«, sagte ich, ziemlich durcheinander.

»Die zehn Minuten sind um«, schrie Lilli draußen.

Ich musste etwas tun.

»Burkhard«, ich setzte mich ein wenig mehr auf. »Ich ziehe mich gleich an und bin in zwanzig Minuten unten. Dann gehen wir frühstücken. Aber bitte geh' jetzt. Sonst kriege ich hier wahnsinnigen Ärger. Und das will ich nicht.«

Er schaute mich abschätzend an, und überlegte, ob er mir trauen konnte.

»Okay.«

Von draußen wurde energisch gegen die Tür geklopft. Burkhard ging. Ich entschuldigte mich bei Veronique, Lilli, Suse und Claire, die zwischenzeitlich auch aufgewacht war und mit einem dünnen Pyjama bekleidet frierend im Flur stand. Dann sprang ich unter die Dusche und hoffte nur, mein Kopf würde in zwanzig Minuten etwas besser funktionieren, als er das im Moment tat.

Eine knappe halbe Stunde später kam ich im Mélange an. Burkhard saß an einem der größeren Tische. Ihm gegenüber auf dem Platzdeckchen lag eine wunderschöne rote Rose. Er sah so unglücklich aus, dass ich aus Gewohnheit gleich wieder Mitleid mit ihm bekam. Wir bestellten Frühstück Spezial, obwohl mir überhaupt nicht danach zumute war, etwas zu essen.

»Danke, dass du gekommen bist«. Burkhard war sichtbar erleichtert. »Kaffee?«

Er schenkte mir aus der großen Kanne ein und tat ein wenig heiße Milch dazu. So, wie ich es liebe.

»Tina, ich möchte eine Entscheidung von dir. Mag sein, dass ich jetzt mit der Tür ins Haus falle, aber ich kann nicht mehr.«

Er fuhr sich mit einer erschöpften Geste durchs Haar. Ich schaute ihn abwartend an. Mein Herz zog sich zusammen.

»Ich habe mich von Sabine getrennt. Bitte gib mir noch eine Chance.«

Das hatte ich lange Zeit gewollt. Doch jetzt hatte sich etwas verändert. Die Kellnerin brachte Brötchen, Croissants, Honig, Orangensaft und eine Platte mit Käse und Schinken. Schlagartig wurde mein Hunger geweckt. Immerhin hatte ich eine ziemlich anstrengende Nacht hinter mir. Schweigend fingen wir an, zu essen, wobei Burkhard mich nicht aus den Augen ließ.

Ich schaute ihn an und fragte mich, ob sich in seinem Inneren wirklich was geändert hatte. Mit müden, traurigen Augen schaute er zurück. Ich konnte nicht anders. Ich fuhr ihm übers Haar. Sofort griff er nach meiner Hand und hielt sie fest. Nach ein paar Sekunden küsste er, ohne seinen Blick von meinen Augen zu nehmen, die Innenfläche. Es erinnerte mich an die Situation, die ich vor einigen Stunden mit Astrid erlebt hatte. Und in diesem Moment wusste ich, welche Entscheidung die Richtige war.

Ich löste meine Hand aus seiner und trank durstig gleich ein ganzes Glas Saft fast in einem Zug aus.

»Wo warst du eigentlich gestern Nacht?«, fragte er.

»Auf einem Fest«, erwiderte ich vage.

»Und die Frau – von heute Morgen ...?«

Ich erklärte ihm, dass Monika eine Freundin sei, die ich im Sommerurlaub kennen gelernt hatte. Und die für ein paar Tage bei uns zu Gast sei.

»Ist sie – ?«

»Ja, aber nicht mit mir.«

Es brachte uns beide wenigstens zum Lächeln.

»Hast du denn nicht schon einmal früher darüber nachgedacht, dass deine Eskapaden unsere Beziehung gefährden könnten?«, fragte ich ihn.

»Für mich warst du immer so ein Harmonietier, ich hätte einfach nicht gedacht, dass du einmal Ernst machen könntest.«

Also hatten Käthe und die Frauen in der Trennungsgruppe doch Recht.

»Ich habe mich verändert«, teilte ich ihm daher auch mit.

»Hast du jemand anderen?«, fragte er bang.

»Jemand hat mein Herz berührt«, antwortete ich, ohne lange darüber nachzudenken.

Burkhard wurde blass und das tat mir leid. Mehr aber auch nicht.

»Es ist mir klar, dass ich in den vergangenen Monaten widersprüchliche Signale ausgesendet habe und du glauben musstest, dass meine Entscheidung noch nicht endgültig ist.«

Was hätte ich bloß ohne die Trennungsgruppe gemacht? Wie Schuppen war es mir dort von den Augen gefallen, wie mein Verhalten auf Außenstehende gewirkt haben mochte.

»Auch dass ich mich mit dir jetzt treffe, ist so ein Fall. Ich dachte bei jedem unserer Treffen, ich wäre es dir schuldig. Weil ich dich mit einem Zettel auf dem Küchentisch allein gelassen habe.«

Wie oft hatte ich mir eigentlich in den vergangenen Wochen und Monaten deswegen den Kopf zerbrochen und mir Vorwürfe gemacht? »Aber inzwischen haben wir über meine Gründe gesprochen, du kennst nun die ganze

Geschichte. Und jetzt habe ich eine Entscheidung getroffen. Und sie führt mich nicht mehr zurück zu dir.«

Mit ein bisschen Abstand würden wir eventuell Freunde werden können, irgendwann. Das sagte ich Burkhard nicht. Womöglich hätte er sich dann an diesen Strohhalm geklammert und weiterhin alles daran gesetzt, mich umzustimmen.

»Ein klarer Schlussstrich ist das Beste für alle Beteiligten. Und die einzige Möglichkeit, etwas Neues zu beginnen ...« hörte ich Käthes Stimme in meinem Kopf sagen.

»Burkhard, ich gehe jetzt. Und bitte akzeptiere das.«

Mit diesen Worten stand ich auf und ging. Es gab viel für mich zu tun.

Als ich in die WG zurückkam, fand ich auf dem Tisch lediglich eine Nachricht, dass alle anderen in den Park zum Frauenfußball gefahren wären. Noch während ich den Zettel, in der Küche stehend, las, klingelte das Telefon.

»Tina, Liebes«, es war Hilde. Freudig überrascht erzählte ich ihr gleich von Sport und Musik im Park, und dass ich dort gleich hinwollte, um die anderen zu treffen.

»Ist Gregor auch dabei?«, wollte sie wissen.

»Gregor?« Mein Erstaunen war groß.

Es stellte sich heraus, dass er am Montag wieder mal zum Patentamt musste und am Vormittag losgefahren sei.

»In letzter Zeit muss er da ja wirklich häufig hin«, meinte Hilde etwas verwundert. »Ich wollte ihn nur bitten, mir was aus der Stadt mitzubringen.«

Wo auch immer Gregor sein mochte, ich rechnete nicht damit, ihn hier in unserer Wohnung zu treffen, schrieb mir aber Hildes Auftrag trotzdem auf.

»Komisch«, meinte sie noch, bevor sie auflegte.

Ich hatte andere Sorgen. Schnell schnappte ich mir noch eine warme Jacke, für alle Fälle, dann zog auch ich los in den Park, um dort die anderen zu treffen. Auch Astrid würde dort sein. Es wurde ein wunderschöner Ausklang des Festes.

Die Woche danach war sehr unruhig, was meine eigene Nervosität nur noch steigerte. Monika fuhr am Montag nach Graz zurück, Anne blieb noch ein paar Tage und sie und Susanne erkundeten die Stadt und die ganzen einschlägigen Bars und Kneipen, wenn sie nicht im Bett herumtollten. Claire und Veronique waren ebenfalls wieder weg. Lilli hatte einen Abend ihre Kampfsport-Freundinnen eingeladen und es ging hoch her. Martha ging es langsam besser, so, als habe der Ausbruch auf dem Fest ihr gut getan.

Astrid und ich hatten uns am Sonntag im Park gesehen und ich hatte ihr von meinem Treffen mit Burkhard erzählt. Es hätte auch keinen Sinn gehabt, das verheimlichen zu wollen, denn die Frauen waren immer noch sehr empört über sein Eindringen. Astrid sagte nicht viel dazu. Sie wollte nur wissen, ob das Thema jetzt abgeschlossen sei. Als ich heftig nickte, leuchteten ihre Augen erwartungsvoll.

Lilli hatte mich beiseite genommen und mich inständig gebeten, mit Burkhard zu sprechen. »Ihr könnt euch ja woanders verabreden. Er soll nur nie mehr in unseren privaten Bereich eindringen.«

Mittlerweile dachte schon in die Zukunft. Hatte ich noch im Sommerurlaub, in langen Gesprächen mit Susanne am Strand über dieses Thema vergeblich versucht, eine Frau erotisch anziehend zu finden, so war es jetzt einfach so. Alles an Astrid erschien mir liebenswert und nah. Wenn sie mich ansah, mit ihrem speziellen Blick, stellte sich jedes Mal wieder dieses Kribbeln ein. Und nicht nur das. Es passte alles. Ihre Lebensart gefiel mir, ihre Art, die Dinge des Lebens zu sehen und so vieles mehr. Bisher hatte ich das in Frauenfreundschaften immer selbstverständlich genommen. Jetzt begriff ich, wie tief so etwas wirklich gehen konnte.

Dennoch befand ich mich in einem großen Dilemma. Wie sollte ich unter diesen Umständen zur Ruhe kommen und mein zukünftiges Leben überdenken? Grundlegende Dinge waren dabei, sich zu verändern. Doch die Höhen und Tiefen in der WG waren nicht spurlos an mir vorbei gegangen.

Und wer garantierte mir denn, dass Burkhard nicht doch wieder ständig dort auf der Matte stehen und mir Stress machen würde?

Am darauf folgenden Freitag, Astrid und ich waren zusammen im Kino gewesen, lud sie mich zu sich ein. Einmal war ich schon vorher kurz in ihrer Wohnung gewesen, aber sonst hatten wir uns immer bei uns in der WG oder woanders getroffen.

»Wir trinken noch einen klitzekleinen Wein bei mir«, sagte sie.

Ihre Wohnung war klein und sehr gemütlich, allerdings auf eine andere Art als meine. War es bei mir immer sehr aufgeräumt und ordentlich, so schien Astrid eine etwas lockerere Auffassung zu haben. Zeitungen und Zeitschriften stapelten sich in einigen Ecken, ein paar Klamotten lagen herum und das Bücherregal schien als Ablage für alles Mögliche zu dienen.

Wir setzten uns vor die kuschelig aussehende Couch auf eine paar Kissen am Boden. Während ich ein wenig in den Zeitschriften herumstöberte, holte Astrid den Weißwein und zwei Gläser. Elegant entkorkte sie die Flasche, schenkte uns ein und wir prosteten uns zu. Astrid lächelte und spielte mit meinen Locken.

»Du hast wunderschöne Haare.«

»Und du hast schöne Augen.«

Himmel, wir flirteten ja richtig miteinander. Und auch nicht besser als gemischte Paare. Sie rückte ein wenig näher.

»Und du riechst immer so gut.«

Ihre Nase stupste an meinen Hals und ihr Atem auf meiner Haut verursachte mir eine Gänsehaut. Astrids Lippen wanderten über meine Wangen, die Ohren und küssten endlich meinen Hals. Und ich verschüttete einen Teil meines Weines auf ihren bunten Teppich. Sofort wollte ich aufspringen und einen Putzlappen holen, aber Astrid hielt mich fest.

»Lass' doch«, flüsterte sie. Wieder mit ihrer heiseren, aufregenden Stimme.

Sie nahm mir das Glas ab und beugte sich über mich. Diesmal befand sich hinter meinem Rücken ein weich gepolstertes Sofa. Keine Chance, in Ohnmacht zu fallen. Zart streichelten ihre Finger über mein Gesicht und ich verspürte ein Gefühl, das ich so lange nicht mehr empfunden hatte, dass ich es ganz abhanden geglaubt hatte.

»Tina«, flüsterte sie, das Gesicht an meinem Hals, in meine Haare vergraben. Meine Hände machten sich selbstständig und ich fand sie auf ihrem Rücken wieder. Wie zart sie gebaut war. Und wie fest ihr Körper sich unter meinen Berührungen anfühlte.

Sie beugte sich nach vorne und fing an, mich zu küssen. Sehr sanft und sehr, sehr zärtlich. Alles um mich herum versank in einem rosaroten Nebel. Ich küsste zurück. Voller Lust. Sie stöhnte leicht auf und zog mich fest, ganz fest in ihre Arme. Jetzt verstand ich Susanne, die sagte, frau könne sich auch bei einer Frau geborgen fühlen.

Astrids Finger vergruben sich in meinem Haar, ihre Lippen wanderten von meinem Mund über den Hals, am Ausschnitt meines T-Shirts entlang. Ihr Mund war so warm und weich und ich wünschte, sie würde nie mehr damit aufhören Sie zögerte leicht und ich übernahm die Initiative, indem ich an ihrer Bluse herumknöpfte. Es interessierte mich schon so lange brennend, was sich darunter verbarg. Astrid stöhnte leicht auf, ob vor Überraschung oder Lust konnte ich nicht sagen. Eilig streiften wir alle überflüssigen Kleidungsstücke ab und Astrid küsste meinen Bauchnabel, was ich schon immer wahnsinnig aufregend fand. Dann zeigte sie mir all die Dinge, die in den vergangenen Monaten Gegenstand meiner Spekulationen waren. Und wenn ich in diesem Moment überhaupt noch nachdenken konnte, dann vermutlich darüber, warum ich so lange damit gewartet hatte!

12.

In der WG-Küche saß Martha, in ein Buch vertieft. Das Bad war besetzt, Annes Stimme beschied mir, sie brauche noch eine Weile. Unter Susannes Zimmertür schimmerte noch Licht. Sie lag bäuchlings auf ihrem Bett, in eine ihrer Liebesschnulzen vergraben, und blickte überrascht auf, als ich hereinkam. Und als ich mich nun neben sie auf die Matratze plumpsen ließ, signalisierte ihr Blick höchste Alarmbereitschaft.

»Tina?«

Ihre Frage schloss die Vermutung aller möglichen Katastrophen ein. Hinterher erzählte sie mir, ich hätte wie ein Zombie gewirkt.

»Wo warst du so lange?«, wollte sie nun wissen.

Die Uhr zeigte fast ein Uhr nachts.

»Ich hab noch Licht gesehen bei dir«, setzte ich an.

Ihr Gesichtsausdruck wechselte sekündlich.

»Alles in Ordnung mit dir?«

»Susanne – es ist passiert!!«

»Was genau meinst du damit?«

»Astrid und ich«, flüsterte ich.

»Du meinst ... ihr habt ... Wow!«

Susanne sprang vom Bett auf und grinste wie ein Honigkuchenpferd. Dann flitzte sie durch die Wohnung und zerrte kurze Zeit später die widerstrebende Martha hinter sich her.

»Tina ist jetzt eine Schwester!«, verkündete Susanne mit einem fast stolzen Unterton.

»Hat' s endlich geschnackelt?«, grinste Martha. Aber ihr Blick war jetzt auch neugierig.

»Willkommen im Club.«

Susanne kicherte wie ein Teenager und mir stieg bei der Erinnerung an mein Treiben noch kurze Zeit vorher die Schamesröte ins Gesicht.

»Ich habe mich in Astrid verliebt!«

Das musste ich einfach loswerden.

»Ist für keine von uns eine Überraschung. Wir haben das schon lange kommen sehen«, meinte Martha jetzt cool. Sie saß jetzt neben mir und guckte mich immer noch neugierig an.

»Lass Tina bloß in Ruhe«, mahnte Susanne, in unguten Erinnerungen.

»Oh, oh«, Martha hob die Hände wie eine ertappte Bankräuberin. »Keine Angst, ich werde unsere süße Tina nicht gleich in mein Bett zerren.«

Die beiden lachten und knufften sich und ich fing hemmungslos an zu heulen.

»Was ist denn jetzt los?« fragte Susanne erstaunt.

Anne, die gerade das Zimmer betrat, schaute ganz erschrocken. Ich konnte sie alle beruhigen und gestand, dass ich mich noch selten in meinem Leben so wohl gefühlt hatte.

»Es sind die Gefühle, die gerade geballt hochgekommen sind. Ich fühl mich gut. Aber auch ganz komisch.«

Martha grinste, dieses Mal ganz verständnisvoll und zum ersten Mal, seit wir uns kannten, nahm sie mich in den Arm.

»Das wird schon«, murmelte sie mit leiser Stimme. Ich war mir sicher, sie hatte Recht.

Doris hatte ich seit dem Lesben-Fest nicht mehr gesehen. Tatsächlich hatten wir auch nicht mehr miteinander telefoniert. Ob auch aus ihr und der Stewardess was geworden war? Vielleicht war sie ja in derselben Situation wie ich selbst? Dann hätte ich eine Komplizin beim Übersetzen ans andere Ufer. Das wäre doch toll, dachte ich so bei mir. Da ich das Ganze nicht am Telefon besprechen wollte, fuhr ich am nächsten Morgen zu ihr hin.

Es war Herbst geworden, innerhalb weniger Tage, wie es schien. War es noch eine Woche vorher zumindest tagsüber noch recht warm und sonnig gewesen, so musste ich jetzt schon eine dicke Jacke anziehen. Der Wind pfiff ein Stück kälter und die Farben der Natur veränderten sich ins Rötliche, Gelbliche, Bräunliche. Meiner Laune konnte das nichts anhaben, in meinem Herzen war Frühling.

Doris wohnt in einem dieser glatten Neubauten, mit hellen Balkonen und Flachdach. Ihr Auto stand vor der Tür, also war sie wohl zu Hause. Ich klingelte. Nichts rührte sich. Ich klingelte nochmal, ein wenig länger. Vielleicht stand sie ja unter der Dusche?

Ich war grade am überlegen, ob ich nicht später nochmal vorbeischauen sollte, als ihre Stimme durch die Gegensprechanlage drang. Als sie hörte, wer vor der Tür stand, zögerte sie merkwürdigerweise kurz. Doch dann summte der Türöffner und ich trat ein. Ihre Wohnung befindet sich im dritten Stock und ich nehme stets die Treppe, wenn ich sie besuche. Wegen der Oberschenkel.

Doris stand an der Tür, total zerzaust und in einen zartrosa Bademantel gehüllt. Es war ganz offensichtlich, dass ich sie aus dem Bett geklingelt hatte. Ich entschuldigte mich und sie trat beiseite, um mich einzulassen.

»Was treibt dich denn so früh hierher«, fragte sie, herzhaft gähnend. Ich erklärte ihr, dass ich mit ihr sprechen wollte.

»Jetzt? Fast mitten in der Nacht?«

Ich hielt ihr meinen Arm hin, den mit der Uhr dran.

»Es ist halb elf!«

Ein Rascheln hinter der Tür zog meine Aufmerksamkeit auf sich. Also doch die Stewardess.

Langsam fing ich an zu grinsen. Doris' Kopf war jetzt hochrot und sie schien mit einem Schlag hellwach zu sein.

»Aha.« Ich legte einen sehr wissenden Unterton in dieses kleine Wort. »Vielleicht kannst du mir ja besser helfen, als ich dachte.«

Immerhin, wenn sie schon wusste, wie das mit den Frauen war. Verständnislos schaute sie mich an.

»Es geht um Beziehungsfragen«, sagte ich mit leiser Stimme. Die Stewardess musste ja nicht gleich alles mitkriegen.

»Davon hatte ich ja schon reichlich«, lachte Doris, »auch wenn ich noch nie eine richtige Beziehung hatte.«

Wieder raschelte es und dann öffnete sich die Schlafzimmertür einen Spalt. Ganz langsam. Ob die Edellesbe auch diesmal wieder ganz durch mich durchsah? Doris schaute unbehaglich drein.

»Soll ich lieber gehen«, flüsterte ich, »und dich dann später nochmal anrufen, damit wir uns treffen können?« Wahrscheinlich wollte das junge Glück nicht gestört werden. Doris grinste ein wenig vor sich hin.

»Nein, nein, bleib ruhig da. Ich habe zwar Besuch, aber wir können ja alle gemeinsam frühstücken.«

Mein skeptischer Blick schien ihr nicht zu entgehen.

»Ihr kennt euch ja schon. Und wie ich gehört habe, habt ihr auch die gleichen Interessen.« Sie zwinkerte mir zu.

Himmel, wusste Doris etwa schon Bescheid über die aktuellsten Veränderungen in meinem Leben? Aber Doris war schon zur Schlafzimmertür gegangen und zog sie jetzt ganz auf.

»Tina ist da, mein Schatz«, sagte sie fröhlich zu ihrer neuen Liebe hinter der Tür.

»Ah ja, habe ich mich doch nicht in der Stimme getäuscht.«

Das war doch nicht die Stewardess! Das war doch ganz und gar nicht deren Stimme! Was ging hier denn vor?

Verwirrt schaute ich zum Schlafzimmer, aus dem jetzt der geheimnisvolle Besuch herauskam. Ich kannte ihn, wir hatten schon öfter miteinander gefrühstückt. Es war Gregor.

Nachdem ich mich von meiner Überraschung erholt hatte und wir in Doris' hellem Wohnzimmer beim Frühstück saßen, erfuhr ich die ganze Geschichte.

Gregor hatte sich schon beim allerersten Besuch in Doris verliebt. Es waren Telefonate gefolgt, und dann hatten sie sich getroffen. In aller Freundschaft. Und heimlich.

»Wir haben beide gespürt, dass da etwas ist, was alle anderen erst mal gar nichts angeht«, erklärte mir Doris, selig lächelnd.

So? Mich auch nicht. Fast war ich ein wenig beleidigt. Immerhin bin ich ihre beste Freundin.

Und hatte sie indirekt nicht sogar mir diese Bekanntschaft zu verdanken?

»Und am letzten Wochenende kam Gregor dann. Ganz überraschend. Am Sonntag.«

Also war er bei Doris gewesen. Mit fiel Hildes Anruf wieder ein, den ich ja über die Aufregungen der letzten Tage völlig vergessen hatte.

»Tja, und seither –«

Ihre Blicke sagten alles. Die Hände ineinander verschlungen saßen sie da und schauten sich verliebt in die Augen. Ich begriff, dass die beiden so schnell es ging, wieder alleine sein wollten.

»Ich ruf' dich nächste Woche an, dann treffen wir uns und reden«, versprach Doris, als ich ging.

In der WG traf ich auf Anne, die gerade ihren Koffer in den Flur schleppte. Nervös wuselte Susanne um sie herum. Ein paar Minuten später klingelte schon das Taxi und wir verabschiedeten uns herzlich und ein wenig hastig. Sonst schien niemand da zu sein. Ich ging in die Küche, unschlüssig, was ich nun tun sollte, dann ins Bad und schließlich in mein Zimmer, wo ich mich bäuchlings aufs Bett fallen ließ. Ich versuchte, meine Gefühle zu ordnen, aber das gelang mir nicht. Ungefähr eine Stunde später kam Susanne zurück. Sie kam zu mir ins Zimmer und ließ sich neben mich auf mein Bett plumpsen. Dann fing sie an zu heulen. Ich nahm sie in die Arme und tröstete sie, so gut ich konnte.

»Ihr werdet euch bald wieder sehen«, verkündete ich optimistischer, als ich es selbst war.

»Es sind über tausend Kilometer«, schluchzte sie. »Das halte ich nicht aus.«

Jede von uns hatte in der letzten Woche deutlich gemerkt, dass diese Beziehung weder ein Urlaubsflirt noch eine oberflächliche Angelegenheit war. Die beiden hatten sich total ineinander verliebt. Ich wagte mir nicht vorzustellen, wie sich Susanne in den nächsten Wochen wohl fühlen würde. Und dann? Würde sie nach Österreich fahren und Anne besuchen. Eine Woche, zwei Wochen. Dann wieder eine lange Trennung. Wie lange konnte so etwas Strapaziöses gut gehen?

Später am Abend kamen Martha und Lilli, die am Nachmittag eine gemeinsame Freundin besucht hatten. Zu viert saßen wir in der Küche und redeten. Wie Lilli und Claire das aushielten, wollte Suse wissen. Aber wir alle waren uns darüber im Klaren, dass diese Sache etwas anders gelagert war. Immerhin waren die Trennungen der beiden immer von überschaubarer Dauer. Susanne würde nicht so einfach pendeln können, schon aus finanziellen Gründen. Die Aussicht, Anne nun lange Zeit nicht sehen zu können, setzte ihr gewaltig zu. Martha, deren Verfassung sich in der letzten Woche erstaunlich gebessert hatte, nahm überraschend viel Anteil an Susannes Herzeleid. Natürlich war meine »Bekehrung« das zweite große Thema am Küchentisch. Lilli hatte nur gelächelt, als sie es erfahren hatte. Später nahm sie mich beiseite.

»Astrid ist eine ganz tolle Frau.«

Ich seufzte selig und nickte.

»Ihr werdet sicherlich sehr glücklich miteinander.«

Ich verzog mich irgendwann in mein Zimmer. Da saß ich lange, in dem immer dunkler werdenden Raum, und versuchte mir mein neues Leben mit Astrid vorzustellen. Wir hatten an diesem Tag nur telefoniert und würden uns auch die ganze Woche nicht sehen können. Astrid war als Mitfrau des Vereins zu einem Arbeitstreffen in Norddeutschland. Und am Samstag war ich zur Hochzeit von Frauke und Reimund eingeladen.

Schon merkte ich, dass sie mir fehlte. Aber noch etwas anderes gärte in mir. Doch so ganz genau wusste ich noch nicht, was es war.

Vera sagte am nächsten Tag sofort zu, sich mit mir abends zu treffen. Sie holte mich mit ihrem großen Jaguar ab und wir fuhren zu einem dieser Edel-Italiener, die sie so liebt. Das Lokal liegt am anderen Ende der Stadt und wir redeten auf der Hinfahrt noch ein bisschen über das Fest und wie toll ich ihre Pläne fand, das Frauenhaus zu unterstützen.

Wir hatten großes Glück. Direkt vor dem Lokal war eine Parklücke, groß genug für Veras Auto. Eine Front des Ristorante war total verglast. Es war schon ganz gut besucht, wie wir sehen konnten. Geschickt bugsierte Vera den Jaguar auf den freien Platz, von allen Gästen an der Fensterfront beobachtet.

Neugierig musterten sie uns, als wir das Lokal betraten. Einige von ihnen sahen so aus, als hätten sie einen Sugardaddy mit seiner jungen Gespielin erwartet. Nachdem wir die Karte studiert und Vera uns einen Aperitif bestellt hatte, kam ich zur Sache.

»Mir ist in den letzten Tagen klar geworden, dass ich meine Trennung von Burkhard vielleicht anfangs doch nicht so wirklich vollzogen hatte. Auch wenn ich die ganze Zeit große Bedenken hatte, ob ich ihm je wieder vertrauen können würde, habe ich doch die ganze Zeit noch gehofft, irgendetwas ändere sich. Er ändere sich und wir kämen wieder zusammen.«

Vera nickte schweigend und nippte an ihrem Sherry.

»Dann –«, ich zögerte ein wenig, gab mir dann aber einen Ruck »ist da auch noch Astrid ...«

Veras Augenbrauen gingen nach oben. Ein amüsiertes Funkeln trat in ihre hellen, braunen Augen.

»Und ich weiß inzwischen, dass ich mich heftig in sie verliebt habe.«

Vera schwieg immer noch.

»Ich will uns eine Chance geben. So ungewohnt das auch alles noch für mich ist.«

Jetzt grinste Vera übers ganze Gesicht.

»Ach Tina«, meinte sie. »Manchmal ist das eben so, man hält am Gewohnten fest, auch wenn es nicht so optimal ist. Die meisten Menschen kommen mit gewohnten Dingen eben immer noch besser klar und fühlen sich sicherer als dabei, etwas Neues zu beginnen.«

Sie schaute mich jetzt ganz ernst an.

»Aber ein Leopard verliert seine Flecken nicht.«

Wo hatte ich das schon einmal gehört ...?

»Wärest du zu Burkhard zurückgegangen, wäre vielleicht schon das alte Spiel wieder losgegangen.«

Sie lächelte jetzt aufmunternd.

»Nimm dein neues Glück in die Hand und lebe es.«

Mit einem tiefen Seufzer machte ich mir Luft.

»Da ist noch etwas ...«

Vera blickte neugierig über den Tisch.

»Ich brauche jetzt ein wenig Privatsphäre.«

Vera nickte stumm.

»In der WG fehlt es mir ein bisschen an Privatsphäre.«

Wie sollte ich ihr das erklären? So lieb ich meine Mitbewohnerinnen auch hatte, irgendwie spürte ich, dass meine neue Beziehung einen anderen Rahmen brauchte, um richtig wachsen und gedeihen zu können. Außerdem musste ich wieder auf eigenen Beinen stehen. Auch das war mir klar geworden.

»Du brauchst eine Wohnung«, stellte Vera fest.

»Genau«, sagte ich erleichtert.

Lächelnd legte sie ihre Hand auf meine.

»Soll ich Hans-Dietrich bitten?«

»Würdest du das wirklich tun?«

Mir fiel ein Stein vom Herzen. Nicht, dass ich daran gezweifelt hätte, sie würde mir helfen wollen. Aber so ganz leicht fiel mir diese Bitte nicht.

»Ich ruf' ihn gleich an.«

Verwirrt sah ich zu, wie sie in ihrer Tasche kramte. Immer wieder vergesse ich, dass wir im Zeitalter der Mobiltelefone leben. Schon klickerte sie die Nummernfolge ein. Wie sich herausstellte, hatte Hans-Dietrich in seinem Immobilienbüro nicht gerade viele kleine und preiswerte Wohnungen. Er versprach aber seinem Schnuppel zu tun, was er konnte.

»Und keine Courtage«, sagte diese gespielt streng »ist das klar?«

Dieser Punkt war noch ein wenig diskussionsbedürftig. Doch dann war auch das geklärt. Vera strahlte mich an.

»Kann sich nur noch um Tage handeln. Du kannst schon mal packen.«

So ganz gut fühlte ich mich bei diesem Gedanken aber noch nicht. Immerhin hatte ich mich doch sehr wohl gefühlt mit meinen Mitbewohnerinnen. Und so ein Umzug an sich brachte ja schon wieder eine Menge Arbeit mit sich. Doch es musste sein.

Ich bedankte mich überschwänglich bei Vera, die das mit einem Lächeln quittierte.

»Keine Ursache, Schätzchen. Wozu hast du denn Freundinnen? Das mit der Wohnung ist ja auch für meinen Mann gar kein Problem. Und wenn der mal kostenlos makelt, werden wir nicht grade arm dabei. Außerdem, das letzte Hemd hat keine Taschen«, grinste sie.

»Lass dir erst mal das Essen schmecken. Und dann ...« neugierig näherte sie ihr Gesicht meinem »... erzähle mir mehr von der schönen Astrid.«

Es war ein angenehmer Abend. Vera verstand es, mir Mut zu machen und mich in meinem Entschluss zu bestärken. Es war schon fast Mitternacht, als wir aufbrachen. Das Lokal war noch immer sehr gut besucht. Der Kellner hatte versucht, mit Vera zu flirten und sie ging zum Schein so ein bisschen darauf ein. Das erboste eine ältere Lady mit blauem Haar und blauem Pudel, die seit Stunden an einem kleinen Tisch in unserer Nähe saß und ganz offensichtlich selbst gerne das Objekt der Aufmerksamkeit des schönen Italieners gewesen wäre. So schoss sie giftige Blicke auf Vera ab und war enorm erleichtert, als wir endlich gingen. Es war zu komisch.

Kichernd und in unsere dicken Jacken gehüllt, traten wir in die feucht-kalte Herbstluft hinaus und stiegen schnell in den Wagen. Vera drehte den Zündschlüssel und nichts passierte.

»Was ist denn nun los?«, fragte sie verwirrt.

Sie probierte es erneut. Wieder nichts. Vera fluchte, ganz ungewohnt heftig.

»Lass mich nicht im Stich«, bat sie. Doch es nützte nichts. Der Wagen sprang nicht an. Interessiert betrachteten die letzten Gäste des Lokals unsere Bemühungen. Es blieb uns nichts anderes übrig. Wir mussten ein Taxi rufen.

»Den Jaguar lass' ich morgen in die Werkstatt abschleppen.«

Ich dachte an Oma Hilde und ihren Sportwagen und fragte mich, ob alle teuren Autos solche Macken hatten.

»Mädels, ich ziehe aus.«

Lilli und Martha schauten völlig entgeistert. Ich auch. Susanne stand in der Küche, wurstelte in den Taschen ihrer weiten Schlabberhose und meinte es ernst.

»Warum«, »wieso«, »wohin«, fragten wir alle durcheinander, als wir unsere Sprache wiedergefunden hatten. Vor allem ich war ziemlich durcheinander. Ich selbst hatte über meine bevorstehenden Pläne nämlich noch gar nichts verlautbaren lassen.

»Ich ziehe nach Graz.«

Martha schaute ungläubig und auch Lilli sah aus, als traue sie ihren Ohren nicht.

»Was willst du denn dort machen?«

»Mit Anne leben. Ich liebe sie und eine Beziehung auf diese Entfernung – das kann ich nicht, das geht auf Dauer nicht gut.«

Wir diskutierten die Angelegenheit. Das Für und Wider.

»Kein Mut, keine Liebe«, beendete Susanne die Diskussion. Das hatte sie von Gregor.

Mir erzählte sie dann hinterher noch, ganz im Vertrauen, dass sie sich Oma Hilde anvertraut habe und diese ihr mit den Worten »Kind, das Wichtigste im Leben ist die Liebe und außerdem, das letzte Hemd hat keine Taschen«,

wo hatte ich das bloß schon mal gehört? – ein großzügiges Startkapital für ihr neues Leben versprochen hatte.

»Außerdem«, Susanne grinste übers ganze Gesicht »ist diese Nachbarin, wie heißt sie noch gleich, die mit dem Frosch« – ich wusste, wen sie meinte – »jetzt bei ihr eingezogen. Weil nämlich Gregor, man höre und staune, seine große Liebe gefunden hat und bei Hilde auszieht.«

Ich lächelte wissend in mich hinein.

Und weil Hildes neue Mitbewohnerin hoch verschuldet war und so einsam, dass sie zuviel trank, hat Hilde ihr angeboten, bei ihr einzuziehen. Da wären sie beide nicht so allein.

Über ihren Freund, den mit dem Haus in Griechenland, hatte sie sogar einen Käufer für Mathildes Anwesen gefunden, sodass diese nicht mehr mit dem Geld knapsen musste. Den Kindern, die alle weit weg verheiratet waren und sich kaum um ihre Mutter kümmern konnten, war' s auch recht.

Am selben Abend sagte ich den Frauen dann, dass auch ich ausziehen würde. Martha verdrehte die Augen zur Decke und Lilli schaute mich so ungläubig an, dass ich es nochmal wiederholen musste.

»Und mit wem willst du zusammenziehen?«, fragte Susanne atemlos.

»Eben mit niemandem«, antwortete ich fröhlich.

»Ich glaube, ich muss mal alleine leben. Zu mir kommen, mir mal drüber im Klaren werden, wohin ich eigentlich sonst noch will im Leben.«

Martha schüttelte nur den Kopf. Lilli seufzte.

»Jetzt, wo du zu uns gehörst, willst du ausziehen? Das verstehe, wer will«, murmelte Martha.

»Hier geht' s ja bald zu wie am Hauptbahnhof«, meinte Lilli.

An dem Abend gingen wir alle ein wenig traurig schlafen. Susanne kam nochmal zu mir ins Zimmer und knuddelte mich durch.

»Es war wirklich schön mit dir«, sagte sie. »Als ich gehört habe, dass du eine Hetera bist, wäre ich bald in den Erdboden versunken. Dass ausgerechnet ich dir das Zimmer vermietet habe – und jetzt bin ich froh, dass ich an dem Tag so schusselig war. Du bist eine ganz tolle Frau und eine ganz tolle Freundin«, sie schniefte schon wieder ein wenig.

Sie würde mir fehlen.

»Kommst du uns mal besuchen?«

Ich versprach es ihr ganz fest.

Susanne fuhr schon ein paar Tage später. Sie nahm nur das Nötigste mit. Das Zimmer würde sie noch behalten, solange bis sie in Graz die wichtigsten Dinge geregelt hatte. Dann wollte sie den Rest holen.

Kurz danach erhielt ich Post von Hans-Dietrichs Büro mit zwei Vorschlägen. Mit Herzklopfen machte ich mich auf den Weg. Eine der beiden Wohnungen lag in der Nähe meines früheren gemeinsamen Domizils mit Burkhard. Die andere war nicht so nah am Stadtzentrum, aber sehr schön: Über Eck geschnitten, sehr hell, mit einem umlaufenden Balkon und direkt an einem kleinen Park. Sie war etwas teurer als die andere, aber immer noch erschwinglich.

Ich nahm sie. Die Dame vom Immobilienbüro schaute mich süßsäuerlich an, als ich den Mietvertrag unterschrieb und sie auf dem beiliegenden Zettel den Vermerk »ohne Maklercourtage« entdeckte. Von oben nach unten glitten ihre Augen an mir, und ihre linke Augenbraue schnellte missbilligend nach oben. Sie hielt mich wohl für die Geliebte von Hans-Dietrich.

Mein Chef schaute mich auch missbilligend an.

»Schon wieder Urlaub wegen Umzug? Na, hoffentlich wird das bei Ihnen nicht zur Dauereinrichtung.« Es klappte dann aber doch, ich hatte ja noch genügend Jahresurlaub.

Astrid gefiel meine neue Wohnung auch.

»Wo ist denn das Schlafzimmer?« schnurrte sie mir ins Ohr, als wir das erste Mal gemeinsam dort waren. Ich zeigte es ihr. Ein weicher Teppichboden lag schon.

Später, viel später, half sie mir beim Ausmessen und versprach, am Umzugstag ihr Taxi zur Verfügung zu stellen. Den Studenten-Schnelldienst durfte ich diesmal sowieso nicht bemühen.

»Kommt gar nicht in Frage. Wenn schon, dann nur Frauen«, erklärten Käthe und Olga. Sie kamen dann auch, mit ein paar Freundinnen. Ich hatte vorsichtshalber ein paar Kästen Bier gekauft, was gut ankam.

Der Umzug ging ziemlich schnell vonstatten. Und nachdem alle Kisten und Kartons abgestellt waren, fuhr ich nochmal mit allen Helferinnen in die WG zurück. Ich wollte diese und die nächste Nacht noch dort verbringen, bis alles in meinem neuen Heim eingerichtet war. Da in Susannes Zimmer noch das Bett stand, konnte ich dort nächtigen. Das hatte sie mir sogar von Österreich aus per Telefon zugesagt.

Wie üblich zu solchen Anlässen, gab es ein großes Essen für alle. Lilli hatte ein ganz großes Blech Pizza gebacken und dazu gab' s Rotwein.

»Wie an meinem ersten Abend hier«, sagte ich melancholisch. Lilli nahm mich in den Arm und drückte mich.

»Ist noch gar nicht so lange her. Und trotzdem – ist eine Menge passiert in der Zeit.«

Das konnte man wohl sagen. Selbst Olga war an diesem Abend ein wenig ruhiger als sonst. Käthe erzählte mir von einer neuen Gruppe im Kulturhaus.

»Petra…«, – das war die Frau, die ich bisher noch nicht persönlich kennen gelernt hatte – »…hat jetzt eine neue Gruppe aufgemacht«, fuhr Käthe fort.

»Lass mich raten«, lachte ich. »Eine Coming-out Gruppe.«

Käthe war erstaunt und wollte wissen, woher ich das wusste.

»Kennst du die Petra denn?«

»Gewissermaßen schon«, schmunzelte ich in mich hinein.

»Hä?« Olga schaute mich misstrauisch von der Seite an und auch Astrid zog die Augenbrauen hoch.

»Oh nein«, beruhigte ich sie, »es ist nicht so, wie ihr vielleicht denkt.«

Aber wer wusste das schon, vielleicht wäre ich eine der Ersten, die in Petras Gruppe gehen würde!

Der Abschied zwei Tage später fiel mir sehr schwer. Ich heulte, Lilli heulte, und sogar Martha schien ein wenig traurig zu sein. Jedenfalls drückte sie mich ziemlich fest.

»Ruf' an, sobald du Telefon hast, und lass' uns deine Nummer wissen«, meinte sie sogar.

Und Lilli nickte. »Und komm uns besuchen, hörst du?«

Claire rief an, wie schon bei Susannes Abschied, und wünschte mir alles Gute. »Und wir gehen bald mal wieder ins Kino, ja?«, meinte sie zum Abschied.

Eines war klar, die Frauen waren in dieser kurzen Zeit ein Teil meines Lebens geworden.

Dann machte ich mich auf, in mein neues Heim. Die Wohnung war sehr schön geworden. Einige neue Möbelstücke hatte ich mir geleistet, darunter auch richtig schöne Lampen und Bilder für die Wände.

Nachdem ich noch einige Kleinigkeiten erledigt hatte – Duschvorhang aufgehängt, ein paar Pflanzen platziert, die letzten Bücher in Regale geräumt, stand ich am ersten Abend an einem der großen Fenster und blickte auf die Laternen im Park, die langsam angingen und ein leicht rosafarbenes Licht verbreiteten. Der Herbstwind fegte ein paar Blätter über die Straße und fing sich in den Baumwipfeln.

Langsam trank ich ein paar Schlucke von meinem eiskalten Orvieto. Ich war stolz auf mich. Fühlte mich gut. Lebendig und aktiv. Dieser zweite Umzug war, im Vergleich zum Ersten, weder aus einer Not heraus geboren noch mir leicht gefallen. Und ich spürte, dass es die richtige Entscheidung gewesen war.

Es klingelte an der Haustür. Es war Vera. Mit einem größeren Paket beladen kam sie zur Tür herein, umarmte mich herzlich, um mich gleich darauf ein wenig wegzuschieben und zu mustern.

»Wie geht' s dir, Schätzchen«, fragte sie mich mit strahlendem Gesicht. »Ist die Wohnung nicht schön?«

Sie drehte sich in alle Richtungen, bewunderte dies und das, was sie noch nicht kannte oder noch nicht gesehen hatte und stellte dann das Paket ab.

»Mach' es gleich auf«, bat sie mich.

Es war eine wunderschöne Espresso-Maschine. Vera trank nämlich sehr gern Espresso, und wenn wir bei ihr waren, was in der letzten Zeit ab und zu vorgekommen war, hatten wir immer ein Tässchen zu uns genommen. Sie hatte einen Hang zum Italienischen, schon immer.

»Dann können wir immer Espresso trinken, wenn ich dich in Zukunft besuche«, meinte sie.

Sie erklärte mir erst einmal, wie die Maschine funktionierte, aber da es schon recht spät am Abend war, verlegten wir das Probieren auf ein anderes Mal und ließen uns mit einem Glas Wein auf meinem neuen Sofa nieder. Vera hatte tatsächlich sowohl für das Lesben-Kulturhaus in Graz als auch für die Frauen hier größere Beträge gespendet.

»Hans-Dietrich war ganz besorgt«, erzählte sie lachend. »Er hat mich schon mit irgendeiner Schönen in die Nacht verschwinden sehen. Aber ich konnte ihm dann doch klarmachen, dass ich mehr ideelle Interessen an der Sapphistrie habe.«

»Bist du glücklich mit deinem Mann?«

»Meistens. Und das ist mehr, als man von den meisten Ehen sagen kann.«

Lange Zeit schwiegen wir beide. Obwohl wir uns noch nicht so lange kannten, waren wir uns schon so nah, so vertraut, dass wir auch miteinander schweigen konnten.

»Du hast die richtige Entscheidung schon getroffen.«

Ihr Blick ruhte freundlich und ernst auf mir. Vera war schon immer der Meinung gewesen, dass jeder sein Leben aktiv bestimmen sollte. Sich treiben lassen, so wie ich es früher getan hatte, dafür war von ihr kein großes Verständnis zu erwarten.

»Ich weiß«, antwortete ich und lächelte optimistisch in meine mir noch unbekannte Zukunft.

Ebenfalls im Butze Verlag erschienen:

Zwei Frauen, zwei Welten: die stille Lisa und die feurige Carmen. Sie sehen sich nach 15 Jahren auf einem Klassentreffen wieder – Nichts scheint sich verändert zu haben und doch ist alles neu und anders ...

Was verheimlicht ihr Mann?

Wer hintergeht hier wen? Und warum kommt sie von Carmen nicht los?

Sabine Brandl

Und täglich grüßt die Erinnerung

204 Seiten · ISBN 978-3-940611-03-1

Ebenfalls im Butze Verlag erschienen:

Vier Kurzgeschichten geben Einblicke in das facettenreiche lesbische Leben. Lassen Sie sich, mal auf heitere, mal auf feinsinnig melancholische Weise in die lesbische Welt entführen ...

Monika Mühldorfer, Celia Martin,
Corinna E. Leyh, Carina Bögerl

Lesbisches Allerlei

gesprochen von Eva Gaigg, 1 Audio-CD, ca. 78 Min. · ISBN 978-3-940611-02-4

Pressestimmen:

Hörbuch des Monats – Redaktion PC NEWS, M. Döbeler, Ausgabe 07/2009, Seite 27